Thomas Himmelbauer

Tod an der Pinka

Ein Fall für Anton Geigensauer

Kriminalroman

Sämtliche Protagonisten dieses Romans, ihre Namen und ihre Handlungen sind frei erfunden, etwaige Ähnlichkeiten mit lebenden oder verstorbenen Personen nicht beabsichtigt.

1. Auflage
Marchtrenk, 2022
www.federfrei.at

Umschlagabbildung:
© DANIL - Adobe Stock
Lektorat: E. Reisinger
Satz und Layout: Verlag federfrei
Printed in EU

ISBN 978-3-99074-200-6

Thomas Himmelbauer

Tod an der Pinka

Ein Fall für Anton Geigensauer

Kriminalroman

federfrei
www.federfrei.at

Herzlichen Dank allen, die das Manuskript durchgesehen und mir mit wertvollen Tipps weitergeholfen haben.

Montag

Sie lenkte ihren Wagen durch das Zentrum von Lockenhaus und hörte die 18-Uhr-Nachrichten auf ›Ö3‹. Den ganzen Tag über waren Regenschauer niedergegangen und die Feuchtigkeit auf Straßen, Gehwegen und Dächern spiegelte das Licht der abendlichen Beleuchtungen. Sie war um die dreißig Jahre alt, hatte dunkelbraune Augen, sinnliche, rote Lippen und trug langes, blondes Haar. Immer modisch gekleidet war sie eine Erscheinung, die Männer beeindruckte, und sie genoss diese Wirkung ausgiebig. Vorbei an Burg Lockenhaus führte die Geschriebenstein-Bundesstraße B56 steil bergauf. Zufrieden stellte sie fest, dass der neue Wagen das Drücken des Gaspedals sofort mit merkbarer Beschleunigung beantwortete.

Sie war eine flotte Fahrerin. Begeistert beobachtete sie die Drehzahlanzeige, auf der sich der Zeiger rasch dem roten Höchstwert näherte, und achtete nicht auf den Straßenverlauf. Von einer engen Kurve überrascht musste sie abbremsen. Im Licht der Scheinwerfer segelten einige ungewöhnlich riesige Schneeflocken herab. Sie war keine Freundin des Winters, auch nicht zu Beginn des Advents.

Auf dem nächsten geraden Straßenstück tanzten im grellen Schein unzählige dieser selten großen Flocken vom Himmel. Rasch wurde der Schneefall stärker. Das Licht, das von den Schneekristallen reflektiert wurde, blendete. Sie schaltete das Fernlicht aus und reduzierte das Tempo. Sie versuchte, auf den Sender ›Radio Burgenland‹ zu wechseln, aber der ungewohnte

Touchscreen bereitete ihr Probleme bei der Bedienung. Erst durch den Lärm, den die Reifen beim Verlassen der Fahrbahn erzeugten, aufgeschreckt, lenkte sie den Wagen wieder zurück auf den Asphalt und wagte keinen zweiten Versuch, den Sender zu ändern. Die schneebedeckten Flächen, die anfänglich nur am Straßenrand zu sehen waren, wuchsen rasch zur Fahrbahnmitte hin und in kurzer Zeit wurde alles weiß: die Straße und die Bäume rechts und links. Kein Auto kam ihr entgegen oder überholte sie. Immer dichter fielen die Flocken vom Himmel und der Scheibenwischer hatte seine liebe Not, die klare Sicht aufrecht zu erhalten. Sie war beunruhigt, weil er oben auf sie wartete, aber ein schnelleres Fahren war nicht möglich. Nur nicht auf der glatten Fahrbahn hängen bleiben, ging ihr ständig durch den Kopf. Nach einer Fahrt, die länger als sonst gedauert hatte, erreichte sie endlich den großen Parkplatz an der höchsten Stelle der Straße. Er war schon mit rund fünf Zentimetern Schnee bedeckt. Erleichtert sah sie seinen SUV und parkte sich daneben ein. Kaum ausgestiegen fühlte sie die Nässe der Flocken, die auf der warmen Gesichtshaut schmolzen. Sie eilte zu seinem Wagen hinüber und klopfte an die Scheibe der Fahrertür. Das Glas fuhr geräuschlos nach unten.

»Steig ein!«, meinte er wenig freundlich und würdigte sie keines Blickes, anstatt sie mit seinem gewinnenden Lächeln zu begrüßen. Er war ein großer, sportlicher Mann mit muskulösem Oberkörper, trug einen Kurzhaarschnitt und einen Dreitagebart. Die blauen Augen, die schmalen Lippen, die kleine Nase und das fast spitze Kinn formten ein verwegen wirkendes Gesicht, das auch im Winter immer sonnengebräunt war.

»Komm du zu mir!«, erwiderte sie. »Ich möchte dir meinen neuen Wagen zeigen.«

Ohne eine Antwort zu geben, stieg er aus und folgte ihr. Es herrschte Schweigen, seit die beiden in ihrem Auto Platz genommen hatten. Sie sah, wie die Flocken auf der warmen Scheibe schmolzen und hinabglitten, und wartete darauf, dass er zu reden begann.

»Ist dir etwas über die Leber gelaufen?«, fragte sie, nachdem eine Minute in Stille verstrichen war.

»Das ist eine lächerliche Situation. Was wollen wir hier? Einander lieben in einem zu kleinen Auto bei Kälte und Schneefall?«

»Du klingst nicht romantisch«, blieb sie betont gelassen und gab ihm einen flüchtigen Kuss auf die Wange. »Muss ich dich erst auftauen?«

Sie lächelte schelmisch, schlüpfte aus ihren Stiefeletten und legte ihre Beine über seinen Schoß.

»Sie sind kalt. Wärm sie auf!«

Er schaute ihr in die Augen und fragte: »Wie denkst du, soll es mit uns weitergehen?«

»Komm, massier ein bisschen!«

Er nahm einen ihrer Füße in seine Hände.

»Wir treffen uns nächste Woche bei mir«, schlug er vor.

»Nein, ausgeschlossen. Mein Mann beobachtet momentan genau, was ich treibe. Ich möchte kein zweites.«

Sie deutete auf ihr rechtes Auge, das von einem Bluterguss geschwollen war.

»Für eine Nummer im Auto bin ich nicht zu haben«, meinte er ablehnend.

»Dann werden wir für einige Wochen pausieren«, erwiderte sie kalt, nahm ihre Füße von seinem Schoß und zog die Stiefeletten wieder an.

»Warum lässt du deinen Mann nicht stehen und ziehst zu mir?«

»Das ist meine Angelegenheit.«

»So, so. Monatelang war es jede Woche aufregend, mit mir

zu schlafen, und jetzt soll ich mich schnell in Luft auflösen. Kommt nicht infrage«, rief er verärgert. »Was glaubst du, wer du bist?«

»Hör auf zu schreien und führ dich nicht so auf!«, herrschte sie ihn an.

»So billig kommst du mir nicht davon«, schrie er und zog ihren Kopf an den Haaren zu sich.

»Au, das tut weh. Willst auch du mir ein blaues Auge schlagen?«, erwiderte sie erbost. »Du bist ein aufgeblasener Gockel wie alle anderen.«

»Und du eine Hure. Geh zu seinem Geld! Dein Mann ist ja reicher als ich.«

Er ließ ihre Haare los und stieß sie zurück auf ihren Sitz.

Die Frontscheibe hatte sich beschlagen und war nun mit Schnee bedeckt. Trotzdem sah sie das Licht eines Autos, das auf den Parkplatz einbog. Sie drehte die Innenbeleuchtung ab, betätigte einmal den Scheibenwischer und fuhr mit der Hand über das Glas, um sich freie Sicht zu verschaffen.

»Du hast Angst, dass sie dich kennen«, lachte er boshaft.

»Pst!«, forderte sie ihn auf, still zu sein.

Das kleine Auto parkte sich gegenüber von ihnen neben einem weißen Kastenwagen ein, der ihr bei der Ankunft gar nicht aufgefallen war. Die Kennzeichen der beiden Fahrzeuge waren vollständig mit nassem Schnee bedeckt. Der Fahrer des Wagens stieg aus und schloss die Tür zum Laderaum des Lastwagens auf. Der Beifahrer verließ ebenfalls das Auto und öffnete die Tür zur hinteren Sitzreihe.

»Was treiben die da?«, flüsterte sie beunruhigt.

»Eine Fahrgemeinschaft …«

Er beendete den Satz nicht. Denn in diesem Moment sahen sie, wie die beiden Männer einen Menschen aus dem Fahrzeug zerrten, dessen Hände auf dem Rücken zusammengebunden waren. Sein Kopf steckte in einem Sack. Trotz heftiger Gegenwehr schleppten die Verbrecher die Person zum Kastenwagen und verstauten sie im Laderaum. Sie spürte, dass ihr Freund überlegte auszusteigen, um zu helfen.

»Bist du verrückt?«, flüsterte sie. »Sie sind sicher bewaffnet.«

Sie ergriff seinen Arm und hielt ihn fest. Der eine Gauner stieg auf der Fahrerseite des Lastwagens ein, der andere kehrte zum Kleinwagen zurück und schloss die Tür. Er schaute sich um, zögerte einen Augenblick und ging dann ein paar Schritte auf das Auto zu, in dem die beiden saßen. In ihrer grenzenlosen Angst versuchte sie die Türen zu versperren. Da sie die Position der Schalter noch nicht perfekt kannte, betätigte sie in ihrer Panik die Warnblinkanlage.

»Scheiße«, kam es verzweifelt über ihre Lippen.

»Das gibt es nicht«, fügte er hinzu.

Der Gangster zog aus seiner Manteltasche sofort einen Revolver, lief zu ihnen, riss die Tür auf der Fahrerseite auf und richtete die Waffe auf die beiden.

»Autoschlüssel her! Und Handy!«, rief er mit ungarischem Akzent.

Sie gab ihm das Geforderte. Der Mann schaute auf das daneben stehende Auto.

»Du auch«, wandte er sich an ihn und erhielt seinen Schlüssel und sein Mobiltelefon. Dann lief er zum Kastenwagen, stieg ein und sie fuhren weg. Die beiden sahen noch, wie der Lastwagen Richtung Rechnitz abbog. Sie zitterte am ganzen Körper.

»Ich will hier weg, sofort. Ruf die Polizei, bring mich nach Hause!«, forderte sie vehement und verzweifelt.

Zuerst wollte er sagen, dass dies ohne Autoschlüssel gar nicht möglich war. Weil er sah, dass sie weinte und nahe am Nervenzusammenbruch war, sprach er lieber beruhigend auf sie ein.

»Ich laufe zur Straße und halte ein Auto auf, das vorbeikommt«, sagte sie nach einiger Zeit. »Ich werde hier keine Sekunde mehr bleiben.«

»Da wirst du unter Umständen lange warten. Ich habe eine bessere Idee«, erwiderte er aufmunternd.

»Komm!«, forderte er sie zum Aussteigen auf. Der Schneefall hatte aufgehört und sogar der Mond war am Nachthimmel zu sehen.

Dienstag

Geigensauer parkte seinen Wagen gegenüber der Radiologie vor dem Gelände der Burgspiele und wählte den Durchgang neben dem Rathaus hinauf auf den Hauptplatz von Güssing. Er war ein schlanker, junger Mann mit glattem, schwarzem Haar und trug einen Vollbart. Sein Kopf war lang und schmal. Dunkle, leicht glänzende Augen beherrschten das Gesicht.

Ein kühler Nordwestwind blies durch das Stremtal. Große, weiße Wolken zogen rasch über einen zartblauen Himmel. Die höchsten Erhebungen der Hügelketten links und rechts des Tales waren von einem nächtlichen Schauer zart mit Schnee bedeckt. Auf dem Wechsel, dem Bernsteiner Hügelland und dem Geschriebenstein leuchtete das in der Nacht frisch gefallene Weiß im Sonnenlicht.

Das Büro der SOKO-Südost war ein Stück hinter der Bezirkshauptmannschaft in einem alten, unansehnlichen Gebäude untergebracht. Anton Geigensauer war verspätet unterwegs und beeilte sich, das Haus zu erreichen. Durch ein morsches, schief in den Angeln hängendes Tor gelangte er in einen Hof, auf dessen rechter Seite an einer schmalen Tür das Schild ›SOKO-Südost‹ angebracht war. Er betrat den einzigen Raum des Büros. Inspektor Timischl, sein Kollege, saß schon an seinem Schreibtisch. Er war ein großer, hagerer Mann. Kleine Knopfaugen und dünne Lippen, die kaum zu sehen waren, fielen sofort auf.

»Guten Morgen, Anton. Ausgeschlafen?«, grüßte er müde.

»Danke, ich habe Josef in den Kindergarten gebracht. Jane musste heute früher in die Firma.«

»Was sagt sie dazu?«, fragte Timischl.

»Wozu?«, antwortete Geigensauer unkonzentriert. Er zog seine Jacke aus und ließ sich an seinem Schreibtisch nieder.

»Zur Schließung der SOKO-Südost.«

»Diese Meldung kommt doch immer zu Jahresschluss«, beruhigte Anton.

»Diesmal schaut es ernst aus.«

»Abwarten!«

»Ich bin zu alt, um nach Graz zu pendeln«, meinte Timischl deprimiert.

»Was gibt es Neues?«, versuchte Anton das Thema zu wechseln, obwohl er wenig Hoffnung hatte, dass Interessantes vorgefallen war.

»Wir sollten mit dem Erstellen des heurigen Jahresberichts loslegen. Am 10. Jänner müssen wir ihn abschicken«, schlug Timischl wenig überzeugend vor.

»Heute nicht«, stellte Geigensauer entschieden fest. »Sonst etwas Neues?«

»Nur ein anonymer Anruf. Das ist alles«, erwiderte sein Kollege, schaute ihn müde lächelnd an und zeigte ihm seine leeren Handflächen.

»Ein anonymer Anruf? Von einem Wertkartenhandy?«

»Nein, von einer öffentlichen Telefonzelle.«

»So etwas gibt es heute noch?«

»Ja, zum Beispiel in Kirchfidisch, doch der Anruf kam aus St. Magdalena am Lemberg.«

»Wo ist denn das?«, fragte Geigensauer belustigt.

»Bei Wörth an der Lafnitz.«

»Wann?«

»Gestern Abend um 21 Uhr 30.«

»Eine illegale Cannabisplantage?«
Timischl schüttelte den Kopf.
»Neonazis?«
»Kalt.«
»Illegaler Drohnenflug?«
»Nein.«
»Ich gebe auf«, verlor Geigensauer die Geduld.
»Du hättest es niemals erraten. Eine Entführung«, spottete Timischl.
»Ein Menschenraub?«
»Ja, Kidnapping. Der Anrufer, laut dem diensthabenden Beamten ein Mann, schilderte, dass ein weißer Kastenwagen, in dessen Laderaum ein gefesselter Mensch transportiert wurde, auf das Gelände der ehemaligen Möbelfabrik Perlitz gefahren sei, um die entführte Person dort zu verstecken.«
»Wo ist diese Fabrik?«, wollte Geigensauer wissen.
»Bei Rechnitz.«
»Das ist weit weg von St. Magdalena.«
Timischl nickte.
»Und?«, forderte Anton ihn auf weiterzuerzählen.
»Und nichts. Die Kollegen sind hingefahren. Es stand kein Kastenwagen am Areal. Das Firmengelände ist total heruntergekommen. Die Zufahrt ist offen und das verfallene Fabrikgebäude ist nicht versperrt. Nirgends war etwas zu finden, außer Müll von Alkoholpartys, die Jugendliche abgehalten hatten.«
»Hat jemand aus der Nachbarschaft Verdächtiges beobachtet?«
»Nein, dort wohnt niemand. Die Fabrik liegt weit außerhalb von Rechnitz an der Straße, die nach Schachendorf führt.«
»Ein Scherz?«, überlegte Geigensauer.
»Vielleicht, aber …« Doch sein Kollege kam nicht dazu, den Satz zu Ende zu sprechen, denn sein Handy läutete.

»Inspektor Timischl, SOKO-Südost«, meldete er sich. »Ja … nein, das werden wir uns anschauen … die Spedition zwischen Schachendorf und Dürnbach? … Ok … wir machen uns auf den Weg … Servus.«

Er beendete das Gespräch und erklärte Anton: »Eine Person wurde vermisst gemeldet, Isabella Pilacher. Wir übernehmen die Angelegenheit und werden ihre Familie befragen. Sie besitzt eine große Spedition.«

»Besser als der Jahresbericht«, meinte Geigensauer. »Nehmen wir deinen Wagen?«

»Was sonst?«, antwortete Timischl. Er fuhr nicht gerne mit dem kleinen Toyota des Kollegen. Sein sportlicher BMW war ihm lieber.

Sie erwachte benommen und es dauerte eine Weile, bis sie ihre Umgebung wahrnahm. Das Neonlicht blendete in den Augen und der Kopf schmerzte bei der kleinsten Bewegung. Sie lag auf einem billigen Holzbett und setzte sich auf. Es war ihr so schwindelig, dass sie eine Minute nichts sah. Dann schweifte ihr Blick über die wenigen Einrichtungsgegenstände. Ein Kühlschrank, ein Mikrowellenherd, eine Kiste mit Mineralwasser, ein WC und eine Duschkabine. Sie stand auf und schaute sich um. Das Zimmer hatte Betonwände, die mit weißer Farbe gestrichen waren, und keine Fenster. Der Teil, in dem sie sich befand, wurde durch ein Gitter vom restlichen Raum getrennt, der vollständig leer war und eine Tür aus Stahl besaß. Im Eisschrank lagen drei Pizzen. Die Tür der Vergitterung war abgeschlossen. Außerhalb ihres abgesperrten Teiles schaute eine Überwachungskamera von der Decke auf sie herab und ein Lüftungsgitter sorgte für frische Luft. Sie war gefangen. Angestrengt versuchte sie, sich zu erinnern, was geschehen war. Sie sah auf ihre Armbanduhr und stellte fest, dass sie keine Ahnung hatte, was die letzten dreizehn Stunden passiert war. Ihr Daumen besaß eine tiefe Schnittwunde. Sie konnte sich nicht ins Gedächtnis rufen, wann sie sich diese zugefügt hatte.

Die Tür öffnete sich und eine Person trat ein, die sich als Oliver Hardy verkleidet hatte. Die Maske verdeckte den Kopf vollständig und die Augen lagen so tief hinter den Öffnungen der Larve, dass man sie nicht wahrnahm.

»Lass mich sofort raus!«, rief sie und trat zum Gitter hin. Doch die unheimliche Gestalt gab keine Antwort.

»Wer bist du? Warum bin ich eingesperrt?«, fragte sie.

Der Vermummte hielt ein Plakat in die Höhe, auf dem zu lesen stand: ›Ungarische Mafia.‹ Nach einigen Augenblicken wendete er den Karton. ›Pizza im Kühlschrank, in Mikro aufwärmen‹, war zu sehen. Dann drehte sich Oliver Hardy um und schritt zur Tür.

»Halt!«, rief sie. »Bleib doch hier!«

Die Gestalt gehorchte ihr nicht und verließ den Raum. Das Letzte, was sie von ihr hörte, war das Umdrehen des Schlüssels im Schloss und dann ein Geräusch, das dem ähnelte, das beim Schieben schwerer Möbel entsteht.

»Kennst du diese Spedition?«, fragte Geigensauer, nachdem sie einige Zeit schweigend gefahren waren und Moschendorf erreicht hatten.

»Sicher. Die kennt im Südburgenland jeder. Ausgenommen solche Zuwanderer wie du. Der alte Pilacher hat die Firma in den Achtzigerjahren gegründet. Mit nur einem Lastwagen, den er selber fuhr, hat er begonnen. Heute hat das Unternehmen dutzende große Trucks im Einsatz. Schau, da kommt uns einer entgegen!«

Ein langer Lkw mit der roten Aufschrift ›Pilacher‹ düste an ihnen vorbei.

»Wer ist die vermisste Isabella?«, wollte Geigensauer wissen.

»Die Gattin von Johannes, einem Sohn des alten Pilacher. Dessen Frau ist leider unschuldig bei einem Autounfall ums Leben gekommen. Beim Begräbnis ist das halbe Burgenland zusammengelaufen.«

Sie gelangten zu der kleinen Ortschaft Winten. Anton sah, dass einige Heurige ausgesteckt hatten, und ein Verlangen nach Wurstsalat mit Hausbrot erfüllte ihn. Er nahm sich vor, mit Jane und Josef eine Buschenschank aufzusuchen.

»Wer führt heute das Unternehmen?«, setzte Anton das Gespräch fort.

»Die beiden Söhne Johannes und Karl. Der alte Pilacher ist in Pension, aber er wird bestimmt mitreden. Seine Tochter Elisabeth ist mit einem erfolglosen Maler verheiratet. Sie wohnen alle in Häusern am Firmengelände.«

»Du bist das lebende ›Who is Who‹ im Burgenland. Ich könnte ohne dich gar nicht ermitteln«, lobte Geigensauer.

Timischl lachte und überholte den vor ihm fahrenden Wagen in der lang gezogenen Kurve, die nach Höll führte, mit den Worten: »So ein Wiener Schleicher. Was macht der hier?«

»Möglicherweise hat er hier einen Zweitwohnsitz«, erklärte Anton.

»Wir haben genug Tiroler und Vorarlberger hier, die Wiener sollen im Waldviertel bleiben«, hoffte Timischl.

»Wie lange ist sie abgängig?«, erkundigte sich Geigensauer.

»Seit gestern Abend.«

»Dann müssten wir eigentlich noch nicht ermitteln«, überlegte er.

»Es handelt sich um die Familie Pilacher«, erwiderte Timischl mit Betonung auf den Familiennamen.

»Ach so, ich hatte vergessen, dass wir mit zweierlei Maß messen«, meinte Anton zynisch.

»Hoffentlich taucht Isabella bald wieder auf. Dann kehren wir am Rückweg in Winten beim Heurigen ›Pinkatal‹ ein. Ich kenne den Besitzer, er ist mein Cousin«, plante Timischl.

Verlassen lag die Ortschaft Eisenberg in der Dezembersonne. Die entlaubten Weinstöcke zogen sich die braunen Hänge empor. Nur ein einzelner Profiradfahrer strampelte den Berg hinauf. Von den vielen älteren, übergewichtigen Touristen, die hier im Sommer auf ihren E-Bikes radelten, war keiner zu sehen.

In flotter Fahrt rasten sie den Eisenberg hinunter, vorbei am Badeteich Burg und über die alte, aufgelassene Bahnstrecke, auf der ein Radweg entstehen sollte, in Richtung Schandorf. Vor ihnen befanden sich die bewaldeten Hänge des Günser Gebirges, zu deren Füßen sich die Ortschaften Rechnitz und Markt Neuhodis erstreckten. Bald hatten sie die Bundesstraße vor Schachendorf erreicht und bogen links nach Dürnbach ab. Die großen Gebäude der Spedition waren schon von Weitem zu sehen.

Gleich nachdem sie von der Straße abgebogen waren, gelangten sie auf den weitläufigen Platz vor der riesigen Lagerhalle, an deren Rampe drei Lastwägen beladen oder entladen wurden. Daneben waren zahlreiche Container übereinandergestapelt. Es folgte eine Garage, in der am Motor eines Sattelzuges gearbeitet wurde. Daran anschließend stand das ebenerdige Büro, auf dessen Flachdach große Buchstaben aufgestellt waren, die den Schriftzug ›Spedition Pilacher‹ bildeten. Timischl hielt den BMW an.

»Schaust du einen Sprung hinein und meldest uns an?«

»Mit wem sollen wir Kontakt aufnehmen?«, fragte Geigensauer im Aussteigen.

»Mit Johannes Pilacher.«

Auf sein Anklopfen war ein »Herein« zu vernehmen und Anton betrat einen großen Raum, an dessen Wänden hohe Stellagen lehnten, die großteils mit Ordnern verschiedener Farben gefüllt waren. Drei Schreibtische standen hintereinander in der Mitte des Zimmers. Die ersten beiden waren unbesetzt. Tischkarten, beschriftet mit ›Elisabeth Sotter‹ beziehungsweise ›Isabella Pilacher‹, informierten, wer hier gewöhnlich arbeitete. So wandte sich Geigensauer dem dritten Arbeitsplatz zu, hinter dem Doris Puller saß, wie zu lesen war. Viele Jahre auf die Pension fehlten ihr nicht. Perfekt geschminkt und modisch gekleidet schaute sie ihren Besucher fragend durch ihre riesige Brille an, die mit ihren dicken, schwarzen Rändern am ehesten zu einem Faschingsfest passte.

»Grüß Gott, ich würde gerne Johannes Pilacher sprechen«, brachte Anton sein Anliegen vor.

»Das geht heute gar nicht. Aufgrund familiärer Angelegenheiten ist er nicht erreichbar. Soll ich Ihnen einen Termin geben?«

»Geigensauer, SOKO-Südost«, erwiderte Anton und zeigte seinen Ausweis.

»Das ist etwas anderes. Herr Pilacher erwartet Sie in seinem Haus. Es ist das zweite Gebäude, das mit der gelben Fassade.«

Sie deutete in die entsprechende Richtung.

»Danke.«

Anton kehrte zu Timischl zurück, der neben seinem Wagen in der Sonne stand.

»Johannes wartet in dem gelben Haus auf uns«, erklärte er dem Freund und zeigte auf das Gebäude.

»Ich habe einen Anruf von den Kollegen erhalten«, erzählte Timischl. »In den Spitälern liegt keine Patientin mit dem Namen Isabella Pilacher.«

»Dann hören wir uns an, was ihr Mann zu sagen hat «, meinte Geigensauer.

Neben dem Büro erhob sich ein Gebäude mit hellblauer Fassade im Stil der Achtzigerjahre mit einem Arkadengang und einem Krüppelwalmdach. Die groß gewordenen Tannen im Vorgarten verdeckten es teilweise. Die gepflasterte Zufahrt war etwas uneben und in den Fugen zwischen den Steinen wuchs Gras. Ein roter Porsche Sportwagen glänzte in der Sonne. Geigensauer vermutete, dass hier der alte Pilacher wohnte.

Anschließend stand ein modernes, einstöckiges Haus mit gelber Fassade und Flachdach. Die zwei Garagen waren in einem Nebengebäude untergebracht. Im Garten sah Anton ein überdachtes Schwimmbecken.

Kaum hatten sie angeläutet, wurde die Tür geöffnet und ein großer, stämmiger Mann stand vor ihnen.

»Polizei?«, fragte er hektisch und, weil Anton nickte, fuhr er fort: »Endlich, bitte!«

Er trat zur Seite und sie schritten in einen großen Vorraum, wo um einen kleinen Tisch vier Couch-Sesseln standen.

»Nehmen Sie doch bitte Platz!«, forderte er die Ermittler auf, blieb selber jedoch stehen. Er hatte kurze, braune Haare, vorne am Kopf einen Ansatz von Glatze. Seine grünen Augen wirkten katzenartig, der rechte Mundwinkel bog sich weiter nach unten als der linke. Die großen Ohrläppchen waren unübersehbar. Er trug eine schwarze Bundfaltenhose, einen hellbraunen Rollkragenpullover und ein dunkles Sakko.

»Sie wissen, meine Gattin, Isabella Pilacher, ist abgängig«, begann er das Gespräch. »Hier ist ein Foto von ihr, leider nicht aktuell. Neuerdings hat sie die Haare blond gefärbt.« Er überreichte es Anton. Die abgebildete Frau erfüllte alle gängigen Schönheitsideale. Er reichte das Bild an Timischl weiter und fragte: »Seit wann wird Ihre Gemahlin vermisst?«

»Die letzte Person, die Isabella gesehen hat, ist ihre Schwester, Sophie Maller. Sie lebt in Lockenhaus und führt dort einen

Friseursalon. Meine Gattin fährt immer am Montag zu ihr. Die beiden plaudern und sie bekommt ihre Wunschfrisur. Sie ist um 19 Uhr von Sophie weggefahren.«

Während er sprach, ging er im Zimmer auf und ab.

»Ich war gestern in Stegersbach bei der Weihnachtsfeier des südburgenländischen Wirtschaftsverbandes und bin erst gegen 24 Uhr heimgekommen. Die Garagen von Isabella und mir sind voneinander getrennt. Ich sah daher nicht, dass ihr Auto fehlte. Es war dunkel im Haus. Wir haben verschiedene Schlafzimmer. Ich dachte, sie schläft, wollte sie nicht mehr stören und legte mich nieder. Erst um 9 Uhr am Morgen – ich hatte etwas länger geschlafen – fiel mir auf, dass ihr Bett unberührt war und ihr Auto fehlte. Vergeblich versuchte ich, sie am Handy zu erreichen. Vom Personal und von der Familie hat sie seit gestern Nachmittag niemand gesehen.«

»In einem Krankenhaus liegt sie nicht«, unterbrach Timischl. »Das haben die Kollegen abgefragt.«

»Die Daten zur Handyortung werden erhoben. Das dauert immer«, fügte Geigensauer hinzu.

»Hat Ihre Frau Depressionen? Hat sie Selbstmordabsichten geäußert? Früher oder in letzter Zeit?«, wollte Timischl wissen.

»Niemals. Sie ist ein durchaus positiver, lebensfroher Mensch.«

»Hat sie schwerwiegende Erkrankungen?«

»Nein, sicher nicht.«

»Gab es Ihrer Meinung nach irgendwelche Vorfälle, die Ursache für das Verschwinden sein könnten?«, erkundigte sich Geigensauer.

»Einzig dieser Drohbrief.«

Johannes holte aus der Brusttasche seines Sakkos einen zusammengefalteten Zettel heraus und überreichte ihn.

›Bleibe Sie mit ihres Firma in Österreich!‹, war in großer, roter Schrift aufgedruckt.

»Wir planen, uns zu erweitern. Am Rande von Szombathely wird morgen ein Grundstück mit Halle versteigert. Wir werden mitbieten. Es wird wesentlich günstiger sein als Gleichwertiges im Burgenland. Darf ich etwas zu trinken anbieten?«

Die beiden Ermittler lehnten dankend ab. Johannes bediente sich an einer kleinen Bar, die hinter ihnen an der Wand stand, und setzte sich mit einem Drink nieder.

»Wie kam dieses Schreiben und wer hat es gefunden?«, fragte Anton.

»Es war ohne Kuvert in der Post. Meine Frau fand es.«

»Wann haben Sie die Drohung erhalten?«

»Vorigen Freitag. Ich habe das nicht ernst genommen. Wir mussten letzte Woche einen Fahrer entlassen. Andauernd erschien er unpünktlich zum Dienst. Er hat uns sehr verärgert verlassen. Vielleicht ein Abschiedsgruß von ihm?«

»Wir behalten die Nachricht, um Spuren zu sichern.«

Timischl verwahrte den Zettel in einem Plastiksack.

»Wir sollten uns das Zimmer Ihrer Frau ansehen«, bat Geigensauer.

»Gerne, bitte!«

Pilacher schritt voraus. Eine breite Treppe lief in einem großen Bogen hinauf zu einer Empore, von der aus man die Räume betrat. Isabellas Zimmer war so gründlich aufgeräumt, als würde man verreisen. Das Bett war gemacht und unberührt.

»Sie ist sehr ordentlich«, erklärte Johannes. »Ich schätze das bei der Büroarbeit.«

Timischl öffnete die Tür zum Schrankraum.

»Glauben Sie, dass etwas fehlt?«, erkundigte er sich.

»Keine Ahnung, was das Gewand betrifft. Ihre beiden Koffer sind da«, sagte Johannes.

Geigensauer betrachtete den Schreibtisch, der vor dem Fenster stand. Der Typenschein eines Autos und eine Klarsichthülle, in der ein Versicherungsvertrag steckte, waren die einzigen Dinge, die dort lagen. Er notierte sich das Kennzeichen. Die Schubladen waren bis auf einen unbeschriebenen Notizblock leer. Ein Schlüssel zum Auto war nicht zu finden. Pilacher trat zu Anton.

»Meine Gattin hat gestern ihren neuen Wagen, einen roten VW Touareg, bekommen. Sie hat sich sehr gefreut.«

»Wir werden einen Blick in die Garage werfen«, schlug Timischl vor. »Am Abend hat es geschüttet. Wenn Ihre Gemahlin nur kurzfristig hier war, müsste Nässe vorhanden sein.«

Die beiden Ermittler folgten Johannes. Der Boden war staubtrocken.

»Hier hat nach dem Regen kein Auto gestanden«, stellte Anton fest. Dann erblickte er ein Fahrrad, das an der Wand lehnte und an dessen Reifen Erde klebte.

»Ist Ihre Frau gestern mit dem Rad gefahren?«, erkundigte sich Geigensauer und zerquetschte einen Erdbrocken zwischen den Fingern. Er war feucht.

»Ich war dabei, als Isabella probeweise ihr Bike in den neuen Wagen ein- und ausgeladen hat«, erwiderte Pilacher nachdenklich. »Sie war verärgert, weil es mehr Kraft und Mühe kostete, als sie gehofft hatte. Ob sie am frühen Nachmittag damit gefahren ist, ist mir unbekannt. Ich hatte dann eine Videokonferenz. Weit sicher nicht, denn gegen halb drei fährt sie am Montag immer nach Lockenhaus. Bevor sie ihre Schwester besucht, trainiert sie dort in einem Fitnessstudio.«

Auch er nahm ein Stück der Erde und befühlte es mit den Fingern.

»Wir würden jetzt gerne mit den anderen Familienmitgliedern sprechen«, schlug Timischl vor.

»Mein Bruder Karl ist bei unserem Vater. Gehen wir hinüber!«, antwortete Johannes und schritt voraus.

Der alte Pilacher, eine imposante Erscheinung, empfing sie an der Tür seines Hauses. Trotz der vielen Jahre, die er zählte, hatte er keine Glatze. Er trug einen Schnurrbart und das vollständig ergraute Haar lang wie in den Siebzigerjahren üblich. Ein gewaltiger Bierbauch wölbte ein Flanellhemd und ließ die Bluejeans unterhalb der Taille sitzen. Ein Goldkettchen um den Hals und weiße Turnschuhe vervollständigten das Outfit. Anton vermutete ein Motorrad in seiner Garage.

»Gibt es Erfolge zu vermelden?«, empfing der Alte die drei Männer.

»Nein, keine Spur«, erwiderte Johannes. »Sie ist wie vom Erdboden verschluckt. Geigensauer und Timischl, Ermittler von der SOKO-Südost.«

»Willkommen im Hause Pilacher. Kommen Sie mit!«

Er führte sie in das Wohnzimmer, wo im offenen Kamin ein Feuer brannte. Davor stand eine Sitzgarnitur.

»Mein Sohn Karl, das sind die Herren, die den Fall bearbeiten«, stellt er die Anwesenden einander vor.

Karl erhob sich und nickte den Neuankömmlingen freundlich zu. Er war etwa so groß wie Johannes, aber extrem dünn, fast hager. Das kurze Haar war blond und die Augen blau. Eine lange Nase und eine dicke Unterlippe prägten das längliche Gesicht, das jedem eigenartig auffiel. Seine Bewegungen wirkten schlaksig. Zu einer Bluejeans trug er eine Kapuzenjacke.

»Wann haben Sie Ihre Schwiegertochter zuletzt gesehen?«, fragte Timischl den alten Pilacher.

»Zu Mittag im Büro, bevor ich in die Therme nach Bad Tatzmannsdorf gefahren bin. Dort treffe ich mich wöchentlich mit ehemaligen Schulkollegen in der Sauna«, erwiderte dieser.

»Mir ist an Isabella nichts Besonderes aufgefallen. Der Drohbrief könnte echt sein. Der ungarischen Frächtermafia traue ich alles zu.«

»Und Sie?«, forderte Geigensauer Karl auf.

»Ich? Ich sah sie zuletzt so gegen halb drei. Sie zeigte mir ihren neuen Wagen, bevor sie nach Lockenhaus fuhr. Ich habe an ihr nichts Auffallendes bemerkt.«

Man hörte, wie die Eingangstür geöffnet und geschlossen wurde. Eine Frau betrat das Zimmer. Sie hatte graue Augen und war ungeschminkt. Das lange, kastanienbraune Haar hatte sie zu einem Rossschwanz gebunden. Sie trug eine helle Hose mit einem blauen Pullover.

»Meine Tochter, Elisabeth Sotter«, übernahm der alte Pilacher das Vorstellen. »Das sind die Beamten, die uns helfen werden, Isabella zu finden.«

»Gibt es Neuigkeiten?«, erkundigte sie sich sofort.

»Nein, leider nicht«, erwiderte Johannes verzweifelt. »Wir tappen im Dunkeln.«

»Wann haben Sie Ihre Schwägerin zuletzt gesehen?«, fragte Timischl Elisabeth.

»Gestern zu Mittag im Büro. Am Montag arbeitet sie immer nur am Vormittag.«

»Ist Ihnen irgendetwas an ihr aufgefallen?«

»Nein, überhaupt nichts. Höchstens Vorfreude auf das neue Auto. Ich wüsste nicht, wo sie sein könnte. Hoffentlich hatte sie keinen Autounfall. Ich fürchte, dass ihr etwas zugestoßen ist.«

»Sie liegt in keinem Krankenhaus der Umgebung. Das wurde überprüft«, antwortete Geigensauer.

»Vielleicht ist sie von der Straße abgekommen und das verunglückte Auto ist bis jetzt von niemandem gesehen worden. Gestern Abend hat es am Geschriebenstein geschneit. Die Fahrbahn war sicher schneeglatt«, gab sie zu bedenken.

»Ich werde die Strecke abfahren und nachsehen. Warum haben wir nicht früher daran gedacht?«, sagte Johannes beunruhigt und wollte sofort zur Tat schreiten, da hörte man wieder jemanden das Haus betreten.

Ein Mann mit Vollglatze kam hereingeeilt. Hinter einer Brille mit dicken Gläsern waren große, graue Augen zu sehen. Die Winterjacke hatte er nicht abgelegt und in seiner rechten Hand hielt er einen Zettel. Außer Atem rief er: »Isabella ist entführt worden. Doris hat dieses Schreiben eben dem Briefkasten entnommen.«

Er faltete das Papier auseinander und las vor: »Wenn ihnen Leben ihrer Frau lieb, sie nicht kommen Mittwoch zur Versteigerung nach Szombathely.«

Sekundenlang herrschte betroffenes Schweigen.

»Das kann nicht sein«, durchbrach Karl die Stille, riss dem Mann das Papier aus der Hand und betrachtete es. Anton nahm ihm das Blatt ab und fragte den Neuankömmling: »Mit wem habe ich die Ehre?«

»Wolfgang Sotter, akademischer Maler«, sagte der Glatzkopf.

»Mein Mann«, fügte Elisabeth hinzu.

Anton und Timischl traten ein paar Schritte zur Seite und begutachteten das Schreiben.

»Ich habe Schlimmes befürchtet«, begann der alte Pilacher. »Diese ungarische Frächtermafia ist nicht zu unterschätzen. Ich habe den Drohbrief nie für einen Scherz gehalten. Trotzdem werden diese Ganoven sich wundern.«

»Wie meinst du das?«, fragte Johannes.

»Wir werden mitsteigern.«

»Und Isabella?«

»Wir lassen uns nicht erpressen«, stellte der alte Pilacher fest.

»Ich weiß, dass du nichts von Isi hältst. Dir ist egal, ob ihr etwas passiert«, wurde Johannes wütend. »Ich fahre nicht zu dieser Versteigerung. Niemand begibt sich dort hin.«

»Wer gibt dir die Garantie, dass sie Isabella freilassen, wenn wir morgen das Grundstück nicht erwerben?«, erwiderte der alte Pilacher gelassen. »Geben wir nach, dann werden sie mehr verlangen.«

»Dieser Meinung bin ich auch«, stimmte Karl zu. »Wir dürfen nicht nachgeben.«

»Hier handelt es sich um einen Menschen, nicht um Aktien oder Geschäfte«, mahnte der Mann mit der Glatze.

»Oh, Wolfgang, der Künstler, gibt sich human«, spottete Karl. »Nur leider lebt er vom Geld der inhumanen Firma.«

Die Hände in den Taschen seiner Kapuzenjacke, lachte er den Kahlköpfigen an.

»Lass meinen Mann aus dem Spiel! Bitte keinen Streit!«, forderte Elisabeth. »Jetzt nicht. Außerdem weiß die Polizei sicher am besten, was zu tun ist«, wandte sie sich an die Ermittler.

Geigensauer und Timischl beendeten ihre Rolle als stille Beobachter.

»Wir werden uns bemühen«, antwortete Geigensauer, »Isabella so schnell wie möglich zu finden und zu befreien. Bewahren Sie Ruhe! Wir halten Sie am Laufenden. Falls Sie Wichtiges erfahren, teilen Sie es uns mit. Bitte keine Aktionen auf eigene Faust!«

Die beiden Ermittler verabschiedeten sich.

»Friedliches Zusammenleben sieht anders aus«, meinte Timischl am Weg zu seinem Wagen. »Das Telefonat gestern abends mit dem Hinweis auf eine Entführung bei Rechnitz steht sicher in Zusammenhang mit dem Verschwinden von Isabella.«

Geigensauer nickte zustimmend und überlegte laut: »Warum wollte der Anrufer anonym bleiben? Weshalb hat er nicht alles geschildert, was er gesehen hat? Denn, woher wusste er, dass in diesem Kastenwagen eine gefesselte Person transportiert wurde? War einem der Gauner die Entführung zu heiß?«

»Keine Ahnung«, meinte Timischl kopfschüttelnd. »Ich werde mich einmal erkundigen, wem das Gelände der alten Möbelfabrik gehört. Ein Lastwagen mit einem entführten Menschen im Laderaum fährt nicht zufällig auf ein verlassenes Firmenareal.«

»Dann werde ich versuchen, Angestellte der Spedition zu befragen. Jemand könnte Verdächtiges bemerkt haben.«

Timischl schritt weit in die angrenzende Wiese hinein, denn Mithörer beim Telefonieren waren nicht erwünscht. Geigensauer eilte in Richtung Garage und der großen Halle. Als er am Büro vorbeikam, öffnete sich die Tür. Doris Puller trat heraus, winkte ihn zu sich und rief: »Kommen Sie einen Sprung herein, Herr Kommissar!«

»Ich bin kein Kommissar«, hätte Anton antworten können, doch er ließ es bleiben und folgte ihr. Eine junge Frau mit einem ansprechenden Gesicht, langen, blonden Haaren und schlanker Gestalt wusch den Boden im Büro auf. Geigensauer wunderte sich, dass sie sich keinen besseren Job suchte.

»Emma, unsere Reinigungskraft, Herr Geigensauer, Ermittler der SOKO-Südost«, stellte Doris Puller die beiden einander vor. »Wir haben vorhin darüber gesprochen, dass Isabella vermisst wird«, fuhr sie an Anton gewandt fort. »Emma ist vermutlich die letzte Person, die Frau Pilacher vor deren Verschwinden gesehen hat. Sie reinigt Montag abends immer den Friseursalon von Isabellas Schwester Sophie Maller.«

Auf den Stiel des Bodenwischers gestützt, musterte Emma den Beamten der SOKO-Südost genau.

»Ich habe das Studio geputzt, während Frau Maller die Haare von Frau Pilacher färbte.«

»Ist Ihnen irgendetwas aufgefallen? Haben Sie aus dem Gespräch der beiden etwas behalten, das mit dem Verschwinden in Zusammenhang stehen könnte?«, fragte Geigensauer.

»Nein. Zuerst unterhielten sie sich über die Kinder von Frau Maller und später erzählte Isabella von ihrem neuen Auto«, kam die Antwort mit unsicherer Stimme.

Anton schaute ihr in die Augen. Nur kurz hielt sie seinem Blick stand. Dann tauchte sie den Wischer in den Kübel ein. War es Respekt vor der Polizei oder hatte sie Angst?

»Wann ist Isabella weggefahren?«, fragte Anton.

»Es war knapp vor 19 Uhr. Frau Maller ging zu den Kindern hinauf. Ich half Frau Pilacher in die Jacke und öffnete ihr die Tür. Sie meinte im Weggehen: ›Lass dir eine andere Frisur einfallen! Wir können nicht die gleiche tragen‹, dann hörte ich sie wegfahren. Sie kann mich nicht leiden. Sie hält sich für die hübscheste Frau auf der Welt.«

»Emma, wie kannst du so etwas behaupten?«, mischte sich Doris Puller ins Gespräch.

»Weil es stimmt.«

»Denken Sie bitte noch einmal nach! Wir vermuten, dass Frau Pilacher entführt wurde. Jeder noch so kleine Hinweis kann wichtig sein«, ließ Geigensauer nicht locker. Er hatte nicht fertiggesprochen, da sah er, dass sie erschrak. Ihre angsterfüllten Augen schauten ihn an.

»Nein, nein. Es war alles wie jeden Montag«, erwiderte sie und schüttelte dabei verneinend ihren Kopf. »Ich muss frisches Wasser holen.« Emma nahm den Kübel und verließ den Raum.

»Eine Entführung, das ist erschreckend«, sagte Frau Puller und setzte sich an ihren Schreibtisch. Geigensauer konnte ihrem Tonfall nicht entnehmen, ob sie die Angelegenheit berührte oder nicht.

»Die Drohung war nur der Vorbote. Diese ungarische Mafia will verhindern, dass die Firma in Szombathely Fuß fasst«, überlegte sie.

Anton verließ das Büro mit der Erkenntnis, dass zu viele Menschen über diesen Drohbrief informiert waren, und dem Gefühl, dass manche seiner Worte bei Emma Angst ausgelöst hatten. Er setzte seinen Weg zu Garage und Halle fort. Als er die Werkstatt betrat, kam ihm die Reinigungskraft entgegen. Einen Kübel voll Wasser trug sie nicht. Ohne Anton anzuschauen, lief sie an ihm vorbei. Hinter einem für die Reparatur aufgebockten Lastwagen hörte er jemand ungarisch sprechen. Dorthin wandte er sich. Auf einer Werkzeugkiste saß ein junger Mann mit dem Rücken zu ihm und telefonierte. Er war mit einem blauen Mechanikeranzug bekleidet. Anton hatte sich in den letzten Jahren grundlegende Kenntnisse der kroatischen und ungarischen Sprache angeeignet. Dies war für die Ermittlungen immer wieder von Vorteil. So auch heute. Denn er verstand etwa, was der Mechaniker redete.

»So glaub mir doch, sie ist entführt worden ... kein Scherz ... sie ist entführt worden ... ich weiß es von der Polizei ... Sachen gibt es, die gibt es gar nicht.«

Er lachte, drehte den Kopf zur Seite, erblickte Geigensauer, beendete sofort das Gespräch und stand auf.

»Was suchen Sie hier?«, fragte er wenig freundlich. Er war ein kleiner Mann mit gelocktem, schwarzem Haar, braunen Augen und einem spitzen Kinn.

»Die Nachricht von der Entführung verbreitet sich rasch«, sagte Anton und zeigte seinen Ausweis mit den Worten ›Geigensauer, SOKO-Südost‹ her. »Wer sind Sie?«

»Gergö Buday, der Mechaniker der Firma«, antwortete der junge Mann mit ungarischem Akzent.

»Wo wohnen Sie?«

»In Szombathely.«

»Ist Ihnen in den letzten Tagen etwas aufgefallen, das mit der möglichen Entführung von Frau Pilacher zusammenhängen könnte?«

»Nein, ich habe nichts bemerkt oder gesehen«, kam es prompt aus seinem Mund. »In die Garage kam die Gattin des jungen Chefs nur, wenn ich ihren Wagen waschen sollte. Immer am Dienstag. Fast jeden Montag am Abend kam sie mit einem schmutzigen Auto aus Lockenhaus zurück.«

Während er sprach, beobachtete er Geigensauers Reaktionen gespannt.

»Falls Ihnen noch etwas Auffälliges in den Sinn kommt, dann melden Sie sich bitte bei mir.«

Anton gab ihm seine Visitenkarte und verabschiedete sich.

Da er sonst niemanden am Gelände der Spedition sah, eilte Anton zu Timischls Auto zurück. Viele Gedanken schwirrten ihm durch den Kopf. Großer Beliebtheit erfreute sich Isabella bei den Angestellten der Firma nicht. Warum war Emma zu Gergö gelaufen? Nur um die Sensation zu melden? War er ihr Freund? Steckte mehr dahinter? Wem hatte er telefonisch von der Entführung berichtet? Der Frächtermafia? Schließlich kam der Mechaniker aus Szombathely zur Arbeit. War die Spedition Pilacher von Mafia-Schergen unterwandert? Timischl wartete ungeduldig und, kaum war Anton eingestiegen, fuhr er los und erzählte: »Das Gelände der ehemaligen Möbelfabrik Perlitz gehört dem ungarischen Immobilientycoon Imre Toth. In der Zentrale habe ich darum ersucht, dass die Kollegen in Ungarn über diesen Fall und seine möglichen Verbindungen nach Szombathely informiert werden. Wir fahren sofort zu dem verlassenen Betriebsgelände und sehen uns das Gebäude einmal genauer an.«

Sie rasten Richtung Schachendorf. Am Ende der Ortschaft vor dem Zollhaus beim Grenzübergang bogen sie links ab. Auf der kurzen Fahrtstrecke bis zur Liegenschaft des ehemaligen Unternehmens berichtete Geigensauer über die Befragungen von Emma und Gergö. Das Grundstück lag rechts der Straße ein gutes Stück vom Ortsgebiet von Rechnitz entfernt. Das Tor der Zufahrt war offen und so steuerte Timischl seinen Wagen auf den betonierten Hof. Der Zaun, der den Grund umgab, war so baufällig, dass er an vielen Stellen bedrohlich schief stand und an manchen vollständig umgefallen war. Sie stiegen aus. In den Fugen zwischen den Betonplatten wehten die braunen Grasbüschel des letzten Sommers im Wind. Kein Fenster der Front der Fabrikanlage war unbeschädigt. Die Dachrinne hing an einer Stelle bis zum Boden herab. Das große Tor zur Produktionshalle war verschlossen, aber die Tür zum Bürotrakt war unversperrt. Durch einen leeren Vorraum gelangten sie in das einstmalige Sekretariat. Ein einziger Kasten stand dort. Warum er zurück gelassen worden war? Am Fußboden lagen Bierflaschen, Glasscherben, Wodkaflaschen, Kondome, Spritzen und ein Büstenhalter. Zeugen heißer Partys vergangener Sommer. Der nächste Raum diente vermutlich dem ehemaligen Management. Zwei Matratzen lagen jetzt dort, sonst nichts. Hatte hier jemand übernachtet? Die große Fabrikhalle war vollständig leer. Über eine alte Leiter kletterte Geigensauer auf den Dachboden, den es oberhalb von Direktion und Sekretariat gab. Ein paar Strohballen, die als Wärmeisolation gedient hatten, und eine völlig abgemagerte Streunerkatze mit ihren beiden Jungen waren die einzige Ausbeute. An die Halle schlossen einige Räume an, deren ursprüngliche Verwendung man nicht mehr erraten konnte. Keines der Zimmer war zum Verwahren einer entführten Person geeignet. Die letzte Tür, die die beiden Ermittler öffneten, führte in den Keller hinunter. Die Raumhöhe war bedrückend niedrig, von den feuchten Wänden bröckelte der Verputz und es roch modrig. Vier fensterlose Räume gab es hier unten. Drei waren mit Gerümpel gefüllt. Der vierte war bis auf einen Sessel vollständig leergeräumt und sein Boden vor Kurzem gekehrt worden. Man konnte die Spuren des Besens im Reststaub sehen.

»Vielleicht wollte man Isabella hier einsperren?«, meinte Timischl nachdenklich. »Hier wurde neulich zusammengeräumt. Es gibt bessere Verstecke, doch weshalb sollte man hier sonst säubern?«

»Völlig unpassend ist es nicht. Wer würde sie hier im Winter suchen? Für kurze Zeit könnte es reichen. Möglich, dass die Entführer wirklich planten, sie nach der Versteigerung freizulassen«, überlegte Geigensauer.

»Bleibt die Frage, was geschehen war«, ergänzte Timischl, »dass die Gauner ihr Vorhaben änderten. Darüber wusste der anonyme Anrufer leider nicht Bescheid.«

Sein Handy läutete und er hob ab.

»Hallo … es geht … das ist perfekt … schneller als der Blitz … nein … wird noch dauern … ebenfalls … schönen Tag.«

Zufrieden lächelnd legte er auf.

»Das war die Zentrale in Graz. Die Mitarbeit der ungarischen Kollegen, um die ich telefonisch gebeten habe, ist veranlasst worden«, informierte er. »Sie haben bereits fleißig für uns ermittelt. Der Immobilientycoon Toth besitzt keinen weißen Kastenwagen und Isabella wird nicht in seinem Haus festgehalten. Er hat sein Anwesen freiwillig durchsuchen lassen. Fragt sich nur, wie viele leer stehende Immobilen er anderswo sein Eigen nennt.«

»Wer immer dieses Grundstück in Szombathely erwerben wird, dem müssen wir genau auf die Finger schauen«, forderte Geigensauer und dann fragte er, weil Timischl wesentlich besser Ungarisch beherrschte als er: »Fährst du morgen zur Versteigerung?«

»Gerne. Warum nicht? Es ist schon 14 Uhr. Ein Mittagessen wäre jetzt angebracht. Ich kenne in Rechnitz ein Lokal …«

»Wir sollten möglichst rasch nach Lockenhaus«, unterbrach Anton. »Ein Supermarkt wird genügen. Brechen wir auf!«

Der Wind hatte die letzten Wolken verblasen und die Sonne, die sich an diesem kurzen Wintertag schon dem Horizont näherte, strahlte von einem hellblauen Himmel, der sich über das Südburgenland spannte. Die Geschriebenstein-Bundesstraße B56, die das Günser Gebirge überquerte, war eine beliebte Strecke für Motorradfahrer, die leider einige zu tödlicher Raserei verleitet hatte. Sie aßen ihre Wurstsemmeln, Anton mit Essiggurken und Timischl mit Käse verfeinert, und fuhren steil durch Rechnitz bergauf. Ab der ersten scharfen Kurve bestand Geigensauer immer wieder darauf, langsamer zu fahren. Denn er wollte schauen, ob er den roten VW von Isabella nicht irgendwo im Straßengraben sah. Schließlich meinte Timischl genervt: »Wozu hat man einen BMW?«

Er bremste sich ein, stellte den Tempomat auf 50 km/h und lehnte sich entspannt zurück. »Hoffentlich sind wir oben, bevor es dunkel wird«, konnte er sich nicht beherrschen zu maulen.

Ab einer gewissen Höhe waren die Bäume mit Schnee bedeckt und neben der Fahrbahn lag eine dünne Schneedecke. Weit und breit war nichts von Isabellas Auto zu sehen.

»Halt!«, rief Geigensauer plötzlich. »Dort steht ein roter Wagen am Parkplatz!« Sie hatten die höchste Stelle erreicht, Timischl verringerte die Geschwindigkeit, bog von der Straße ab und fuhr zu dem Auto hin. Sie stiegen aus. Hier oben im Schatten war der Schnee gefroren und krachte unter ihren

Schuhen. Der weite Platz war von Wald umgeben. Auf seiner linken Seite stand ein Gasthaus, das schon lange geschlossen war.

»Es ist Isabellas Wagen«, stellte Geigensauer nach einem Blick auf das Kennzeichen fest. »Wir nähern uns der Angelegenheit«, freute sich sein Kollege und umrundete das Auto. Das Heck des Fahrzeuges war bis zum Dach mit Schlamm verschmutzt.

»Schaut aus, als wäre sie über einen Acker gefahren«, stellte Geigensauer fest.

»Komm zu mir und schau dir das an!«, rief Timischl. Anton eilte zu ihm. Timischl deutete auf einen Vorderreifen, der einen Patschen hatte. Geigensauer bückte sich und sah sich den Reifen genauer an.

»Der wurde aufgestochen«, erklärte er. »Welchen Zweck hatte das?«

»Eine Weiterfahrt zu verhindern?«, rätselte Timischl.

»Wozu? Selbst wenn man sie hier entführt hat, was ich für denkbar unwahrscheinlich halte, warum vereitelt man, dass jemand mit dem Fahrzeug wegfährt?«, überlegte Geigensauer. Timischl versuchte, die Beifahrertür zu öffnen, und hatte Erfolg. Das Auto war nicht abgesperrt. Anton öffnete die Fahrerseite. Ein Autoschlüssel lag auf dem Sitz. Er nahm ihn an sich und drückte auf die entsprechende Taste. Die Türen verriegelten sich. Es war die Fernbedienung von Isabellas Wagen.

»Warum liegt der Schlüssel im Auto, wenn man will, dass niemand wegfährt?«, wunderte sich Geigensauer.

Timischl schüttelte ungläubig seinen Kopf.

»Ich habe keinen blassen Schimmer, was das soll.«

Er trat zum Kofferraum, öffnete ihn und schaute hinein.

»Hier ist Blut«, meldete er aufgeregt. »Ziemlich viel.«

Auf dem hellgrauen Filz, der die Ladefläche bedeckte, klebte an einigen Stellen dunkles, eingetrocknetes Blut. In einem dieser Patzen steckte ein blondes Haarbüschel. Nur eine Fahrradglocke lag im sonst leeren Kofferraum. Ihre Befestigung war gebrochen.

»Ist ihr die Glocke beim Versuch ihr Fahrrad einzuladen abgebrochen?«, erinnerte sich Geigensauer an den Bericht von Johannes Pilacher.

»Keine Ahnung«, erwiderte Timischl. »Ich werde die Kollegen von der Spurensicherung herbitten.«

Er holte sein Handy hervor. Anton wanderte am Parkplatz umher und betrachtete die Spuren im Schnee. Es hatte zwar untertags getaut, aber er sah deutlich, wo Autos gestanden oder gefahren waren. Neben Isabellas Auto hatte ein weiterer Wagen geparkt.

Ein Stück entfernt gab es einen rechteckigen Fleck ohne Schnee. Hier hatte ein größeres Fahrzeug seinen Platz und war erst nach Ende des Schneefalls weggefahren. Daneben hatte man noch ein Auto abgestellt. Geigensauer betrachtete die Spuren genauer, doch er konnte keine Profilabdrücke der Reifen sehen. Er fotografierte die Situation mit dem Handy und kehrte zu Timischl zurück.

»Wir werden warten, bis die Kollegen hier sind«, empfing er Anton. Die untergehende Sonne wurde von den hohen Bäumen verdeckt und die Luft kühlte rasch ab.

»Denkst du, dass sie hier entführt wurde?«, fragte Geigensauer. »Wie haben sie Isabella aufgehalten, als sie von Lockenhaus heraufkam? Haben sie die Straße blockiert?«

»Das kann ich mir nicht vorstellen«, überlegte Timischl nachdenklich. »Die Gefahr, dass andere Verkehrsteilnehmer vorbeikommen, ist groß, selbst wenn diese Strecke am Abend kaum befahren ist. Nein, hier wird sie nicht verschleppt worden sein. Außerdem, falls es hier geschehen ist, warum sperrt man sie dann in den Kofferraum?«

»Du denkst also auch, dass das Blut von ihr ist«, dachte Geigensauer laut weiter. »Wurde sie beim Kidnapping verletzt?«

»Die Haare sprechen dafür, dass sie einen Schlag auf den Schädel erhalten hat«, setzte Timischl die Überlegung fort. »Der Hieb ist entweder gleich am Beginn der Entführung geschehen oder es ist im Laufe des Verbrechens etwas schief gegangen.«

»Sie lebt noch?«, zweifelte Anton.

»So manches Kidnapping hat tödlich geendet«, erwiderte Timischl pessimistisch.

»Hoffentlich dieses nicht«, wünschte Geigensauer. »Laut Emmas Aussage hat Isabella den Friseursalon ihrer Schwester um 19 Uhr verlassen. Wo ist sie entführt worden? Auf dem kurzen Weg zu ihrem Wagen? Niemandem fällt das auf?«

»Die Gangster verschafften sich Zutritt zu ihrem Auto«, schlug Timischl vor, »saßen im Finstern auf der Rücksitzbank, zwangen sie zum Stehenbleiben, überwältigten sie durch einen Schlag auf den Kopf, steckten sie in den Kofferraum …«

»Fuhren mit ihrem Wagen bis hierher«, unterbrach ihn Anton, »luden sie in ein anderes Auto um …«

»In den weißen Kastenwagen …«, ergänzte Timischl. »Stachen die Reifen auf und legten den Wagenschlüssel auf den Fahrersitz, weil …«

»Keine Ahnung, warum«, sagte Geigensauer. »Die Sache mit dem Schlüssel und dem Reifen verstehe ich überhaupt nicht.«

Sein Handy läutete.

»Hallo … ganz gut … wir sind am Geschriebenstein … hier steht das Auto der Entführten … danke, das passt perfekt zusammen … schönen Tag.«

»Was gibt es Neues?«, wollte Timischl ungeduldig wissen.

»Isabellas Handy wurde zuletzt hier geortet«, erklärte Anton.

»Erst hier oben haben sie es ihr abgenommen?«, zweifelte Timischl.

Mit eingeschaltetem Blaulicht erreichte der kleine Bus der Spurensicherung die beiden wartenden Ermittler.

Bei der Weiterfahrt hinunter nach Lockenhaus zeigte Timischl, warum er einen BMW fuhr. In Kürze hatten sie den Ort erreicht und wenig später parkten sie den Wagen vor dem Friseursalon Maller, der am Rande der Marktgemeinde lag. Sie betraten die Geschäftsräume. Eine Kundin wurde geföhnt, die zweite saß unter der Haube. Die Friseurin schaute erstaunt von der Arbeit auf. Zwei fremde Männer hatte sie nicht erwartet. Auch die Kundinnen musterten die beiden Besucher genau.

»Grüß Gott, wir möchten Frau Sophie Maller sprechen«, brachte Geigensauer sein Anliegen vor. »Wir sind von der …«

Während er diese Worte sprach, hatte die Friseurin durchschaut, wer die beiden Herrn waren, und unterbrach ihn: »Ich habe vergessen, dass wir einen Termin haben. Lara, Lara, komm bitte und übernimm!«

Ein junges Mädchen eilte aus einem Nebenraum herbei und setzte das Föhnen fort.

»Folgen Sie mir bitte!«, forderte die Friseurin die Ermittler auf und brachte sie in ein kleines Büro. »Verzeihung, aber für mein Geschäft ist es besser, wenn ich keinen Besuch von der Polizei habe. Sie kommen doch wegen Isabella?«

»Falls Sie Frau Maller sind?«, fragte Anton.

Sophie nickte und sagte: »Das bin ich.«

»Geigensauer und Timischl, Ermittler der SOKO-Südost.«

Eine gewisse Familienähnlichkeit gab es in den Gesichtszügen der beiden Schwestern, doch Sophie fehlte die makellose Symmetrie des Antlitzes von Isabella. Sie trug kurze braune Haare, war sicher ein paar Jahre älter und vollschlank. Sie hatte sich mit einer zu engen Bluejeans und einem bunt bestickten T-Shirt bekleidet.

»Sie wissen, dass Ihre Schwester abgängig ist?«, teilte Geigensauer vorsichtshalber nur die halbe Wahrheit mit.

»Mein Schwager hat mich heute am Vormittag angerufen und erzählt, dass er Isabella vermisst. Sie war in der Nacht nicht nach Hause gekommen. Ich habe ihn gebeten, die Polizei einzuschalten, denn ich fürchte, dass sie verunglückt ist. Emma, meine Putzfrau, und ich waren die beiden letzten Personen, die Isi gestern gesehen haben. Das war gegen 19 Uhr. «

»Die Lage hat sich leider dramatisch zugespitzt«, sagte Timischl.

»Mir ist bekannt, dass sie entführt wurde. Ich bin in ständigem Kontakt mit Johannes. Die Angst um meine Schwester wird mich um den Verstand bringen. Ich kann keinen klaren Gedanken mehr fassen. Selbst bei der Arbeit denke ich an nichts anderes. Der alte Pilacher will den Erpressern nicht nachgeben. Wie kann er Isabella nur so gefährden? Hoffentlich überzeugt ihn mein Schwager, an der Versteigerung nicht teilzunehmen.«

Sie zündete sich eine Zigarette an.

»Wir werden Isabella finden«, beruhigte Geigensauer. »Es gibt eine erste Spur. Ihr Wagen steht am Parkplatz an der höchsten Stelle der Geschriebenstein-Bundesstraße.«

Vom Blut im Kofferraum sprach er nicht, solange es keine Sicherheit gab, dass es von Isabella stammte.

»An diesem Ort ist sie entführt worden?«, war Sophie überrascht. »Warum sollte sie bei Dunkelheit und Schneefall auf dem Parkplatz stehen bleiben? Dort sagen sich ja die Füchse gute Nacht. Und selbst wenn sie angehalten hat, könnten die Entführer das nicht wissen.«

»Da haben Sie vollkommen recht«, stimmte ihr Timischl zu. »Das Kidnapping muss auf dem Weg von hier bis hinauf stattgefunden haben. Können Sie sich vorstellen, dass sie gleich nach dem Verlassen des Geschäftes überwältigt und verschleppt wurde?«

Sophie überlegte kurz.

»Emma hat im Salon aufgewaschen. Unwahrscheinlich, dass sie nichts bemerkt hätte.«

»Haben Sie an diesem Nachmittag irgendwelche verdächtigen Personen oder auffällige Fahrzeuge in der näheren Umgebung wahrgenommen?«

»Nein, ich habe nichts in Erinnerung.«

»Das Problem ist«, legte Geigensauer dar, »dass wir uns nicht vorstellen können, wie die Entführung im Ortsgebiet oder auf einer öffentlichen Straße mit Verkehr stattgefunden hat. Da hätte man Isabellas Wagen durch eine Straßensperre aufhalten müssen.«

»Sie fährt nicht durch den Ort«, sagte Sophie beunruhigt, »Isi nimmt immer diesen Weg, wenn sie heimfährt. Es ist eine Abkürzung.«

Sie zeigte beim Fenster hinaus.

»Der Feldweg beginnt gleich neben meinem Haus, verläuft über die Wiesen und erreicht nach der Durchfahrt eines kleinen Waldes die Bundesstraße. In diesem Waldstück könnte man sie aufgehalten haben.«

»Fährt sie auch bei Schlechtwetter diese Route?«, wunderte sich Timischl. »Gestern hat es geschüttet. Es ist sicher schlammig.«

»Ich denke, sie wählte immer diesen Weg. Vor einiger Zeit war es sehr nass und ich schlug ihr vor, durch den Ort zu fahren, damit der Wagen nicht völlig verdreckt. Sie meinte nur, dass Gergö, der Mechaniker der Spedition, das Auto waschen werde.«

»Dann werden wir uns dieses Waldstück einmal näher ansehen. Danke für die Informationen. Wir werden Sie am Laufenden halten«, versprach Geigensauer, bevor sie sich verabschiedeten. So verschmutzt wie ihr Wagen war, überlegte er, hatte Isabella gestern bestimmt den Weg durch den Wald gewählt.

Nur ungern fuhr Timischl auf dem holprigen und schlammigen Feldweg. Nachdem der Wagen einmal aufgesessen war, reduzierte er das Tempo weiter.

»Mein Auto ist kein Traktor«, meinte er mürrisch.

Es dämmerte, als sie das Waldstück erreichten, und im Schatten der Bäume war es beinahe dunkel. Etwa in der Mitte des Forstes mündete ein Weg von links ein. An der Kreuzung waren Stämme von einer Schlägerung zu einem großen Haufen aufgeschlichtet. Die Wege waren durch das Befahren mit schweren Fahrzeugen völlig mit Morast bedeckt.

»Hier wäre der beste Platz für eine Entführung. Bleib stehen!«, schlug Anton vor und sein Kollege hielt an. Geigensauer stieg aus., um sich umzusehen. Im tiefen Schlamm war ein Vorwärtskommen, ohne die Schuhe zu beschmutzen, nicht möglich. Er trat von Grasbüschel zu Grasbüschel, um das Schlimmste zu verhindern.

»Ich bleib sitzen«, rief ihm Timischl nach. »Es reicht, wenn sich einer dreckig macht.«

Spuren von Fahrzeugen zu erkennen und den entsprechenden Reifen zuzuordnen war unmöglich. Falls die Entführer hier mit dem Wagen stehen geblieben waren, hätte Isabella nicht vorbeifahren können und anhalten müssen. Doch warum wurde ihr Auto nicht hier stehen gelassen? Weshalb sollte man sie in den Kofferraum ihres VWs stecken anstatt in den des Fahrzeuges der Entführer? Geigensauer stapfte durch den Schlamm und untersuchte die Gegend genauer. Die Ganoven waren ohne Auto hier, fiel ihm plötzlich ein. Sie hatten den Wagen von Isabella auf andere Art angehalten. Ein Baumstamm lag abseits des großen Haufens direkt an der Straße. Er war vollständig erdig. Anton kehrte zu Timischl zurück.

»Ich denke, die Kidnapper waren ohne Fahrzeug hier«, erklärte er ihm durch das geöffnete Autofenster. »Vermutlich hat sie ein Helfer hier abgesetzt. Sie haben den Baumstamm dort auf die Fahrbahn gewälzt und so den Weg versperrt. Am Geschriebenstein haben sie dann den Wagen gewechselt.«

»So könnte es passiert sein«, nickte Timischl anerkennend und forderte: »Bitte die Schuhe putzen, bevor du einsteigst!«

Er reichte Geigensauer eine Küchenrolle.

»Wir werden jetzt einen Sprung beim Fitnessstudio vorbeischauen«, meinte er schließlich.

Das Fitnesscenter lag am anderen Ende von Lockenhaus. Einige Autos parkten vor dem neu errichteten und hell erleuchteten Gebäude. Der Schriftzug ›Fitness4You‹ strahlte ihnen grell entgegen. Durch große Glasscheiben beobachteten Anton und Timischl im Vorbeigehen das schweißtreibende Trainieren im Inneren. Sie betraten das Center. Beim Empfang wurden sie von einem durchtrainierten Muskelprotz begrüßt.

»Was kann ich für die Herren tun? Sie sind neu hier? Zum Schnuppern gibt es unseren günstigen Zehnerblock«, beschwatzte er die beiden Ermittler und hielt ihnen einen Prospekt hin.

»SOKO-Südost«, erwiderte Geigensauer. »Wir möchten den Geschäftsführer sprechen.«

Für einen Moment hatte der Mann am Empfang die Sprache verloren, doch dann antwortete er: »Ich hole ihn sofort.«

Wenige Augenblicke später erschien ein kleiner, zart gebauter Mensch. Auf dem T-Shirt, das er trug, war der Schriftzug ›Fitness4You‹ aufgedruckt. Hinter der Brille mit kreisrunder Fassung waren grüne Katzenaugen zu sehen.

»Peppi Sichel«, stellte er sich vor.

»Geigensauer und Timischl, Ermittler der SOKO-Südost.«

»Was kann ich für Sie tun?«

»Es handelt sich um eine Kundin von Ihnen, Isabella Pilacher.«

»Sie trainiert jeden Montag am späteren Nachmittag bei uns. Sie war auch gestern hier.«

»Sie ist vermutlich am Abend gegen 19 Uhr entführt worden.«

»Das ist ja fürchterlich. So eine nette Frau«, war Herr Sichel entsetzt.

»Sind Ihnen in der Umgebung des Centers verdächtige Personen oder Fahrzeuge aufgefallen?«

»Nein, überhaupt nicht.«

»Wenn Ihnen etwas einfällt, dann melden Sie sich bitte.«

Geigensauer übergab ihm seine Visitenkarte. Die Ermittler verließen das Studio und fuhren zurück zur Spedition, um von den Ergebnissen zu berichten.

Johannes Pilacher empfing Timischl und Geigensauer im Jogginganzug. Die Ohrläppchen schienen Anton größer, der Mundwinkel weiter hinuntergezogen und die katzenartigen Augen kleiner als in der Früh zu sein.

»Guten Abend, kommen Sie nur herein!«, sagte er und führte sie diesmal in das Wohnzimmer. »Sophie hat mir berichtet, dass Sie Isabellas Auto am Geschriebenstein gefunden haben. Nehmen Sie bitte Platz!«

Sie setzten sich vor den offenen Kamin, in dem ein wärmendes Feuer loderte.

»Wir werden morgen in Ungarn nicht mitsteigern. Ich habe meinen Vater überzeugt, dass das für Isabella zu gefährlich ist. Hoffentlich wird sie dann bald freigelassen. Was gibt es Neues?«

»Ihre Frau nahm immer eine Abkürzung, einen Feldweg, von Sophie zur Bundesstraße«, erzählte Geigensauer. »Dabei kam sie durch ein Waldstück. Dort wurde sie wahrscheinlich an der Weiterfahrt gehindert, überwältigt und im Kofferraum des eigenen Autos bis auf den Geschriebenstein transportiert.«

»Der Wagen war immer schmutzig, wenn sie von Lockenhaus heimkam«, meinte Johannes nachdenklich, »im Sommer staubig, im Winter schlammig. Gergö musste ihn dann jedes Mal waschen. Ich konnte ihr diesen Unsinn nicht ausreden. Die Entführer beobachteten vermutlich, dass sie immer durch diesen Wald heimfuhr. Warum glauben Sie, dass man Isabella im Kofferraum weggebracht hat?«

Beunruhigt schaute er die Ermittler an.

»Wir haben dort Blutspuren und Haare gefunden«, erklärte Timischl.

»Blut?«, wiederholte Johannes erschrocken.

»Vorerst besteht keine Gewissheit, dass es von Ihrer Gattin stammt«, beruhigte Geigensauer.

»Sie hat sich gewehrt«, sagte Pilacher betroffen. Er zweifelte nicht eine Sekunde daran, dass es Blut von Isabella war. »Hoffentlich lebt sie. Es ist fürchterlich, ihr nicht helfen zu können.«

»Die Spurensicherung kommt heute zu Ihnen, um brauchbares Genmaterial Ihrer Frau aus ihrem Zimmer oder dem Badezimmer für den Abgleich zu sichern.«

»Ich werde zu Hause sein. Das Warten macht mich völlig verrückt. Gibt es Hinweise, die nach Ungarn führen?«

»Am Abend des Verbrechens gab es einen anonymen Anruf«, erzählte Timischl. »Ein weißer Kastenwagen mit einer verschleppten Person stünde auf dem Gelände der ehemaligen Möbelfabrik Perlitz. Der gekidnappte Mensch sollte dort versteckt werden.«

»Die Immobilie gehört einem Ungarn«, unterbrach Johannes.

»Imre Toth«, sagte Geigensauer.

»Vor Jahren versuchten wir, das Gelände von ihm zu erwerben, doch er lehnte ab. Eine zwielichtige Gestalt. Und?«

»Er besitzt keinen weißen Kastenwagen und erlaubte der ungarischen Polizei eine Durchsuchung seines Besitzes, doch Isabella wurde nicht gefunden«, fuhr Timischl fort.

»Bei der Möbelfabrik wurde nichts gesichtet?«, fragte Johannes ungeduldig.

»Die Kollegen haben das Gelände sofort durchsucht und niemanden entdeckt. Wir waren heute wieder dort. Das Grundstück war menschenleer, aber es gibt einen Raum im Keller der Fabrik, der ausgeräumt und geputzt worden ist«, fuhr Timischl fort.

»Sie meinen, Isabella ist mit dem weißen Kastenwagen vom Geschriebenstein zur Fabrik gebracht worden, um sie dort festzuhalten?«

»Möglich wäre es«, meinte Geigensauer.

»Wie anonym war dieses Telefonat?«, wollte Johannes wissen.

»Völlig. Anruf von einer öffentlichen Telefonzelle.«

»So etwas gibt es noch?«

»In St. Magdalena in der Steiermark.«

»Die Kidnapper sind bei der Fabrik gestört worden und haben Isabella an einen anderen Ort gebracht«, überlegte er.

»Vielleicht«, sagte Timischl.

»Was gedenken Sie weiters zu unternehmen?«, fragte Johannes.

»Wir werden morgen der Versteigerung beiwohnen«, erläuterte Anton. »Wer die Immobilie erwirbt, ist äußerst verdächtig. Die ungarischen Kollegen werden bei ihm nach Isabella suchen. Bevor wir uns verabschieden, würde ich gerne noch einmal das Fahrrad Ihrer Frau sehen, denn im Kofferraum ihres

Autos lag eine Fahrradglocke, deren Halterung abgebrochen war.«

Johannes führte die Ermittler in die Garage. An der Lenkstange des Bikes hing ein Teil der Schelle, mit der die Klingel befestigt war.

Erst gegen halb acht erreichte Geigensauer sein Zuhause in Güttenbach. Beim Stehenbleiben hatte er kurz das Gesicht des kleinen Josef am Küchenfenster gesehen. Kaum näherte er sich dem Eingang, öffnete ihm dieser die Tür und sagte: »Vati, rat einmal, wer zu Besuch gekommen ist!«

»Tante Anna«, probierte es Anton mit einer recht unwahrscheinlichen Möglichkeit.

»Nein«, erwiderte Josef lachend.

»Oma«, versuchte er es ein zweites Mal.

»Nein, nein.«

»Dann weiß ich es nicht.«

»Jörg ist gekommen«, freute sich Josef.

Geigensauer schritt sofort in die Küche. Dort saßen Jörg Drubovic und Jane bei Tisch. Jörg zählte zweiundsiebzig Jahre. Er war ein ehemaliger Arbeitskollege von Anton im Innenministerium. Sein üppiger, ergrauter Schnurrbart stand im Gegensatz zu seiner vollständigen Glatze. Zwischen den dunklen, matten, traurigen Augen beherrschte eine lange Nase sein Gesicht. Er hatte ein wenig abgenommen, war aber immer noch ziemlich beleibt.

Jane hatte einen wohlgeformten, länglichen Kopf, von dem glatte, braune Haare halblang herabfielen. Ihre Augen waren von einem Dunkelbraun, das sich dem Schwarz näherte. Die Lippen waren violett gefärbt. Ihre schlanke Gestalt bewegte sich biegsam wie Getreidehalme im Wind.

»Das ist ja eine Überraschung«, begrüßte Anton Jörg, setzte

sich neben Jane und gab ihr einen Kuss auf die Wange. »Seit wann bist du im Lande?«

»Heute Mittag bin ich angekommen, habe mich wohnlich eingerichtet, eingeheizt und dann bin ich gleich zu euch gekommen.«

»Er hat einen ganzen Kranz Dürre gegessen«, meinte Josef staunend zu Anton. Jörg lachte und sagte: »Wenn du groß und stark werden willst, musst du noch viel mehr essen.«

»Wie geht es dir?«, erkundigte sich Geigensauer.

»Dem Alter entsprechend gut, danke. Was gibt es bei der SOKO-Südost?«

»Nicht viel Neues. Die Behörde plant, uns nach Graz zu versetzen und hier in Güssing das Büro zu schließen«, meinte Anton.

»Zu wenig Verbrechen im Südburgenland?«, scherzte Drubovic. »Soll ich für euch ein paar verzwickte Morde begehen?«

»Man muss nachlegen«, sagte Josef und zeigte auf das Feuer im Sparherd. Er schob zwei große Holzscheite in den Ofen hinein und beobachtete gespannt, wie sie zu brennen begannen. Geigensauer sah, dass für vier Personen gedeckt war. Jane bemerkte seine Blicke.

»Ich hab Timischl ein SMS geschickt. Er wird bald vorbeikommen. Dann ist das kriminalistische Kleeblatt vollständig.«

Josef setzte sich auf ihren Schoß und lehnte den müden Kopf gegen ihren Körper.

»Es ist Zeit, zu Bett zu gehen«, forderte Jane und Josef machte sich auf den Weg, obwohl man sah, dass er gerne geblieben wäre.

Es klopfte und Timischl trat bestens gelaunt ein.

»Guten Abend, liebe Freunde«, grüßte er. »Das ist erfreulich, dass wir wieder einmal alle zusammensitzen.«

Zu großen Scheiben Hausbrot und Salzstangerl gab es Dürre, Geselchtes, Essiggurkerln, hart gekochte Eier, Käse und Kren. Zum Nachtisch war ein Apfelstrudel vorbereitet. Anton öffnete einen Rotwein vom Eisenberg zu diesem echten, südburgenländischen Abendessen. Nach der Verkostung eines Salzstangerls lobte Timischl: »Sie schmecken ausgezeichnet. Selbstgemacht?«

Jane nickte.

»Der ausgezogene Strudel wurde auch von ihr gebacken«, ergänzte Geigensauer.

»Und, was kannst du kochen?«, fragte ihn Drubovic frech. »Ein kroatischer Mann ist immer ein exzellenter Küchenmeister. Jane wird vor dir die Aufnahmsprüfung zur burgenländischen Kroatin schaffen.«

»Schaut nicht gut aus für mich«, gab Anton zu.

Josef erschien in einem Schlafanzug, auf dessen Oberteil ›Wintertraum‹ zu lesen war, in der Tür und meldete: »Ich bin bereit.«

Jane stand auf, doch Josef bat: »Vati soll mir eine Mausgeschichte erzählen.«

So folgte ihm Geigensauer in dessen Zimmer und erfand ein weiteres Erlebnis, das die kleine Maus und die Waldmaus mit dem Igel, dem Fuchs und Polke, dem Bären, erlebten. Sein Sohn wollte täglich vor dem Schlafengehen eine Geschichte über Tiere des Waldes hören, und trotz seiner großen Fantasie gingen Anton langsam die Ideen aus. Nachdem er erzählt hatte und Josef eingeschlafen war, kehrte Geigensauer in die Küche zurück, wo sich das Gespräch um den neuen Fall drehte.

»Den alten Pilacher kenne ich von jung auf«, sagte Drubovic. »Mit ihm habe ich in Oberschützen das Gymnasium besucht und maturiert. Die Bindung unter uns Klassenkameraden ist eng. Es gibt ein regelmäßiges Treffen in der Therme in Bad Tatzmannsdorf mit anschließendem Abendessen. Ich bin nicht jedes Mal dabei, doch vor zwei Monaten saß ich im Gasthaus neben ihm und wir sprachen länger miteinander. Er erzählte mir, dass seine Firma nach Osten, nach Ungarn expandieren werde. Den tödlichen Unfall seiner Frau hat er noch immer nicht verkraftet, obwohl die Tochter im Haus und die Söhne nebenan wohnen. Er trinkt mehr als früher, auf jeden Fall zu viel. An diesem Abend war er leicht betrunken und da gestand er mir, dass er seine Schwiegertochter Isabella nicht mag. Vor zwei Jahren wurde sie neu als Bürokraft angestellt. In ihrer Tätigkeit sei sie durchaus tüchtig, meinte er. Zunächst hatte sie versucht, ihm schöne Augen zu machen, doch er wollte keine Partnerin mehr nach seiner Frau und schon gar nicht, wenn sie dreißig Jahre jünger war. Er ignorierte ihre Annäherungsversuche so lange, bis sie aufgab. Karl, sein älterer Sohn, probierte bei ihr zu landen, aber vergebens. Er gefiel ihr nicht. Dann machte sie sich an seinen Bruder Johannes heran. Er heiratete sie und baute ein neues Haus für sie. Der alte Pilacher schwor mir, sie hätte ihn nur wegen seines Geldes geheiratet.«

Drubovic nahm einen kräftigen Schluck Rotwein, um nach der langen Rede seinen Gaumen zu befeuchten. Dann fuhr er fort: »Weiters erzählte er mir Folgendes: Johannes leite die Firma mit viel Geschick und Hingabe und daher werde er sich immer mehr aus der Spedition zurückziehen. Karl hingegen, der die Werkstätte leitet, hätte wenig Freude an diesem Job. Ständig wäre er nicht zu Hause. Der alte Pilacher vermutete ungute Weibergeschichten dahinter. Karl sollte seiner Meinung nach heiraten.«

Drubovic lehnte sich zurück.

»Das sind meine Informationen über die Spedition.«

»Danke«, erwiderte Timischl zufrieden. »Du bist besser als die Seitenblicke. Ich bin gespannt, was morgen in Ungarn passiert.«

»Glaubst du, sie werden Isabella wieder freilassen?«, fragte Geigensauer.

»Dieser Fall scheint bis auf einen Punkt klar zu sein«, überlegte Drubovic. »Diese eine dubiose Sache ist der anonyme Anruf. So etwas habe ich in meiner ganzen aktiven Laufbahn nicht erlebt. Es gefällt mir nicht und ich kann nicht sagen, warum.«

»Einem der Entführer oder einem Freund oder einem Bekannten der Kidnapper wurde die Sache zu gefährlich und er gab diesen Hinweis, um sein Gewissen zu beruhigen«, vermutete Timischl.

»Genau genommen wissen wir nicht einmal, ob die Information des Anrufers richtig war. Denn weder ein weißer Kastenwagen noch Isabella wurden bei der Fabrik gefunden«, überlegte Anton. »Wenn die Absicht bestanden hat, sie in diesem Kellerraum für zwei Tage festzuhalten, warum wurde dieser Plan geändert und wo ist sie jetzt?«

»In Ungarn?«, zweifelte Drubovic.

»Woher wussten die Verbrecher, wann und auf welcher Route Isabella nach Hause fuhr?«, warf Jane ein. »Haben die Kidnapper sie längere Zeit über beobachtet?«, gab sie sich selbst eine Antwort.

»Oder jemand aus ihrem Umfeld hat es ihnen verraten«, ergänzte Timischl und Jane nickte.

»Die Zahl ihrer Bekannten ist sicher groß«, gab Drubovic zu bedenken.

»Nur wenige werden wissen, auf welchem Weg sie von ihrer Schwester heimfährt«, entgegnete Anton. »Da fallen mir sofort die Reinigungskraft Emma und der Mechaniker Gergö ein. Sie kennt die Route, die Isabella wählt, und er könnte die Kontakte zur ungarischen Mafia haben.«

»Ich werde heimfahren«, entschloss sich Timischl müde, streckte sich und stand auf. »Ich muss morgen in aller Früh in

Ungarn sein. Danke für die exzellente Bewirtung.«

»Warte, ich pack dir einen Apfelstrudel ein!«, bot Jane an.

»Da sage ich nicht Nein«, freute sich Timischl.

»Dann werde auch ich meine alten Knochen erheben«, sagte Drubovic und, stöhnend vor Anstrengung und beide Hände auf den Tisch stützend, stemmte er seinen Körper in die Höhe. »Man wird nicht jünger. Danke, doch so viel Süßes darf ich nicht essen. Der Blutzucker wird steigen.«

Jane ließ es sich trotzdem nicht nehmen, auch ihm vom Strudel einige Stücke mitzugeben.

Geigensauer begleitete die beiden Freunde hinaus zu ihren Autos. Es war windstill. Die Straßenbeleuchtung war ausgeschaltet. Deutlich waren die Sterne am Himmel zu sehen. Es hatte abgekühlt. Auf den Scheiben der Fahrzeuge bildete sich eine dicke Schicht Reif. Jane lag schon im Bett, als Anton ins Schlafzimmer trat.

»Draußen ist es kalt«, meinte er, frierend in den Schlafanzug schlüpfend. »Danke für das Bewirten meiner Freunde.«

»Gerne. Heute bin ich wieder hundemüde«, gähnte sie.

»Timischl meint, dass die SOKO-Südost in Güssing aufgelöst und nach Graz verlegt wird«, sagte er, nachdem er das Licht abgedreht hatte.

»Was bedeutet das?«, fragte Jane schläfrig.

»Ich müsste täglich nach Graz pendeln.«

»Wie lange fährt man von uns?«

»Eine Stunde sicher.«

»Noch ist es nicht so weit«, tröstete Jane und wenig später hörte Anton ihre regelmäßigen Atemzüge. Beim Einschlafen beschäftigten sich seine Gedanken mit dem neuen Fall. Wo Isabella heute schlief?

Mittwoch

Gleich in der Früh hatte Geigensauer beschlossen, nach St. Magdalena am Lemberg zu fahren. Er wollte sich die öffentliche Telefonzelle näher ansehen, von der das anonyme Telefonat gekommen war, und hoffte, dass jemand an diesem Abend den Anrufer beobachtet hatte.

Bald hatte er das Dorf erreicht. Er stellte den Wagen direkt bei der sehenswerten Kirche ab, die das Ortsbild beherrschte. Die rosa Fassade wurde von senkrechten, weißen Streifen durchbrochen. Der Turm, der auf allen vier Seiten eine Uhr besaß, hatte ein grünes Kuppeldach. Rund um das Gotteshaus gruppierten sich die Volksschule, das Pfarrhaus, ein Lebensmittelgeschäft, eine Sporthalle, ein Tennisplatz und ein Gasthaus. Die Gebäude warfen im milden Licht der Dezembersonne lange Schatten. Anton fühlte angenehm die Ruhe und den Frieden, den dieser Platz ausstrahlte. Die Telefonzelle stand schräg gegenüber der Kirche.

Da zur Zeit des Anrufes am ehesten aus dem Wirtshaus kommende Gäste den Fremden gesehen haben könnten, betrat Geigensauer das Lokal und bestellte sich einen Kaffee. Er saß allein im Raum. Musik von ›Radio Steiermark‹ war leise zu hören. Nach dem Zahlen zeigte er dem Wirt seinen Ausweis.

»Es handelt sich nicht um Sie«, beruhigte Anton, als er dessen erstauntes Gesicht bemerkte. »Sie haben nichts verbrochen. Vorgestern am Abend hat die Polizei um 21 Uhr 30 von der öffentlichen Telefonzelle gegenüber der Kirche einen anonymen

Anruf erhalten. Einen Hinweis auf eine vermisste Person. Ist Ihnen oder Ihren Gästen zufällig etwas aufgefallen?«

»Doch«, meinte der Wirt. »Um diese Zeit kam der Kurt an die Bar. Er kommt fast jeden Abend einen Sprung vorbei, seit seine Frau gestorben ist. Er erzählte uns allen lachend, dass unsere Telefonzelle benützt wurde. Ein Fremder sei aus einem Fahrzeug ausgestiegen, aus einem Porsche. Der Mann habe sich umgeblickt, bevor er die Zelle betrat. Er habe Kurt nicht gesehen, weil dieser in der Dunkelheit der Bäume pinkelte. Sicher ist der Kerl verheiratet und hat seine Freundin von dort angerufen, damit seine Frau nichts bemerkt.«

Geigensauer ließ sich beschreiben, wo Kurt wohnte, und brach auf, um ihn aufzusuchen.

Rasch hatte Anton den kleinen Bungalow erreicht. Dieser war vermutlich in den Siebzigerjahren erbaut worden. Er läutete an und ein alter, hagerer Mann öffnete. Sein Gesicht war von unzähligen Falten durchzogen.

»Vertreter oder Versicherung?«, fragte er.

»Weder noch. Geigensauer, Ermittler der SOKO-Südost.« Anton hielt ihm den Ausweis hin.

»Ah, Sie sind von der Polizei?«, war Kurt verwundert.

»Der Wirt hat mich zu Ihnen geschickt.«

»Der Wirt?«, wiederholte er zweifelnd.

»Sie haben vorgestern abends einen Fremden gesehen, der die Telefonzelle benützt hat.«

Kurt nickte und sagte lachend: »Das war in diesem Jahr der erste Benutzer.«

»Haben Sie sich zufällig das Kennzeichen seines Wagens gemerkt?«

»Nein.«

»Auch nicht, aus welchem Bezirk der Fremde kam?«

»Nein, leider nicht. Er fuhr so einen protzigen Porsche Cayenne, schwarz oder dunkelblau lackiert. Im Dunkeln ist das schwer einzuschätzen«, erwiderte er verächtlich.

»Können Sie den Mann beschreiben?«

»Er war groß. Das Gesicht konnte ich in der Dunkelheit auf die Entfernung hin nicht erkennen. Sicher hat er sich mit seiner Freundin verabredet«, lachte er.

Geigensauer bedankte sich und machte sich auf den Weg nach Güssing. Während der Fahrt beschäftigten ihn zwei Fragen: War der anonyme Anrufer aus der Umgebung von St. Magdalena? Fuhr er dorthin, weil er dort unbekannt war?

Im Büro angelangt schrieb er alle bisherigen Ermittlungsergebnisse auf kleine Zettel und ordnete sie übersichtlich auf einer Pinnwand an. Danach fiel sein Interesse auf den Zeitpunkt des anonymen Anrufs. 21 Uhr 30 aus St. Magdalena war vermerkt. Vermutlich entführten die Verbrecher Isabella Pilacher um etwa 19 Uhr. Sie brachten sie in ihrem eigenen Auto auf den Geschriebenstein, zwangen sie, in den weißen Kastenwagen umzusteigen, und erreichten daher gegen 19 Uhr 45 die alte Möbelfabrik. Laut ÖAMTC-Routenplaner benötigt man von Rechnitz nach St. Magdalena sechsundvierzig Minuten. Wenn der Unbekannte sofort, nachdem er die Entführung beobachtet hatte, losgefahren war, wäre er etwa um 20 Uhr 30 dort ankommen. Der Anruf geschah aber erst um halb zehn. Was war in der Zwischenzeit geschehen? Andererseits war es möglich, dass der Informant vom verbrecherischen Vorhaben lediglich Bescheid wusste und gar nichts selbst gesehen hatte. Das Handy läutete. Es war Timischl.

»Was gibt es Neues?«, fragte Geigensauer gespannt.

»Die Versteigerung war schnell vorbei. Ein ungarischer Spediteur namens Horvath hat das Grundstück mit Halle erworben. Ich fahre jetzt mit den Kollegen aus Ungarn zu ihm. Vielleicht finden wir dort Isabella. Möglicherweise wurde sie aber schon freigelassen. Bei dir Neuigkeiten?«

»Ich war in St. Magdalena. Unser Anrufer fährt einen schwarzen Porsche Cayenne und ist groß gewachsen.«

»Wie hast du denn das herausgefunden?«, klang Timischl erstaunt.

»Hervorragende Ermittler können alles«, antwortete Geigensauer.

»Schon gut, erzähl es mir später! Ich habe es eilig. Tschau.«

Timischl legte auf.

Es klopfte an der Tür und Geigensauer erschrak, so stark hatte er sich in die Aufklärung des Kidnappings vertieft. Ein Beamter des Polizeipostens St. Michael öffnete die Tür und fragte: »Störe ich?«

»Nein, natürlich nicht. Bitte, komm nur herein!«

Sie kannten einander flüchtig von einer gemeinsamen Ausbildung.

»Wir haben heute per Post einen Brief ohne Absender erhalten«, erklärte der Polizist. »Im Kuvert liegt ein Schreiben, das sich vielleicht auf den Fall Pilacher bezieht.«

Er reichte Anton den Umschlag.

»Bitte, setz dich!«, bot ihm Geigensauer an. Dann öffnete er den Brief und zog ein Blatt heraus, auf dem er folgende Zeilen las:

»Aus privaten Gründen konnte ich gestern Abend zu einer vermutlichen Entführung nur einen kurzen anonymen Anruf tätigen. Auch weiterhin werde ich meine Identität nicht bekannt geben. Mit dieser Stellungnahme werde ich alle weiteren Informationen übermitteln.

Am Montag habe ich von Lockenhaus aus kommend um etwa 19 Uhr 20 am Parkplatz am Geschriebenstein einen kurzen

Halt eingelegt, weil ich ein geschäftlich wichtiges Mail beantworten musste. Zu diesem Zeitpunkt gab es extremen Schneefall. Außer mir stand dort nur ein weißer Kastenwagen. Der nasse Schnee bedeckte das Kennzeichen vollständig. Nach ein paar Minuten parkte sich ein Kleinwagen neben dem Lastwagen ein. Auch seine Nummerntafel war durch Schneematsch unleserlich. Der Fahrer stieg aus und schloss die Tür zum Laderaum des Lastwagens auf. Der Beifahrer verließ ebenfalls den Kleinwagen und öffnete die Tür zur hinteren Sitzreihe. Die beiden Männer zerrten einen Menschen aus dem Fahrzeug, dessen Hände auf dem Rücken zusammengebunden waren. Sein Kopf steckte in einem Sack. Trotz heftiger Gegenwehr schleppten die Verbrecher die Person zum Kastenwagen und verstauten sie im Laderaum. Dann fuhren sie davon. Die Gauner sprachen ungarisch miteinander. Ich folgte den Entführern mit einem gehörigen Sicherheitsabstand bis Rechnitz, wo sie auf das Gelände der alten Möbelfabrik Perlitz einbogen. Auf meiner Weiterfahrt hatte ich eine Zeit lang den Eindruck, von einem Geländewagen verfolgt zu werden. Zunächst dachte ich, dass die Verbrecher bemerkt hatten, dass ich ihnen gefolgt war, doch auf einmal fuhr der Wagen nicht mehr hinter mir und ich kam unbehelligt zu Hause an.«

Geigensauer betrachtete den Poststempel. Das Datum war Dienstag, 2. Dezember. Der Ort der Abfertigung war Güssing.

»Danke für die prompte Lieferung«, lobte Anton den Beamten. »Dieses Schreiben ist für uns sehr wichtig. Willst du einen Kaffee oder ein Mineral?«

»Nein, danke. Ich muss möglichst rasch wieder zurück. Wir haben heute Nachmittag ein Planquadrat.«

Der Beamte stand auf, verabschiedete sich und verließ den Raum.

Geigensauer las die Nachricht mehrmals genau durch, dann schickte er ein Foto davon an Timischl. Kurz darauf rief dieser zurück.

»Hallo Anton, dieses Schreiben bestätigt alles, was wir über die Entführung von Isabella bisher ermittelt haben. Jetzt genügt es, diesen Informanten zu finden.«

»Was ist in Ungarn los?«

»Nichts Neues. Wir sind auf der Fahrt zu Horvath. Bis später.«

Anton überlegte, welche privaten Gründe es geben könnte, anonym bleiben zu wollen und zuerst der Polizei nur einen Teil und verspätet den Rest des Wissens zu melden. Wie vertrauenswürdig waren diese Informationen? Der Weg der entführten Isabella schien von Lockenhaus bis auf den Geschriebenstein relativ klar zu sein. Die Erkenntnisse über den weißen Kastenwagen und die Fabrik stammten nur aus dieser einen, ihre Identität nicht preisgebenden Quelle. Die Angabe der Uhrzeit 19 Uhr 20 und der Schneefall sprachen für die Richtigkeit der Zeilen. Der geputzte Raum dafür, dass der Keller des Gebäudes der Firma Perlitz als Kerker vorgesehen war. Warum nannte der Informant den Namen der gekidnappten Person nicht? Wenn alles so geschehen war, wie beschrieben, dann wusste der Unbekannte nicht, wer da verschleppt wurde. Viele Fragen blieben offen. Sein Handy läutete erneut und er hob ab.

»Geigensauer, SOKO-Südost … ich komme sofort.«

An Schlaf im erholsamen Sinne war nicht zu denken voller Angst, was die kommenden Stunden bringen würden. Sie war immer nur kurz eingenickt und gleich wieder aufgeschreckt. Dank ihrer Uhr wusste sie, dass draußen im Licht der Sonne Mittwochvormittag war. Ein Versuch, das Gitter zu beseitigen, scheiterte kläglich. Sie hörte das Aufsperren der Tür und war überrascht. Die eintretende Person trug einen Niqab und Sonnenbrille. Es war unmöglich, ein Detail dieses Menschen zu erkennen. Stumm steckte er ein paar Pizzakartons und zwei Tafeln Schokolade durch das Gitter und wandte sich wieder zur Tür.

»Ich werde hier ohne Ablenkung überschnappen«, schrie sie. »Zeitung, Radio oder Fernseher bitte!«

Überraschenderweise drehte sich die vermummte Person um und nickte zustimmend, bevor sie verschwand. Sie war über diese menschliche Regung so dankbar, dass sie diesen Menschen am liebsten umarmt hätte. Wie viele Entführer gab es? War eine Frau beteiligt? War nur sie selbst entführt worden?

Ein wolkenloser Himmel wölbte sich an diesem Dezembervormittag über das Südburgenland. Im Schatten lag der Reif auf Wiesen, Bäumen und Dächern, in der Sonne war die weiße Pracht schon aufgetaut. Aus vielen Schornsteinen qualmte hellgrauer Rauch weit empor. Aus den nahen Wäldern hörte man immer wieder den Lärm von Motorsägen. Vom Flughafen Punitz aus stieg zum wiederholten Male ein Flugzeug auf, aus dem in großer Höhe Fallschirmspringer abgesetzt wurden. Die knatternden Geräusche der sich entfaltenden Schirme erfüllten die Luft. Als kleine bunte Farbflecken hoben sich die zu Boden schwebenden Fallschirme vom hellblauen Himmel ab. Die Postbotin, Karin Jurmann, fuhr mit ihrem gelben Wagen von Haus zu Haus durch Güttenbach. Die Straße, in der sie die Post zustellte, führte an ihrem Ende in den Wald hinein. Ihr entlang gab es einige Gebäude, die nicht mehr bewohnt waren oder nur als Zweitwohnsitz dienten und unter der Woche leer standen. Im Vorgarten des vorletzten Hauses entfernte eine ältere Frau mit einem Rechen das herabgefallene Laub aus der Wiese. Ihr gab die Zustellerin die Post persönlich. Dann eilte Karin zum

Briefkasten des letzten Anwesens. Oft war das Gebäude unbewohnt und häufig quollen die nicht herausgenommenen Reklamen aus dem Postkasten. Heute aber parkte ein großer SUV vor dem Garten. Ein Paket war zu übergeben und, weil sie aufgrund des abgestellten Fahrzeuges annahm, dass der Besitzer zu Hause war, überließ sie das Päckchen nicht der Nachbarin und eilte zur Tür, um anzuläuten. Die Fahrertür ihres Wagens hatte sie offen gelassen und die Musik des Autoradios, das auf höchste Lautstärke eingestellt war, schallte durch die Umgebung. Da sich niemand auf das kurze Läuten meldete, klingelte Karin einige Sekunden lang. Der Ton der Glocke war deutlich bis ins Freie zu vernehmen. Wieder gab es keine Geräusche im Haus, die das Näherkommen einer Person ankündigten.

Sie wollte schon weggehen und das Päckchen zur Nachbarin bringen, da sah sie, dass die Tür einen Spalt offen stand. Sie klopfte an. Nichts rührte sich. Sie öffnete das Tor durch einen Stoß mit der Fußspitze und rief hinein: »Post ist da! Eine Sendung ist zu übernehmen!« Doch sie bekam keine Antwort. Möglicherweise arbeitete der Besitzer hinten im Garten und hatte dort das Läuten nicht vernommen. Sie beschloss, das Paket der Nachbarin zu geben. Ohne Unterschrift wollte sie es nicht zurücklassen. Ein letzter Blick in den Gang, der weit ins Innere des Hauses führte, lenkte ihre Aufmerksamkeit auf einen schwarzen Herrenschuh. Dieser stand beim Eingang zu einem Zimmer auf seiner Spitze senkrecht empor, der Absatz nach oben. Sie trat zwei Schritte näher und sah das Bein, das in dem Schuh steckte. Die Tür zu diesem Raum war offen. Ein Mann lag am Bauch am Boden. Herzinfarkt, Schlaganfall waren sofort ihre Gedanken. Was war zu tun, versuchte sie sich an den Erste-Hilfe-Kurs zu erinnern. Sie entschloss sich, den Puls zu messen und festzustellen, ob der Verunglückte atmete. Rasch stellte sie das Päckchen ab und bückte sich. Da bemerkte sie erschrocken die große Wunde am Schädel und das viele geronnene, dunkle Blut auf und neben dem Kopf. Sie ergriff die Hand des Mannes. Sie war eiskalt und steif. Alle Menschen in Kriminalfilmen schreien fürchterlich, wenn sie eine ermordete Person sehen. Sie versuchte es, aber kein Laut kam aus ihrer Kehle. Sie richtete sich auf, nahm ihr Handy und wählte die Notrufnummer.

»Güttenbach, Forstgasse Nr. 87, hier liegt ein schwer verletzter Mann.«

Damit waren alle ihre Kräfte verbraucht. Sie ließ den Arm mit dem Mobiltelefon in der Hand sinken und schritt wankend aus dem Haus hinaus, ohne wahrzunehmen, dass die Stimme aus dem Telefon weitere Informationen verlangte. Sie setzte sich ins Auto. Weder schloss sie die Autotür, noch drehte sie das Radio ab. Am ganzen Körper zitternd blieb sie dort, bis die Polizei und wenig später der Rettungshubschrauber eintrafen und die Anwohner zusammenliefen.

Es dauerte keine Viertelstunde, da hatte Geigensauer Güttenbach erreicht. Die Menschen, die sich am Ende der Forstgasse versammelt hatten, waren von Weitem zu sehen. Er stellte seinen Wagen am Straßenrand ab und eilte die restlichen paar Schritte zu Fuß zum Tatort. Er war öfters durch diese Gasse in den Wald marschiert, wenn er mit Jane am Sonntag spazieren ging. Einige der umherstehenden Bewohner kannte er vom Sehen und grüßte sie flüchtig im Vorbeigehen. Vor dem Haus parkte ein schwarzer Porsche Cayenne. Die Polizei hatte den Tatort weiträumig abgesperrt. Auf einer nahen Wiese stand der Hubschrauber. Der Notarzt und die Sanitäter warteten auf Anton.

»Dr. Brauner«, stellte er sich vor.

»Geigensauer, Ermittler der SOKO-Südost.«

»Das war kein Fall mehr für uns. Der Mann ist sicher gestern oder vorgestern verstorben«, erklärte der Arzt. »Meiner Meinung nach wurde er mit einer Art Eisenstange erschlagen.«

»Danke.«

»Wir kümmerten uns um die Postbotin, die den Toten gefunden hat. Sie hat einen Schock erlitten, hat sich aber schon etwas erholt. Sie liegt im Wohnzimmer auf einer Couch und ist ansprechbar.«

»Okay, alles klar«, erwiderte Geigensauer.

»Wir fliegen«, verabschiedete sich der Notarzt und wenige Augenblicke später hob der Hubschrauber ab. Die Spurensicherung traf ein und Anton betrat das Haus.

»Ist die Identität des Toten geklärt?«, fragte er einen der anwesenden Beamten.

»Mag. Michael Ladener, 40 Jahre alt. Besitzer einer Reihe von Fitnessstudios mit dem Logo ›Fitness4You‹. Das nächstgelegene liegt in Lockenhaus. Er ist nicht verheiratet, hat keine Kinder. Sein Hauptwohnsitz befindet sich in Wien.«

Geigensauer schritt den Gang nach hinten, wo er die Füße des Opfers liegen sah. Die Einrichtung stammte aus den Siebzigerjahren. Die Tapeten der Wände vermittelten einen schäbigen Eindruck. Anton betrachtete die Leiche. So, wie der Mann am Boden lag, hatte ihm der Täter überraschend von hinten mit voller Wucht auf den Kopf geschlagen. Das Opfer war groß und sportlich. Es trug Bluejeans und ein T-Shirt. Die muskulösen Oberarme waren sicher durch mühsames Training erworben, die Haare kurz geschnitten.

»Herr Geigensauer, lassen Sie mich vorbei!«, wurde forsch gefordert. Dr. Humer stand hinter ihm, gefolgt von den Männern der Spurensicherung.

»Bitte, kommen Sie nur!«

Anton trat zur Seite und suchte das Wohnzimmer auf.

Die Postbotin lag mit angezogenen Knien auf einer Couch und schaute sich nicht nach ihm um, als er den Raum betrat. Ihr gegenüber auf einem Kästchen war ein Röhrenfernseher, an der Wand daneben ein alter Schrank, hinter dessen Scheiben Weingläser zu sehen waren. Auf einem kleinen, fahrbaren Tischchen stand eine Marienstatue umgeben von Bilderrahmen mit vergilbten Fotos. Die dicht gewebten, früher weißen, jetzt grauen Vorhänge ließen nur wenig Licht in den Raum fallen. Ein gewaltiges Kruzifix hing bedrohlich über der Couch an der Wand. Anton nahm sich einen Sessel und setzte sich zu der jungen Frau. Ihr Gesicht war bleich und verweint.

»Geht es schon besser?«, fragte er freundlich. Sie nickte und schaute kurz zu ihm auf.

»Geigensauer, Ermittler der SOKO-Südost. Darf ich Ihnen ein paar Fragen stellen?«

»Ja«, kam es leise über ihre Lippen.

»Ihren Namen bitte!«

»Karin Jurmann.«

»Frau Jurmann. Wie sind Sie denn in das Haus gekommen?«

»Da ein Wagen vor dem Grundstück parkte, nahm ich an, dass heute jemand anwesend ist. Meist ist niemand da und ich übergebe die Sendungen an die Nachbarin. Ich läutete an. Es öffnete keiner. Die Tür war einen Spalt offen, ich trat ein und fand den Toten.«

»Ist Ihnen irgendetwas aufgefallen?«

Sie schüttelte den Kopf. Ihr Gesicht war noch immer blass.

»Wie werden Sie nach Hause kommen?«, fragte Anton. »Fahren Sie nicht selber!«

»Mein Vater holt mich ab.«

»Fein. Danke. Ich bin fertig. Rasche Erholung!«, wünschte er ihr und kehrte zum Tatort zurück. Dr. Humer erhob sich von der Leiche.

»Vermutlich in der Nacht von Montag auf Dienstag. Die Tatwaffe ist eine Art Eisenstange oder Rohr«, sagte er zu Anton. »Der Schlag wurde mit solcher Wucht ausgeführt, dass der Mann sofort tot war. Die Schädeldecke ist vollständig zertrümmert. Ich kann mich nicht erinnern, eine so brutale Hinrichtung je gesehen zu haben, und ich bin seit vielen Jahren in diesem Job tätig. Näheres nach der Obduktion. Schade, ein junger, gesunder, sportlicher Mann.«

Er nahm seinen Arztkoffer und verabschiedete sich.

»Irgendetwas Wichtiges gefunden?«, fragte Geigensauer den Leiter der Spurensicherung.

»Kein Raubmord. Die Brieftasche steckt im Hosensack des Opfers. Der Mörder scheint nirgends nach Wertgegenständen gesucht zu haben.«

Anton nickte nachdenklich und stieg über eine schmale Treppe in den ersten Stock hinauf. Dort lagen zwei Zimmer und ein WC. In einem Raum waren ein Doppelbett und ein großer Kleiderschrank, im anderen gab es ein Bett, einen Kasten und einen Schreibtisch. Auf diesem stand ein aufgeklappter Laptop, verbunden mit einem alten Tintenstrahldrucker. Der Drucker war im Stand-by-Modus. Geigensauer bewegte den Finger über das Touchpad des Computers. Das Gerät fuhr sofort hoch und verlangte das Passwort. Er stieg ins Erdgeschoß hinunter, erinnerte sich an das vor dem Grundstück abgestellte Auto und schritt hinaus, um es näher zu betrachten. Bis auf eine kleine Ansammlung von Nachbarn waren die Schaulustigen wieder heimgegangen. Ein Mitarbeiter der Post holte den Dienstwagen von Frau Jurmann ab. Geigensauer wandte sich dem Porsche Cayenne zu. Dieser hatte ein Wiener Kennzeichen. Erst beim zweiten Blick fiel ihm auf, dass die Heckscheibe fehlte. Er trat näher. Im Kofferraum glitzerten nur wenige kleine Bruchstücke im Sonnenlicht und in der Dichtung steckten an ein paar

Stellen Splitter. Die Scheibe war zu Bruch gegangen und die Reste waren großteils entfernt worden. So ein Glas bricht im Normalfall nicht. Dem Fahrzeug war kein Unfall anzusehen und es hatte nicht gehagelt. Jemand hatte sie eingeschlagen. Mit der Eisenstange? Wozu? Er schaute in den Wagen hinein. Bei den Rücksitzen fiel ihm nichts auf. Vorne fand er die geöffnete Verpackung einer Knopfbatterie auf der Fußmatte des Beifahrersitzes. Solche Batterien wurden in Autofernbedienungen oder Waagen verwendet. Der Ermordete fuhr einen schwarzen Porsche Cayenne, er war sportlich und groß mit Kurzhaarschnitt und über das Fitnessstudio ›Fitness4you‹ in Lockenhaus gab es eine Verbindung zu Isabella Pilacher. Michael Ladener könnte der anonyme Anrufer sein. Wenn er es war, dann verfasste er den Brief mit den Informationen. Hatte er die Entführung von Isabella beobachtet, ohne zu wissen, dass sie das Opfer war? Warum gab er seine Identität nicht preis? Ein älterer Mann blieb mit seinem Auto stehen und stieg aus.

»Herr Jurmann?«, rief Anton und dieser nickte.

»Ihre Tochter kommt gleich.«

Geigensauer kehrte ins Haus zurück, schickte Karin zu ihrem Vater und übergab das Schreiben des anonymen Anrufers an den Leiter der Spurensicherung.

»Im ersten Stock steht ein Laptop mit Drucker. Klären Sie bitte, ob dieses Blatt dort ausgedruckt wurde«, bat ihn Anton. »Das Gerät ist mit einem Passwort geschützt.«

»Ich werde unseren IT-Spezialisten anfordern. Er wird das schaffen. Es wird nur ein bisschen dauern«, erwiderte der Beamte zuversichtlich.

Geigensauer wandte sich seinem Handy zu. Es hatte in den letzten Minuten gebrummt, denn eine Nachricht war eingelangt. Blut und Haare im Kofferraum von Isabellas Wagen stammten von ihr. Vorerst war Anton mit seiner Arbeit am Tatort fertig und er beschloss, wenn er schon in Güttenbach war, zu Hause einen Sprung vorbeizusehen. Er verabschiedete sich von den Kollegen und schritt in Gedanken vertieft zu seinem Auto. Die Gruppe der Schaulustigen hatte sich aufgelöst, doch eine alte Frau hatte am Nachbargrundstück auf ihn gewartet und rief mit ihrer hohen Fistelstimme laut: »Halt! Herr Inspektor, halt!« Er blieb stehen und die Greisin hinkte, so schnell sie konnte, zu ihm.

»Ich muss Ihnen dringend etwas Wichtiges sagen. Sie sind doch Herr Geigensauer, der Hofrat Münster das Handwerk gelegt hat?«

»Der bin ich«, lachte Anton. »Was wollen Sie mir denn mitteilen?«

»Gestern am Abend nach der Zeit im Bild 2 … der Armin Wolf hat diesen Minister«, sie zögerte einen Augenblick. »Es fällt mir jetzt nicht ein, wie der heißt. Den hat er anständig auseinandergenommen. Eine Viertelstunde nach den Nachrichten – mein Mann war lange zu Bett gegangen –, da hörte ich im Badezimmer laute Stimmen im Freien. Ich bin nicht neugierig, verstehen Sie, aber man muss vorsichtig sein, jetzt, wo so viele Tiroler und Vorarlberger im Ort wohnen. Ich schaltete das Licht aus und öffnete das Fenster. Michael, Mag. Ladener, stand vor der Eingangstür zu seinem Haus und ihm gegenüber, mir den Rücken zugewandt, ein zweiter Mann. Dieser beschimpfte ihn mit fürchterlichen Worten.«

Sie zögerte einen Augenblick, ob sie diese wiederholen sollte, tat es aber dann doch.

»Hurensohn, Ehebrecher, Bastard, Muskelprotz und vieles mehr, was ich nicht über meine Lippen kommen lassen würde, musste ich mitanhören. Dann kehrte der Fremde zu seinem Wagen zurück. Das Auto sah ähnlich aus, wie das von Michael. Der Mann kam mir gefährlich vor. Ich habe sofort seine Nummerntafel notiert. Mit quietschenden Reifen ist er weggefahren.«

Sie zog einen verschmutzten, kleinen Zettel aus ihrer Schürzentasche und reichte ihn Anton. Es war ein Kennzeichen aus dem Bezirk Oberwart.

»Ich war sofort fest davon überzeugt, dass der Fremde nicht von hier ist«, fuhr sie fort. »Sicher ist er in der Nacht wiedergekommen und hat den armen Michael umgebracht. Jetzt werden Sie den Kerl gleich verhaften, Inspektor Geigensauer. Wissen Sie«, sprach sie, ohne Luft zu holen, weiter, »er war so ein lieber Junge. Jahrelang hat er in jeder Messe ministriert. Ist er erwürgt worden?«

»Ihr Hinweis ist wichtig für uns«, unterbrach Anton ihre Frage nicht beantwortend. »Darf ich Ihren Namen erfahren? Für die Akten, Sie wissen schon?«

»Olga Drubovic.«

»Sind Sie mit Jörg Drubovic verwandt?«

»Weitschichtig, unsere Großväter waren Cousins. Der arme Michael. Hat der Oberwarter ihn erschossen?«

Ihren Namen und das Kennzeichen in seinem Notizbuch eintragend, gab Geigensauer keine Antwort. Sie fuhr fort: »Nachdem sein Vater, Gott hab ihn selig, so früh verstorben war, lebte seine Mutter hier unter der Woche allein. Denn Michael studierte in Wien und war nur am Wochenende zu Hause. Wann immer ich konnte, besuchte ich Anna und habe sie unterhalten, damit sie nicht so einsam war. Dann ist auch sie gestorben. Herzinfarkt. Jetzt steht das Gebäude meistens leer. So traurig. Einmal in vierzehn Tagen übernachtete Michael hier. Er hat Lehramt studiert und ist sehr erfolgreich mit seinen Turnstudios. Sogar aus der Steiermark sind Direktoren gekommen, um zu lernen, wie man solche Studios gewinnbringend führt. Michael hatte ja nicht viel Zeit, daher besorgte ich in seinem

Garten die anfallenden Arbeiten und betreute am Friedhof das Grab seiner Eltern. Das bin ich Anna schuldig. Wie wurde er getötet?«

»Ist Ihnen sonst irgendetwas Merkwürdiges an diesem Abend aufgefallen?«, beantwortete Geigensauer die Frage mit einer Gegenfrage.

»Nein, ich bin dann zu Bett gegangen und bald eingeschlafen. Wie geht es denn dem kleinen Josef im Kindergarten? Ist er gerne dort?«

»Danke, ich glaube schon.«

»Und Ihre Frau? Gefällt es ihr in der Arbeit? Beim Tourismusbüro gibt es sicher viel zu tun.«

»Ja, alles bestens.«

Geigensauer überlegte angestrengt, wie er hier wegkommen konnte, ohne unhöflich zu wirken. Das Läuten seines Handys brachte die Lösung und Erlösung.

»Danke für den Hinweis und alles Gute«, sagte er und entfernte sich rasch von Frau Drubovic.

Erst in einem entsprechenden Abstand nahm er das Telefongespräch an. Es war Jane. Sie verspätete sich etwas und bat Anton, Josef vom Kindergarten abzuholen. Geigensauer kehrte zu den Beamten am Tatort zurück und gab den Auftrag, festzustellen, wer der Besitzer des Oberwarter Kennzeichens war. Auf dem Rückweg hatte er Sorge, wieder von der gesprächigen, alten Dame aufgehalten zu werden. Er hatte Glück. Sie stand am Zaun ihres Gartens und plauderte mit der Nachbarin. Unbehelligt erreichte er seinen Wagen und fuhr zum Kindergarten, der hinter dem Gemeindeamt lag, und wartete auf der Brücke über den Güttenbach auf seinen Sohn. Die ersten Kinder stürmten bald in die Freiheit. Josef war einer der Letzten, nicht, weil er ein Trödler war, sondern, weil er nichts in Eile verrichtete. Alles galt es genau und fehlerlos zu erledigen. So lautete seine Devise. Das Abholen durch den Vater war eine willkommene Abwechslung. Begeistert erzählte er auf der Heimfahrt, dass sie für Weihnachten an einer Krippe bastelten. Zu Hause angekommen, beschloss Anton, Suppe zu kochen. Josef entschied sich für eine mit Buchstaben. Als Jane wenig später heimkam, löffelten die beiden ihre Brühe. Josef, der die Buchstaben seines Namens kannte, suchte die entsprechenden heraus und legte sie auf seinem Löffel in die richtige Reihenfolge. Bewundernd stellte Geigensauer fest, dass Jane gar nicht gestresst von der Arbeit kam. Schnell hatte sie in aller Ruhe Eiernockerl gezaubert und man aß gemeinsam, was unter der Woche selten vorkam. Erst nachdem Josef hinausgelaufen war, um im Hof ein paar Runden mit dem Fahrrad zu drehen und die Katze zu füttern, erzählte Anton von der Ermordung von Michael Ladener.

»Jetzt werden sie das Büro in Güssing doch nicht schließen«, meinte Jane. »Entführung und Mord innerhalb einer Woche. Die Ermittler müssen rasch vor Ort sein.«

»Die Ermordung hängt mit dem Kidnapping zusammen«, dachte Anton laut.

»Ach so«, zog ihn Jane auf.

Sein Handy läutete und er hob ab.

»Geigensauer, SOKO-Südost … das ist eine Überraschung … danke.«

Nachdenklich legte er auf.

»Etwas Unangenehmes?«, fragte Jane besorgt.

»Nein, erstaunlich und wieder nicht. Die Person, die nach der Beobachtung von Olga Drubovic Michael Ladener beschimpft hat, ist Johannes Pilacher. Dieser Fall nimmt Fahrt auf. Ich werde sofort aufbrechen, um mit ihm zu reden.«

Anton rief bei der Spedition an und wurde mit Pilacher verbunden.

»Hallo, Herr Geigensauer«, meldete sich dieser. »Haben Sie gute Nachrichten über meine Frau?«

»Nein, leider nicht. Von Ungarn gab es bisher keine Informationen, doch ich erwarte jede Minute welche. Ich würde gerne mit Ihnen persönlich unsere weitere Vorgangsweise besprechen. Darf ich in einer halben Stunde vorbeikommen?«

»Ja, das ist möglich. Kommen Sie nur!«

Geigensauer legte auf und erhob sich.

»Dann bis später und viel Erfolg«, meinte Jane.

»Danke.« Anton gab ihr einen Kuss und eilte hinaus.

Im Hof fuhr Josef mit seinem Fahrrad im Kreis. Die Katze lag an der Hausmauer in der Sonne.

»Vati, wann kommst du wieder?«, rief er.

»Gegen Abend.«

»Denk dir eine neue Mausgeschichte aus!«

»Mach ich.«

Kaum hatte Geigensauer Güttenbach verlassen und den Meierhof erreicht, läutete das Handy. Es war Timischl.

»Was gibt es Neues in Ungarn?«, fragte Anton sofort ungeduldig.

»Leider noch immer nicht viel. Der Frächter Horvath besitzt einen weißen Kastenwagen, aber von Isabella fehlt jede Spur, obwohl wir bei seiner Spedition und bei ihm zu Hause alles auf den Kopf gestellt haben. Ist sie bei euch aufgetaucht?«

»Nein, bisher nicht«, antwortete Geigensauer und bog nach Kotezicken ab.

»Die ungarischen Kollegen werden den Betrieb und sein Umfeld weiter beobachten«, fuhr Timischl fort. »Im Verhör wirkte Horvath total gelassen. Niemals würde er jemanden entführen. Er findet unsere Annahmen lächerlich. Dieser Mensch ist mir nicht geheuer. Sein Blick ist nicht ehrlich. Er schaut dir nicht in die Augen. Ich traue ihm das Kidnapping durchaus zu.«

»Wo bist du jetzt?«, fragte Geigensauer. Er hatte die scharfe Linkskurve in Woppendorf erreicht.

»Auf dem Weg von Szombathely zur Grenze.«

»Wir treffen uns bei der Spedition Pilacher.«

»Ok. Was hast du vor?«

»Wir werden Johannes befragen. Vor zwei Stunden wurde in Güttenbach ein Mann, in seinem eigenen Haus erschlagen, aufgefunden«, erklärte Anton und düste vom Hannersberg nach Burg hinunter.

»In Pinkovac?«, wiederholte Timischl ungläubig.

»Ja. Der Ermordete ist Mag. Michael Ladener, der Besitzer des Fitnessklubs ›Fitness4You‹ in Lockenhaus. Er fährt einen schwarzen Porsche Cayenne.«

»Ist er der anonyme Anrufer?«

»Das wäre möglich.«

»Was hat Pilacher damit zu tun?«, wunderte sich Timischl.

»Johannes hatte Montag am Abend um etwa 22 Uhr 30 einen heftigen Streit mit Ladener. Als er wegfuhr, lebte Michael noch. Eine Nachbarin hat die Szene beobachtet und Pilachers Kennzeichen notiert. Der Mord ist laut Dr. Humer wenig später begangen worden.«

Geigensauer überquerte die ehemalige Bahnlinie von Großpetersdorf nach Rechnitz.

»Du meinst, er ist später zurückgekommen, um Michael zu töten?«, fragte Timischl.

»Scheint mir nicht unwahrscheinlich«, stimmte Anton zu.

»Und das Motiv?«

»Keine Ahnung, aber es besteht eine Verbindung über das Fitnessstudio in Lockenhaus. Ladener ist der Besitzer und Isabella trainiert dort.«

»Dieser Fall hat es in sich. Bis bald.«

Timischl legte auf.

Gegen 14 Uhr erreichte Geigensauer die Spedition Pilacher. Er fuhr gleich bis zum Haus von Johannes und stellte den Wagen dort ab.

Zu seiner Überraschung parkte ein dunkelblauer Porsche Cayenne davor. Sein Besitzer könnte ebenfalls der anonyme Anrufer von St. Magdalena sein, überlegte er ein wenig verwirrt, was das bedeuten würde. In diesem Moment traf Timischl ein und sie läuteten an. Johannes öffnete und Anton schien es, als ob dieser über Nacht gealtert wäre. Die Augen lagen tief in ihren Höhlen und die Tränensäcke waren deutlich zu sehen. Die Hautfarbe war weiß bis gelb.

»Guten Tag. Kommen Sie nur herein!«

Er geleitete die beiden ins Wohnzimmer und fragte: »Gibt es etwas Neues von meiner Frau?«

»Die genetische Untersuchung hat ergeben, dass die Blutspuren im Auto Ihrer Gattin von ihr stammen«, antwortete Geigensauer beim Betreten des Raumes.

»Davon bin ich leider ausgegangen«, erwiderte Johannes. »Was war in Ungarn?«

»Unerfreulicherweise nicht viel«, erklärte Timischl. »Ein Frächter mit dem Namen Horvath hat die Versteigerung gewonnen. Die ungarischen Kollegen haben ihn in meinem Beisein verhört und seine Firma und sein Haus durchsucht. Keine Spur von Isabella.«

»Vermutlich hat er sie woanders versteckt«, sagte Johannes. »Ich kenne diesen Horvath, ein unguter Mensch.«

»Sein Haus und seine Firma bleiben unter Beobachtung«, versicherte Timischl.

»Das ist notwendig. Ich traue diesem Spediteur alles zu. Was werden Sie weiters unternehmen? Das Warten ist unerträglich.«

»Zunächst gibt es ein paar Fragen an Sie«, sagte Anton. Johannes sah erstaunt auf die beiden Ermittler.

»Kennen Sie Mag. Michael Ladener?«, fragte Geigensauer und beobachtete die Reaktionen seines Gegenübers genau.

»Er ist der Besitzer einer Kette von Fitnessstudios«, kam die Antwort mit einer kleinen Verzögerung.

»Herr Ladener wurde heute tot in seinem Haus aufgefunden. Jemand hat ihn mit einer Art Eisenstange erschlagen«, fuhr Anton fort. Pilacher schritt nervös im Zimmer auf und ab. »Der Mord ist am Montag ein, zwei Stunden vor Mitternacht begangen worden.«

Geigensauer unterbrach seinen Bericht und ließ Johannes nicht aus den Augen. Dieser wartete zunächst, ob der Ermittler weitersprach, und meinte dann forsch: »Ich besuchte ihn Montag abends. Bei meiner Abfahrt war er putzmunter und lebendig.«

»Wann war das?«

»Schätze gegen halb elf«, sagte er unwirsch. »Warum fragen Sie, wenn Sie es wissen? Was ist das für ein Spielchen?«

»Worüber haben Sie sich mit ihm gezankt?«

»Streit ist übertrieben. Wir hatten eine Meinungsverschiedenheit.«

»Ein Zeuge hat uns nur einen kleinen Teil der Höflichkeiten wiedergegeben, die sie Ladener an den Kopf geworfen haben. Worum handelte es sich in dieser Auseinandersetzung?«

»Ist das wichtig?«

»In der Ermittlung zu einem Mordfall immer.«

»Ja, also …«, zauderte er, eine Antwort zu geben, und erklärte schließlich: »Isabella trainiert jeden Montag in seinem Studio in Lockenhaus. Der Kerl hat so unverschämte Preise.

Im kommenden Jahr wird er wieder 20 % aufschlagen. Einer musste ihm sagen, dass das Wucher ist.«

»Deswegen sind Sie extra zu ihm gefahren?«, ließ Geigensauer nicht locker. »Hätte das Ihre Frau nicht selber erledigen können?«

»Isabella hat sich nicht getraut. Ich war in Stegersbach bei einer Weihnachtsfeier, da ist Güttenbach nur ein kleiner Umweg.«

»Ist halb elf Uhr in der Nacht der richtige Zeitpunkt?«, blieb Anton hartnäckig.

»Das überlassen Sie mir. Ich habe Ladener nicht umgebracht, ob Sie das glauben oder nicht. Ich werde in Graz bei der Kriminalpolizei anrufen und bewirken, dass hier mehr Leute eingesetzt werden. Ein Freund von mir sitzt dort in leitender Position. Sie werden sich dann um den Mord kümmern und die frischen Kräfte werden hoffentlich erfolgreicher meine Gattin suchen. Die Inspektoren aus einer Stadt sind andere Kaliber«, meinte er zornig und abwertend.

»Haben Sie die Heckscheibe von Ladeners Auto eingeschlagen?«, setzte Anton nach.

»Ich beschädige keine fremden Wägen. Ihre Vorgangsweise ist unerhört. Beenden wir dieses Gespräch!«, rief er laut.

»Gehört der Porsche Cayenne vor Ihrem Haus Ihnen?«, erkundigte sich Timischl trotz der unverhohlenen Drohung und der Beleidigung weiter.

»Ja, das ist mein Wagen«, antwortete er in der Tür des Raumes stehend und mit dem Arm dorthin zeigend, wohin sich die beiden Ermittler seiner Meinung nach verabschieden sollten. »Wenn ich bitten darf.«

»Waren Sie am Montagabend in St. Magdalena?«, fragte Geigensauer, als sie an Johannes vorbeigingen, doch er gab ihnen keine Antwort mehr.

»Wird er in Graz anrufen?«, fragte Timischl, bevor sie in ihre Autos stiegen.

»Keine Ahnung und es ist mir egal«, erwiderte Geigensauer verärgert. »Selbst wenn er am Mord von Ladener gar nicht beteiligt ist, braucht er nicht so patzig sein. Wir haben nichts verbrochen. Eine entführte Person in zwei Tagen nicht zu finden, ist keine Schande.«

»Wie gehen wir weiter vor?«, machte sich Timischl Gedanken.

»Ich fahre noch einmal nach Lockenhaus«, schlug Anton vor, »und befrage das Fitnessstudio wegen der erhöhten Preise. Du könntest dich erkundigen, wo in Stegersbach die Weihnachtsfeier des südburgenländischen Wirtschaftsvereins stattgefunden hat und wann Pilacher dort anwesend war.«

»Du meinst, er könnte der anonyme Anrufer sein«, Timischl deutete auf den Porsche. »Um wie viel Uhr war das Telefonat?«

»21 Uhr 30.«

»Auf, auf! Keine vorhandene Müdigkeit vortäuschen!«, schloss er die Besprechung. Die beiden Ermittler fuhren los.

Der kurze Dezembertag neigte sich seinem Ende entgegen. Geigensauer war von Rechnitz nach Lockenhaus unterwegs. Eine bitterkalte Nacht stand bevor. Er hielt an der höchsten Stelle an, wo Isabellas Wagen gestanden hatte. Heute war kein einziges Fahrzeug auf dem weitläufigen Platz. Die Schneereste waren zu hartem Eis gefroren. Nachdem er sich alles, was hier angeblich geschehen war, vorgestellt hatte, begab er sich auf die Weiterfahrt nach Lockenhaus.

Diesmal kannte ihn der junge Mann am Eingangsbereich des Fitnessstudios ›Fitness4You‹ und führte Anton gleich in das Büro des Geschäftsführers.

»Was kann ich für Sie tun?«, erkundigte sich Peppi Sichel

überrascht, Geigensauer wieder zu sehen. Er machte keine Anstalten, sich vom Bürotisch zu erheben.

»Ihr Chef, Mag. Ladener, ist heute am Vormittag erschlagen in seinem Haus in Güttenbach aufgefunden worden.«

Sichel sprang auf und meinte entsetzt: »Das ist ja furchtbar. Wer hat denn das getan?«

»Wissen wir nicht. Die Ermittlungen stehen erst am Anfang. Ist Ihnen in den letzten Tagen irgendetwas aufgefallen? Hatte er Feinde?«

»Nein, ich glaube nicht«, kam die Antwort nach kurzem Zögern wenig überzeugend. »Ich wunderte mich gestern, dass er telefonisch nicht erreichbar war.«

Das Entsetzen über die Nachricht hielt nicht lange an. Die Liebe zum Chef war nicht groß. Sein unsteter Blick und die Art, wie seine Hände am Schreibtisch Klavier spielten, gefielen Geigensauer nicht. War Sichel in das Verbrechen verwickelt?

»Da wären ein paar weitere Fragen bezüglich der Entführung von Isabella Pilacher, die ich gerne beantwortet hätte«, fuhr Anton fort.

Peppi Sichel, erleichtert durch den Themenwechsel, nickte zustimmend.

»Stimmt es, dass die Preise mit 1. Jänner um 20 % erhöht werden?«

»Wer behauptet denn einen solchen Unsinn?«

»Isabella Pilacher erzählte es ihrem Mann.«

»Ach so, ja, das war ein Missverständnis. Sie hatte einen Sondertarif, weil sie gleich für zwei Jahre gebucht hatte. Von diesem Kostenmodell aus gesehen zum Normaltarif ist es eine solche Preissteigerung. Die Aufregung war umsonst. Ich durfte ihr wesentlich weniger verrechnen. Sie ist die Geliebte von Mag. Ladener«, erklärte er und lächelte unverschämt.

Geigensauer wunderte sich, dass Sichel das erzählte, und

stellte fest: »Sie ist verheiratet.«

»Ja, natürlich ist sie das«, erwiderte dieser und zuckte mit den Schultern. »Wen stört das heutzutage?«

»Den Ehemann?«

»Da haben Sie recht. Lange Zeit, war ich überzeugt, bemerkte er nicht, dass seine Frau nicht nur mit unseren Geräten trainierte, sondern mit Mag. Ladener im Büro spezielle Übungen genoss. Die Türen sind miserabel gegen Schall isoliert. Ich musste es mitanhören.«

Er deutete auf eine Tür, die vermutlich ins Zimmer des Chefs führte.

Geigensauer fand diesen Menschen widerwärtig.

»Vor zwei Wochen kam sie mit einem riesigen, blauen Auge hier an. Diesmal war sie nur kurz bei Mag. Ladener im Zimmer. Ich hörte, wie sie erzählte, dass ihr Mann von der Affäre Wind bekommen hatte, sie mit einem Faustschlag niedergestreckt und beinahe erwürgt hätte. Rasend vor Eifersucht war er total ausgerastet. Diesen Montag gab es keine Liebe mehr im Büro. Vielleicht ist es aus und vorbei oder die Leidenschaft wird an einem anderen, geheimen Platz ausgelebt«, schloss er seinen Bericht und grinste unverschämt. Geigensauer bedankte sich und verließ das Fitnessstudio. Er konnte den Anblick dieses Menschen nicht länger ertragen. Eifersucht war bei vielen Mordfällen das Motiv, dachte er beim Hinausgehen.

Bald nachdem Timischl Stegersbach erreicht hatte, erfuhr er in einem Kaffeehaus, in welchem Lokal die Weihnachtsfeier des südburgenländischen Wirtschaftsvereins stattgefunden hatte. Das Gasthaus lag in Richtung Ollersdorf kurz nach der Abzweigung, die zu den Thermenhotels führte.

Inspektor Timischl setzte sich an die Bar und bestellte ein Bier. Ein weiterer Kaffee hätte seinen nächtlichen Schlaf behindert. Um diese Zeit, spät am Nachmittag, war er der einzige Besucher im dusteren Gastzimmer, das dringend einer Erneuerung bedurfte. Nachdem ihm der Wirt, ein Riese von zwei Metern Größe und über hundert Kilogramm schwer, bedient hatte, setzte sich dieser an einen Tisch und las die ›Ganze Woche‹. Es war Mittwoch. Timischl überlegte, wie er ein Gespräch beginnen sollte. Es fiel ihm nichts ein. Das Bier hatte er bald ausgetrunken. Da erhob sich der Gastwirt, kam an die Schank zurück, nahm den leeren Krug weg und fragte: »Noch eins?«

»Danke, ein Mineral«, erwiderte Timischl.

»Ein Mineral? Was bist denn du für einer?«, erkundigte sich der Hüne und überlegte, was für einen Gast er vor sich hatte. Dieser zögerte mit der Auskunft. Der Gastwirt servierte das Wasser und beantwortete sich die Frage selbst.

»Bist du nicht Timischl, der Inspektor aus St. Michael?«

Timischl nickte.

»Ich merke mir alle Gesichter«, lobte sich der Riese selbst. »Ich habe im Fernsehen einmal einen Bericht über den Mordfall im Zickenwald gesehen. Der ORF hat dich und einen anderen Inspektor interviewt.«

»Prima Gedächtnis«, lobte Timischl.

»Du bist sicher nicht eingekehrt, weil du Durst hattest«, fuhr der Wirt listig fort. »Denn du warst noch nie bei mir. Leugnen hat keinen Sinn.«

»Ich benötige eine Auskunft«, blieb Timischl nichts anderes übrig, als zuzustimmen.

»Es handelt sich um Mord?«, wollte der Hüne wissen.

»War Montag abends bei der Weihnachtsfeier viel los?«, fragte Timischl, anstatt eine Antwort zu geben.

»Es war alles anwesend, was Rang und Namen hat. Nach den Reden haben sich einige verabschiedet, doch die meisten haben lange ausgehalten. An der Bar gab es noch um 2 Uhr in der

Nacht Betrieb«, erzählte er zufrieden. »Die Politik blieb bis zum Schluss.«

»Kennen Sie Johannes Pilacher?«, ließ sich Timischl nicht auf das Duzen ein.

»Wer kennt ihn nicht? Er war hier, wenn du das wissen möchtest. Hat er etwas angestellt, der Johannes?«

»Wie lange war er anwesend?«, fragte Timischl.

»Bis kurz nach viertel elf. Er ist kein geselliger Mensch. Sein Vater, der alte Pilacher, war ein anderes Kaliber. Der hat bis in die frühen Morgenstunden gefeiert und ist dann sternhagelvoll mit dem Auto heimgefahren. Kein Gendarm hätte sich getraut, ihn zu strafen. Das waren lustigere Zeiten. Rück schon raus, was hat er verbrochen, der Johannes?«

»War er den ganzen Abend über hier?«, erkundigte sich Timischl unbeirrt.

»Du bist ärger als Politiker beim Interview. Man bekommt auf keine Frage eine Antwort«, war der Wirt verärgert.

»War Johannes die ganze Zeit über hier?«, wiederholte Timischl.

»Du hast Glück, dass mein Gedächtnis herausragend ist. Er kam verspätet gegen 20 Uhr 30, als die letzte Rede im Saal endete. Zu diesem Zeitpunkt war ich an der Bar allein. Um 21 Uhr ist er dann schon wieder weggegangen. Ich dachte mir, kürzer kann man nicht bleiben. Noch mehr überraschte mich, dass er etwa um 22 Uhr zurückkam. Bei der ZIB 2 lief der erste Beitrag.«

Er deutete auf den Fernseher, der oberhalb der Bar an der Wand befestigt war.

»Da sind Sie sich sicher?«, zweifelte Timischl über die Genauigkeit der Angabe bei dem Wirbel, der sich hier abgespielt hatte.

»Es war bestimmt so.«

»Danke, durchaus möglich, dass ich diese Aussage schriftlich benötige«, antwortete Timischl und trank aus.

»Kein Problem. Darf ich dir einen Zwetschkenschnaps anbieten, selbst gebrannt?«

»Nein, danke. Im Dienst wird nicht getrunken. Was bin ich schuldig?«

Mit diesen Worten wollte Timischl möglichst rasch das Lokal verlassen.

»Nichts, du bist eingeladen«, erwiderte der Hüne.

»Unmöglich.«

Timischl legte 20 Euro auf die Theke. Der Wirt machte keine Anstalten, den Schein zu nehmen und das Wechselgeld zurückzugeben. So ließ Timischl das Geld liegen, verabschiedete sich und eilte hinaus. Dieser Inspektor ist korrekter, als seine Lippen schmal sind, überlegte der Riese und steckte den Schein in die Geldbörse.

Über die Informationen, die Geigensauer im Fitnessstudio erhalten hatte, musste er unbedingt mit Isabellas Schwester sprechen. Die Dämmerung war fortgeschritten und hüllte Lockenhaus und Umgebung in ein bläuliches Licht. Anton betrat den Friseursalon. Eine ältere Dame saß unter der Haube und las Zeitung. Sophie Maller schnitt einem Volksschüler die Haare.

»Guten Abend«, grüßte Geigensauer.

Sophie bemühte sich nicht, zu verbergen, dass ihr dieser Besuch unwillkommen war.

»Nehmen Sie Platz!«, schlug sie vor. »Ich bin gleich fertig.«

Anton setzte sich und schaute die Nachrichten auf seinem Handy an. Vieles war unwichtig, aber die vor wenigen Minuten eingelangte SMS von Timischl las er sofort. Johannes könnte der anonyme Anrufer sein. Die Zeit, die er von der Weihnachtsfeier in Stegersbach abwesend war, reichte aus, um nach

St. Magdalena und zurück zu fahren. Geigensauer forderte Timischl auf, zur Spedition zu fahren, auf ihn zu warten, und, wenn notwendig, Johannes am Wegfahren zu hindern.

»So, Kevin, du bist fertig«, sagte Sophie. »Die Mama hat bezahlt. Du sollst bei der Oma vorbeischauen.«

Der Bub schlüpfte in seinen Anorak. Vor dem Geschäft bestieg er ein Fahrrad und raste davon.

»Frau Buchner, brauchen Sie etwas?«

Die Dame schüttelte den Kopf.

»Ich habe mit dem Herrn eine kurze, geschäftliche Besprechung. Ich komme bald wieder.«

Kaum hatte Anton die Tür des Büros hinter sich zugemacht, sagte Sophie: »Gibt es Neuigkeiten von Isabella?«

»Leider noch nicht.«

»Johannes sagt, dass Sie und Inspektor Timischl wenig von Ihrem Geschäft verstehen«, meinte sie hart, blieb stehen und schien nicht vorzuhaben, Anton einen Platz anzubieten.

»Das ist nicht sehr nett von Herrn Pilacher«, antwortete Geigensauer gelassen. »Unser bisheriges Scheitern könnte daran liegen, dass wir nicht umfassend informiert werden.«

»Klingt in meinen Ohren nach einer Ausrede und nach keiner brauchbaren. So schwer kann es nicht sein, Isabella zu finden.«

»Warum haben Sie mir nichts vom blauen Auge Ihrer Schwester erzählt?«, warf Anton ihr vor.

»Familienangelegenheiten gibt man nicht preis«, konterte sie.

»Wenn Sie ihr helfen wollen, benötigen wir diese Informationen. Sie waren informiert, wer sie geschlagen hat und warum?«

»Sie erzählte es mir. Ich bin ihre Schwester. Sie war geschockt von diesem Vorfall, weil sie keine Ahnung hatte, dass Johannes so brutal sein kann.«

»Was war der Grund für diesen Gewaltausbruch?«, fragte Anton.

»Eifersucht. Was Männer betrifft, agiert Isabella völlig anders als ich«, erklärte Sophie. »Ich bin froh über die Trennung von meinem Gatten. Dieses Kapitel ist für mich abgeschlossen. Isi kokettierte immer gerne mit den Burschen. Die Mannsbilder sind für sie nur Schachfiguren, die sie dorthin bewegt, wo es für sie günstig ist.«

»Momentan scheint sie selbst schachmatt zu sein. Hatte sie einen Freund?«, wurde Geigensauer konkret.

»Sie ist immer gerne zweispurig gefahren. Bis zu diesem Vorfall hatte sie mir nichts erzählt, doch dann hat sie gebeichtet. Sie hat ein Verhältnis mit dem Besitzer des Fitnessstudios ›Fitness4You‹, mit Mag. Ladener.«

»Wie hat ihr Mann davon erfahren?«, erkundigte sich Anton.

»Sie vermutete, dass der Geschäftsführer des Studios, ein Herr Sichel, dahintersteckte. Er ist seit Kurzem mit dem Bruder von Johannes befreundet. Die beiden fahren gemeinsam zum Golfen nach Lutzmannsburg. Isabella hat gesehen, wie Karl Peppi Sichel mit dem Wagen abgeholt hat. Johannes und meine Schwester haben sich unterdessen versöhnt. Er hat sich entschuldigt und ihr spontan das neue Auto gekauft. Ich denke, es war wieder alles in Ordnung.«

»Isabella ist weiter in das Studio trainieren gegangen, zum Beispiel am Montag. Hat sie ihr Verhältnis mit Ladener beendet?«, hatte Geigensauer seine Zweifel.

»Sie hat es mir versprochen«, antwortete Sophie gar nicht überzeugend. »Sie hatte vor, am Montag Schluss zu machen.«

»Angenommen Johannes hat über Peppi Sichel und seinen Bruder erfahren, dass Isabella sich wieder mit Ladener getroffen hat, könnte es nicht sein, dass seine Sicherungen abermals durchgebrannt sind?«

»Sie meinen, er hat ihr etwas angetan?«, sagte Sophie entsetzt. »Sie ist doch entführt worden?«

Geigensauer sah ihrem Gesicht an, dass sie ihre Hand für die Unschuld von Johannes nicht ins Feuer legen würde.

»Beweise für ein Kidnapping gibt es nicht, nur Hinweise. Wenn man sie ermordet und ihre Leiche versteckt, dann ist sie auch verschwunden.«

»Deutet etwas darauf hin, dass Isabella getötet wurde?«, fragte Sophie bleich.

»Es ist eine Möglichkeit, aber nicht mehr.«

»Bitte informieren Sie mich, sobald Sie etwas wissen! Die Ungewissheit ist kaum zu ertragen«, bat sie.

»Gerne. Falls Ihnen noch ein Familiengeheimnis einfällt, das mit diesem Verbrechen zusammenhängt, dann sagen Sie es bitte.«

»Nein, da ist bestimmt nichts mehr«, versicherte sie. Die beiden kehrten in den Salon zurück und er verabschiedete sich.

Anton fuhr zum Fitnessstudio ›Fitness4You‹ zurück und eilte an der Anmeldung vorbei sofort ins Büro von Peppi Sichel. Dieser spielte, die Beine auf den Schreibtisch gelegt, auf seinem Handy. Zuerst erschrocken, nahm er die Füße vom Tisch und meinte dann verärgert: »Können Sie nicht anklopfen? Was ist nun schon wieder?«

»Sie haben Karl Pilacher erzählt, dass Isabella ein Verhältnis mit Mag. Ladener hat?«, kam Anton gleich zur Sache. »Sie haben Ihren Chef belauscht und verpfiffen.«

»Ihr Ton gefällt mir gar nicht«, sagte Sichel und trat dicht an Geigensauer heran. »Ja, ich war es. Warum nicht? Das ist kein Verbrechen. Man muss nicht verheimlichen, dass diese geile Braut ihren Mann wöchentlich betrügt. Das blaue Auge hat sie verdient.«

»Montag abends haben Sie Isabella wieder vernadert?«

»Ja. Anstatt sich zu trennen, haben die beiden geplant, sich an einem anderen Ort zu treffen. Ich verstand nicht alles, habe aber Karl sofort angerufen.«

»Er hat es Johannes erzählt und dieser ist zu Ladener nach Hause gefahren und hat ihn erschlagen«, setzte Geigensauer fort.

»Nein«, war alles, was Sichel entsetzt dazu sagte.

»Haben Sie durch den Vorfall mit dem blauen Auge nicht mitbekommen, wie eifersüchtig Karls Bruder ist? Hätten Sie sich nur aus der Angelegenheit herausgehalten, die Sie nichts angeht«, war Anton zornig.

»Johannes hat Ladener erschlagen?«, fragte Sichel blass wie ein Leintuch.

»Vielleicht«, erwiderte Geigensauer und eilte davon, ohne sich zu verabschieden.

Auf der nächtlichen Fahrt von Lockenhaus nach Rechnitz hatte Anton Zeit, über den Fall nachzudenken.

Isabella verabredete sich mit Ladener in seinem Büro für ein Treffen an einem anderen Ort. Peppi Sichel horchte an der Tür, informierte Karl und erzählte es Johannes. Dieser fuhr nach der Weihnachtsfeier in Güttenbach vorbei, beschimpfte Michael unflätigst und zertrümmerte vor Zorn die Heckscheibe von dessen Wagen. Er täuschte vor, dass er sich auf den Heimweg begab, weil er annahm, dass jemand den Streit gehört hatte, kehrte aber zurück, erschlug Ladener und fuhr heim. Anton hatte die höchste Stelle der Straße erreicht. Der Parkplatz war leer.

Isabella fiel ihm ein. Was war mit ihr passiert? Den Rest der Fahrt beschäftigte er sich mit dieser Frage.

Timischl parkte wenige Meter von der Einfahrt zum Gelände der Spedition auf einem Feldweg. Geigensauer stellte seinen Wagen daneben ab, stieg zum Kollegen ein, und sie tauschten ihre neuesten Erkenntnisse aus.

»Was passierte, nachdem Karl seinem Bruder Montagabend berichtet hatte, dass Isabella sich nicht von Michael getrennt hatte?«, fragte Anton sich selbst und seinen Kollegen.

»Vermutlich waren Zorn und Wut über Isabellas Verhalten riesig«, überlegte Timischl. »Johannes wartet, aber sie kommt nicht. So fährt er dann doch zur Weihnachtsfeier, wo er verspätet ankommt. Warum informiert er die Polizei anonym von St. Magdalena aus über eine Entführung? Hatte er bereits vor, Michael und sie zu töten, und erfindet er das Kidnapping zur Ablenkung? Will er den Ganoven den Mord in die Schuhe schieben? Das passt mir alles nicht zusammen. Die Verschleppung hat doch stattgefunden.«

»Ich glaube, es gibt gar keine Entführung«, betrachtete Geigensauer die Angelegenheit aus einem anderen Blickwinkel. »Isabella fährt wie immer nach Hause. Dort wartet Johannes auf sie. Diesmal bleibt es nicht beim Faustschlag. Er ermordet sie in seiner rasenden Eifersucht. Kaum ist sie tot, wird ihm klar, was er verbrochen hat. Er muss den Mord vertuschen. Der Drohbrief der ungarischen Mafia bietet ihm eine Möglichkeit. Er gibt die Leiche vorerst in den Kofferraum ihres Autos und fährt mit seinem Wagen nach Stegersbach. Er verlässt die Feier für etwa eine Stunde, begibt sich zur öffentlichen Telefonzelle in St. Magdalena, ruft die Polizei an und informiert diese von einer Entführung, die es niemals gab. Nach der Weihnachtsfeier fährt er Richtung Güttenbach. Keine Ahnung, warum er zunächst mit Michael spricht und ihn erst später erschlägt.«

»Wieso steht Isabellas Auto am Geschriebenstein?«, unterbrach ihn Timischl.

»Johannes hat es mitten in der Nacht wieder hinaufgefahren«, antwortete Geigensauer.

»Und wie ist er nach Hause gekommen?«

»Er hatte einen Komplizen in der Familie.«

»Das passt alles nicht zusammen«, sagte Timischl. »In der Garage war doch keine Nässe.«

»Er hat den Boden getrocknet«, entgegnete Geigensauer. Das Fahrrad fiel ihm ein und er sagte: »Johannes gab das Bike in ihren Wagen, raste hinauf, stellte das Auto ab und fuhr mit dem Drahtesel wieder zurück. Du erinnerst dich an die feuchte Erde an den Reifen und an die Glocke im Kofferraum.«

»Wo ist Isabellas Leiche?«, warf Timischl ein.

»Er hat sie oben am Geschriebenstein im Wald vergraben oder an einem anderen Platz abgelegt. Bei der ehemaligen Möbelfabrik? An der ungarischen Grenze? Bald wird jemand die Tote finden und man wird annehmen, die Entführer haben ihr Opfer ermordet. Zum Schluss warf Johannes das anonyme Schreiben in einen Postkasten und das Erpresserschreiben in den Briefkasten der Firma.«

»Gelungen durchdacht, Anton«, sagte Timischl. »Was lässt sich davon beweisen?«

»Nicht viel. Da hast du recht«, stimmte Geigensauer zu.

»Eines steht fest, Johannes hat uns mit der Geschichte von der Preiserhöhung angelogen. Damit werden wir ihn jetzt konfrontieren«, schlug Timischl vor. »Dann werden wir mehr wissen.«

Anton wechselte in seinen Wagen und sie fuhren das kurze Stück bis vor das Haus von Johannes.

Im oberen Stockwerk brannte in einem einzigen Zimmer Licht, sonst war es finster. Geigensauer läutete an. Es rührte sich nichts. Er drückte die Klingel einige Sekunden lang. Im

Haus wurde es hell. Die Tür wurde aufgesperrt und Johannes Pilacher öffnete ihnen im Schlafrock.

»Oh, einen guten Abend den beiden Ermittlern. Gib es Neuigkeiten vom Verbleib meiner Frau?«, fragte er zynisch.

»Wir müssen dringend mit Ihnen sprechen«, erwiderte Anton.

»Danke, ich habe genug von heute Mittag«, meinte er kurz angebunden und beabsichtigte, das Tor zu schließen, doch Timischl hatte seinen Fuß dazwischen gestellt und sagte gelassen: »Reden wir miteinander, sonst müsste ich Sie von der Polizei in das Büro der SOKO-Südost bringen lassen.«

»Dann treten Sie ein!«, gab er nach und schritt ins Wohnzimmer voraus. Geigensauer und Timischl folgten.

»Was gibt es?«, sagte er und seine Miene zeigte deutlich, dass er sich belästigt fühlte.

»Der Grund für Ihren heftigen Streit mit Mag. Ladener war keine Preiserhöhung im Fitnessstudio. Sie haben uns angelogen«, brachte es Anton auf den Punkt.

»Lügen ist ein hartes Wort. Wir sprachen nicht nur über den Wucherpreis«, erwiderte er. Seine grünen Augen glichen denen einer Katze, die zum Sprung nach ihrer Beute ansetzt.

»Sie waren rasend eifersüchtig auf Ladener. Warum haben Sie uns das nicht gesagt?«, fragte Timischl.

»Das war nicht geschickt von mir, aber ich fürchtete, dass Sie dann sofort annehmen, dass ich ihn getötet habe.«

»Jetzt sind Sie noch verdächtiger«, stellte Anton fest. »Sie haben Ihrer Frau ein blaues Auge geschlagen, als Sie erfuhren, dass sie ein Verhältnis mit Ladener hat. Neigen Sie zu solchen Gewaltausbrüchen? Ein Glück, dass Isabella Sie nicht wegen Körperverletzung angezeigt hat.«

Bevor Johannes antwortete, zog sich sein rechter Mundwinkel weiter nach unten, sodass sein Gesicht immer unsymmetrischer wurde. »Ich liebe Isabella. Karl erzählte mir von ihrem Seitensprung. Ein Freund von ihm arbeitet in Lockenhaus im Fitnessstudio und hat es ihm verraten. Wütend konfrontierte ich sie damit, doch anstatt sich zu entschuldigen, reizte sie mich noch mehr. Sie sagte, wenn so ein Spießer wie ich so eine Frau wie sie hätte, müsste ich akzeptieren, dass sie hin und wieder mit einem anderen Mann schliefe.«

Er unterbrach seine Erzählung kurz, um Luft zu holen. Geigensauer bemerkte, wie eines seiner überlangen Ohrläppchen zitterte.

»Das hat sie mir lachend ins Gesicht gesagt«, fuhr Pilacher fort. »Da habe ich durchgedreht. Ich nannte sie eine Hure und schlug sie nieder. Wir haben uns jedoch versöhnt. Sie versprach, die Beziehung mit Ladener zu beenden. Ich habe mich entschuldigt und ihr das neue Auto gekauft.«

»Montagabend informierte Sie Karl, dass Isabella wieder ein Treffen mit Michael vereinbart hatte«, fuhr Timischl fort. »Sie haben auf sie gewartet und voller Hass haben Sie Ihre Frau umgebracht.«

»Sie kam nicht nach Hause«, meinte er überrascht von diesem Vorwurf. »Ich hätte sie gar nicht ermorden können.«

»Das sagen Sie, doch stimmt es?«, setzte Geigensauer fort. »Wir nehmen an, Sie haben Isabella ermordet und im Kofferraum ihres neuen Autos versteckt.«

»Sie sind vollkommen verrückt«, erwiderte er und sah die beiden Ermittler verständnislos an. »Ich habe meine Frau nicht getötet.«

»Dann fuhren Sie zur Weihnachtsfeier«, erzählte Timischl weiter. »Auf der Fahrt fiel Ihnen ein, Sie könnten das Verbrechen der ungarischen Frächtermafia in die Schuhe schieben. Sie rasten während der Feier nach St. Magdalena und riefen von einer öffentlichen Telefonzelle die Polizei an und berichteten von einer Entführung bei der alten Möbelfabrik am Rande von Rechnitz.«

»St. Magdalena? Ich bin im falschen Film«, sagte er verärgert. »Mir war der Wirbel bei der Feier viel zu laut. Ich hatte vor, über mich und Isabella nachzudenken. Wie sollte es weitergehen? Die Unruhe trieb mich in die Nacht hinaus, und ich spazierte durch Stegersbach.«

»Gibt es dafür Zeugen?«, fragte Timischl.

»Nein«, antwortete Johannes. »Ich brauche kein Alibi, denn jemand anderer hat aus St. Magdalena telefoniert. Sicher nicht ich. Finden Sie diesen Anrufer! Er wird Ihnen sagen, wo Isabella ist. Ich verstehe meinen Grazer Freund nicht. Er hat mir versichert, Sie wären Spitzenermittler. Ich soll mich auf Ihre Arbeit verlassen. Wenn ich nur nicht unschuldig im Gefängnis lande.«

»Keine Sorge, das wird nicht passieren«, beteuerte Anton. »Ein Porsche Cayenne ist in St. Magdalena gesehen worden.«

»Es gibt viele solche Autos, meiner war nicht dort.«

Seine blasse Gesichtsfarbe veränderte sich. Ärger und Zorn trieben ihm das Blut in die Wangen.

»Am Ende des Spazierganges war mir klar«, fuhr er fort, »dass ich Mag. Ladener meine Meinung sagen werde. Karl hatte mir seine Adresse gegeben und ich bin nach Güttenbach gefahren. Ich forderte ihn auf, die Beziehung mit Isabella zu beenden. Er lachte und sagte, dass sie mich nur wegen meines Geldes geheiratet hätte. Ich verlor die Beherrschung und beschimpfte diesen geilen Bock. Dann fuhr ich mit dem Vorsatz, mich scheiden zu lassen, heim.«

»Sie sind nicht zurückgekehrt und haben ihm mit einer Eisenstange den Schädel eingeschlagen?«, meinte Timischl.

»Ich habe weder Michael noch meine Frau getötet«, brüllte er die beiden Ermittler an. »Finden Sie den Mörder! Ich bin ohne Aufenthalt ...«, er stockte kurz und fuhr fort: »Stimmt nicht. In Dürnbach kontrollierte mich die Polizei. Ich hatte einen Alkoholtest zu machen. Zur Zeit der Weihnachtsfeiern gibt es immer diese Planquadrate. Es war gegen halb zwölf. Fragen Sie die Beamten!«

»Das werden wir überprüfen«, versprach Anton. »Die Heckscheibe von Ladeners Wagen haben Sie nicht eingeschlagen?«

»Nein, ich bin kein Kleinkind.«

Pilacher wirkte äußerst angespannt, öffnete den Wohnzimmerschrank und schenkte sich einen Drink ein, den er mit einem Zug leerte.

Geigensauer sah, dass dessen Hand zitterte. Erregt schritt Johannes im Zimmer auf und ab.

»Wie ist das Auto meiner Frau auf den Geschriebenstein gekommen? Ist es geflogen?«, wollte er von den Ermittlern wissen.

»Sie könnten den Wagen hinaufgefahren haben?«

»Und dann bin ich bei Nacht und Nebel zu Fuß nach Hause gegangen?«

»Sie haben das Fahrrad Ihrer Frau mitgeführt und sind mit ihm zurückgefahren.«

»Eine Fantasie haben Sie. Sie sollten Schriftsteller werden«, sagte er zu Geigensauer. »Sie wissen sicherlich auch, wo ich Isabellas Leiche versteckt habe.«

»Am Geschriebenstein, bei der alten Möbelfabrik oder an der ungarischen Grenze. Sie hatten vor, es den angeblichen Entführern in die Schuhe zu schieben.«

Er trat an Anton heran, so nahe, dass dieser den eben konsumierten Alkohol deutlich roch, und hob seine Hand. Geigensauer fürchtete einen Augenblick, er würde zuschlagen. Johannes senkte sie jedoch und schritt wieder auf und ab.

»Sie halten sich bitte zur Verfügung und verlassen den Ort

nicht!«, forderte Timischl. »Für heute ist das Verhör beendet. Gute Nacht.«

Pilacher gab keine Antwort und die Ermittler verließen sein Heim.

Bei ihren Wägen angekommen, sprang der sonst so beherrschte Timischl in die Höhe und rief: »Wir sind Spitzenermittler. Wir sind Spitzenermittler, hat der Grazer gesagt. Die Beschwerde war erfolglos.«

Auch Geigensauer freute sich über die Rückendeckung durch die Behörde. Es widersprach allen gängigen Krimiklischees.

»Glaubst du, dass er der Täter ist?«, ließ sich Timischl das Verhör durch den Kopf gehen. »Stellen wir einen Haftantrag?«

»Dazu haben wir zu wenige Beweise. Ich war mir fast das ganze Gespräch hindurch sicher, dass er der Mörder ist. Es gab nur zwei Momente, in denen er auf mich unschuldig wirkte«, erwiderte Geigensauer.

»Und die waren?«, fragte Timischl.

»Einerseits, als er sagte, er hätte Isabella nicht ermorden können, weil sie nicht nach Hause gekommen war, und andererseits, als er den Ausgang des Streits mit Ladener schilderte.«

»Du hast aber feinfühlige Antennen für Unschuld«, sagte Timischl. »Die Aussage von Johannes über die Fahrzeugkontrolle werden wir morgen überprüfen.«

»Wir werden die Umgebung des Parkplatzes am Geschriebenstein nach Isabella absuchen lassen«, schlug Geigensauer vor. »Wenn er sie getötet hat, ist die Leiche vielleicht dort vergraben.«

»Ok, ich werde mich darum kümmern. Es ist verdammt kalt. Fahren wir, bevor ich hier festfriere. Tschau.«

Timischl stieg ein und raste davon.

Der Vollmond tauchte die Felder und Hügel des Südburgenlandes in sein mildes Licht. Auf den Wiesen hatte sich weißer Reif gebildet. Anton fuhr über Dürnbach nach Hannersdorf und hinauf auf den Hannersberg. Das Lokal, in dem an jedem Wochenende eine Hochzeit gefeiert wurde, und die Chalets, in denen die übernächtigen Gäste Schlaf fanden, waren an einem Wochentag im Dezember geschlossen. Dort oben gab es einen einmaligen Rundblick auf die erleuchteten Ortschaften der Umgebung. Langsam lenkte Anton seinen Wagen durch die Nacht nach Badersdorf hinunter, in Gedanken intensiv mit dem Fall beschäftigt.

Geigensauer erreichte Güttenbach, bog in den Hof ein und eilte gleich ins Haus. Josef lag schon im Bett und Jane las ihm aus einer Sammlung von Adventsgeschichten vor. Kaum hörte Josef Anton eintreten, rief er: »Vati, erzählst du mir noch eine Mausgeschichte?«

»Ich komme gleich«, sagte Anton zu, schlüpfte aus seiner Jacke und schritt sofort ins Kinderzimmer.

»Was habt ihr denn heute gelesen?«, fragte er.

»Ein Schneemann hat im Garten so gefroren, dass der Vater der Familie ihm erlaubt hat, ins Haus zu kommen. Dort ist er leider neben dem Ofen geschmolzen. Nur eine Lache Wasser blieb zurück«, berichtete Josef.

»Dann werde ich euch verlassen«, sagte Jane. »Der Mohr hat seine Schuldigkeit getan.«

Sie überließ Anton ihren Platz neben dem Bett.

»Eines Tages«, begann er, »hatte Polke, der Bär, den Igel eingeladen, mit ihm in die Therme nach Stegersbach zu fahren. Pünktlich zur ausgemachten Stunde erschien der stachelige Freund vor dem Haus von Polke und läutete an. Polke war schon im Aufbrechen und suchte nur seinen Autoschlüssel. Wo hatte er ihn hingegeben?«

»Beim Telefon«, schlug Josef vor, »oder am Schlüsselbrett neben dem Eingang.«

»Nein, dort fand er ihn nicht. Seine Jackentaschen durchwühlte er umsonst. Ungeduldig, wie er war, läutete der Igel wieder. Polke öffnete ihm und sagte: ›Komm herein, ich habe meinen Autoschlüssel verlegt.‹ ›Wie sieht er denn aus?‹, fragte der Igel. ›Klein, schwarz, rechteckig mit zwei Tasten.‹ Die beiden durchsuchten das ganze Haus. Außer Atem meinte der Igel: ›Ich kann nicht mehr. Bleiben wir hier und plaudern wir ein wenig.‹«

»Hatte Polke keinen zweiten Schlüssel?«, fragte Josef. »Du hast einen Ersatzschlüssel im Schreibtisch.«

Josef merkte sich alles genau.

»Nein, er hatte keinen«, erwiderte Anton. »Doch er erinnerte sich, dass er den Schlüssel noch hatte, als er am Vormittag vom Einkaufen heimgekehrt war. Bevor er ins Haus gegangen war, hatte er eine Runde im Garten gedreht. ›Ich muss ihn im Freien verloren haben‹, sagte er zum Igel. ›Komm, wir suchen draußen!‹ Sie durchkämmten die ganze Wiese, sie sahen unter der Linde nach und beim Apfelbaum.«

»Haben sie in der Sandkiste nachgeschaut?«, wollte Josef wissen.

»Ja, auch dort. Nirgends hatten sie Erfolg. Sie waren verzweifelt. Da bemerkten sie auf einmal, dass bei Polkes Auto die Blinklichter kurz aufleuchteten und die Rückspiegel ausgeklappt wurden. ›Jemand betätigt meinen Schlüssel‹, sagte Polke erstaunt. Und dann sahen sie, wer dieser jemand war.«

»Die Waldmaus?«, riet Josef.

»Nein, es war die Elster. Sie hatte den Schlüssel gefunden und hackte mit ihrem Schnabel darauf. Sie musste ihre Beute hergeben. So konnten Polke und Igel doch noch in die Therme fahren.«

Geigensauer blieb bei Josef sitzen, bis dieser einschlief. Das Wort Ersatzschlüssel hatte in seinem Gehirn sofort eine Assoziation geweckt. Wo war der Zweitschlüssel von Isabellas Wagen? Er lag nicht auf ihrem Schreibtisch neben Typenschein und Versicherungsvertrag. Anton erinnerte sich genau. Die Laden ihres Sekretärs waren leer. Isabella war ordnungsliebend. Unwahrscheinlich, dass sie die Ersatzfernbedienung verlegt hatte. Wo war sie?

Anton betrat die Wohnküche. Jane saß mit ihrem Laptop an dem großen Tisch und arbeitete.

»Ich muss für morgen noch ein paar Dokumente vorbereiten«, sagte sie.

Anton briet sich eine große Portion Eierspeise mit Speck und bähte sich dazu zwei Semmeln im Herd auf.

»Zu Mittag Eiernockerl, am Abend drei Eier mit Speck. Dein Cholesterinspiegel wird es dir danken«, mahnte Jane, ohne ihr Tippen zu unterbrechen.

Vom Eisenberger Rotwein, den er am Dienstag für Drubovic und Timischl geöffnet hatte, war ein Rest übrig, den Anton zum Essen trank. Nachdem er sich gestärkt und das Geschirr in den Spüler geräumt hatte, klappte Jane ihr Notebook zu.

»Fertig, das passt«, meinte sie. »Jetzt vertrage ich einen Schluck.«

Anton servierte ihr den Wein.

»Wie geht es dir und Timischl mit dem Fall Pilacher? Ist Johannes der Mörder von Michael?«

Anton berichtete, was seit Mittag geschehen war.

»Heute im Büro haben sie über deinen Fall gesprochen«, erzählte Jane. »Monika, eine meiner Kolleginnen, ist aus Dürnbach. Alle im Ort wissen, dass die Frau von Pilacher vermisst wird. Monika ist mit ihr in die Schule gegangen und ließ kein gutes Haar an ihr. Sie wickle jeden Mann um den Finger und sei ein raffiniertes Luder. Monika ist sich sicher, dass Isabella Johannes nur wegen des Geldes geheiratet hat. Wer will schon einen Gatten haben, meinte sie, der ein schiefes Gesicht und Ohrläppchen so groß wie Waschlappen hat? Der alte Pilacher wollte nicht mehr heiraten und der Karl, der sei etwas eigenartig. Mit seiner langen Nase und den dicken Lippen, dürr wie ein Lichtmast, war er kein Konkurrent für Johannes. Also hat sie sich an ihn herangemacht. Mit Erfolg.«

»Diesmal, fürchte ich, hat sie es übertrieben«, sagte Geigensauer. »Der Krug geht so lange zum Brunnen, bis …«

»Warum habt ihr Johannes nicht verhaftet?«

»Ich bin mir zwar fast sicher, doch es fehlen Beweise«, erklärte Anton. »Wir haben ein Motiv, seine Eifersucht, und die Erfahrung, dass er zu Gewalt neigt. Es war mir ein Rätsel, warum der Anrufer die Polizei nicht sofort vom Kidnapping verständigt hat und anonym bleiben wollte. Wenn es gar keine Entführung gab und Johannes der Anrufer war, dann löst sich dieses Problem von selbst. Wieso er mit Ladener zuerst stritt und ihn erst später tötete, kann ich nicht erklären.«

»Hat Johannes die Heckscheibe von Michaels Wagen eingeschlagen?«, erkundigte sich Jane.

»Wenn er nach einem unbefriedigenden Streit seinen Frust loswerden wollte, scheint es eine mögliche Reaktion zu sein.«

»Was plant ihr für morgen?«

»Ich werde Karl befragen, was und wie er seinem Bruder über Isabellas Verhältnis berichtet hat. Timischl wird sich darum kümmern, dass die Umgebung des Parkplatzes am Geschriebenstein und das Gelände der alten Möbelfabrik mit Spürhunden nach Isabella abgesucht werden. Wenn Johannes seine Frau getötet hat, ist ihre Leiche vielleicht dort vergraben.«

»Viel Glück. Ich bin ziemlich müde und gehe schlafen«, sagte Jane gähnend. »Es war wieder ein langer Tag.«

»Ich komme gleich nach.«

Anton blieb ein paar Minuten sitzen, trank den Wein aus und ging alle Ermittlungsergebnisse durch. Der fehlende Zweitschlüssel von Isabellas Auto ließ ihm keine Ruhe. Zu einer wesentlichen, neuen Erkenntnis kam er leider nicht. Jane schlief, als er sich ins Bett legte. Der Mond, der beim Fenster hereinschien, hatte einen Hof bekommen.

Donnerstag

Die Nacht war nicht mehr so frostig verlaufen, wie die letzte, und die Sonne ging im Osten auf einem wolkenlosen Himmel auf, aber von Südwesten aus zogen hohe, weiße Schleierwolken auf. Eine Wetteränderung kündigte sich an. Geigensauer hatte Josef in den Kindergarten gebracht und war dabei, zur Spedition Pilacher aufzubrechen, um mit Karl zu sprechen, da läutete sein Handy.

»Hallo, guten Morgen ... prima, das ist einmal eine brauchbare Nachricht ... dann komme ich gleich vorbei.«

Dem IT-Spezialisten war es gelungen, das Passwort für den Computer von Mag. Ladener zu knacken. Anton fuhr sofort in die Forstgasse zum Haus von Michael und eilte in den ersten Stock hinauf, wo der Fachmann vor dem Laptop saß.

»Sie waren schneller als der Blitz«, empfing ihn der Experte, ein junger Mann mit einer Brille mit kreisrunder Fassung. Sein rötliches Haar wuchs wild in alle Richtungen. Neben dem Computer standen vier leere Kaffeetassen.

»Ingenieur Dallbauer, was gibt es Neues?«, konnte Anton seine Neugierde nicht zurückhalten.

»Ich bin gerade erst hereingekommen. Der Laptop ist nicht mehr der schnellste. Moment ... so ... da haben wir die Liste der letzten Tätigkeiten. Er hat am Abend vor seinem Tod noch gesurft. Um 20 Uhr 30 hat er damit angefangen.«

»Auf welchen Seiten?«

»ORF, Facebook, Instagram und dann hat er seine Mails auf

GMX gecheckt.«

»Kann man die Nachrichten sehen?«

»Wenn er das gleiche Passwort verwendet wie beim Hochfahren, ist es kein Problem, sonst dauert es wieder. Perfekt. Das Kennwort hat gepasst. Bitte!«

Geigensauer studierte die Liste der Mails. An diesem Abend hatte Mag. Ladener keine empfangen und keine gesendet.

»Wohin hat er dann gesurft?«

»Moment. Gleich. Jetzt habe ich es. Er hat mit Google nach einer öffentlichen Telefonzelle gesucht.«

»Was?«, entfuhr es dem völlig überraschten Geigensauer.

»Er hat nach einer öffentlichen Telefonzelle gesucht«, wiederholte Ingenieur Dallbauer, der nicht verstand, was daran so aufregend war. »In St. Magdalena hat er eine gefunden und sich den Weg über den ÖAMTC-Routenplaner anzeigen lassen.«

Anton war so fest davon überzeugt, dass Johannes den anonymen Anruf getätigt hatte, dass er fragte: »War das Passwort leicht zu knacken? Dann hätte jemand anderer als Ladener das Gerät bedienen können?«

»x7xlymq!1a lautet sein Zugangswort. Wenn es Mausi wäre, hätte ich keine Nacht lang gebraucht, es zu eruieren«, erwiderte der IT-Spezialist beleidigt.

»Was geschah dann?«

»Über eine Stunde hat er nicht weitergearbeitet. Ab 22 Uhr 15 hat er mit Word gearbeitet und gedruckt.«

»Kann man das Dokument sehen?«, fragte Anton aufgeregt.

»Kein Problem«, beruhigte der IT-Fachmann, öffnete es und Geigensauer las Folgendes:

»Am Montag habe ich von Lockenhaus aus kommend um etwa 19 Uhr 30 am Parkplatz am Geschriebenstein einen kurzen Halt eingelegt, weil ich ein geschäftlich wichtiges Mail beantworten musste. Zu diesem Zeitpunkt gab es extremen

Schneefall. Außer mir stand dort nur ein weißer Kastenwagen …«

Es gab keinen Zweifel. Das anonyme Schreiben stammte von Michael und nicht von Johannes.

»Das war seine letzte Aktivität. Dann hat Mag. Ladener den Computer heruntergefahren«, schloss Ingenieur Dallbauer seinen Bericht.

»Das haben Sie perfekt erledigt«, lobte Geigensauer. »Das war ein wichtiger Beitrag für die Auflösung des Falles. Danke.«

Der junge Beamte freute sich sichtlich über die anerkennenden Worte. Anton stieg in das Erdgeschoß hinunter und setzte sich im Wohnzimmer nieder. Er überlegte angestrengt, was das für die Ermittlungsarbeit bedeutete. Es gab zwei Möglichkeiten der Interpretation: Entweder hatte Ladener die im Anruf und der Mitteilung beschriebene Beobachtung erfunden – das ergab aus dem momentanen Stand der Aufklärung des Falles keinen Sinn – oder Michael hatte eine Entführung beobachtet. Warum hatte er das Kidnapping nicht sofort gemeldet? Wieso wollte er anonym bleiben? Hat er die Verschleppung von Isabella gesehen? Wo war er am Parkplatz am Geschriebenstein gestanden? Ein Platz neben ihrem Wagen und zwei gegenüber kamen infrage. Ladener parkte nach seiner Schilderung vis-à-vis von Isabella. Es war denkbar, dass er sie mit dem Sack über dem Kopf nicht erkannt hatte. Aber ihr Auto, auch wenn es schneebedeckt und das Kennzeichen mit Schneematsch verschmutzt war, hätte er doch ohne Mühe identifizieren müssen. Der Wagen war neu. Sie hatte ihn erst an diesem Tag von Johannes geschenkt bekommen. Kannte Ladener das Auto nicht? Es war zu eigenartig, dass er zurecht kam, die Entführung seiner Geliebten zu sehen. Hatte er das Kidnapping einer anderen Person beobachtet, kam Anton ein völlig neuer Gedanke. Es gab jedoch keine weitere Vermisstenmeldung. Wer sollte entführt worden sein? Außerdem stand Isabellas Wagen am Parkplatz. Geigensauer rief Timischl an. Dieser war mit den Beamten und den Suchhunden schon am Geschriebenstein unterwegs.

»Hallo, wie geht es euch?«, erkundigte sich Anton.

»Wir suchen seit einer halben Stunde. Bisher erfolglos.«

»Ingenieur Dallbauer hat den Computer von Ladener geknackt. Michael war der Anrufer, er hat das anonyme Schreiben verfasst.«

Timischl gab keine Antwort.

»Hallo, bist du noch dran?«, fragte Geigensauer in die Stille hinein.

»Ja, ja. Mir hat es nur die Rede verschlagen. Anton, irgendetwas ist hier faul. Wenn ... Moment, ich muss schließen. Sie rufen mich. Die Hunde haben etwas gefunden. Tschau.«

Geigensauer erhob sich, verließ das Wohnzimmer und begegnete im Gang Ingenieur Dallbauer, der vom ersten Stock herunterkam.

»Arbeit beendet?«, fragte Anton.

»Gott sei Dank. Jetzt fahre ich heim und leg mich aufs Ohr.«

»Das haben Sie sich verdient.«

»Fast hätte ich darauf vergessen«, erinnerte sich der IT-Spezialist. »Die Kollegen lassen Ihnen ausrichten, dass sie weder im Haus noch im Garten noch im Auto ein Handy gefunden haben. Der Ermordete muss es verloren haben.«

»Oder der Mörder hat es ihm abgenommen«, ergänzte Geigensauer.

»Soll ich absperren?«

»Bitte, ich habe keinen Schlüssel.«

Sie verließen das Haus und Ingenieur Dallbauer fuhr sofort los. Anton trat noch einmal an Ladeners Wagen heran. Wer hatte die Heckscheibe eingeschlagen? Warum hatte er das getan?

Zu spät bemerkte er im Augenwinkel, dass sich Olga Drubovic näherte. Hinter ihr mit zwei Metern Abstand schritt ein alter Mann. Der Anblick hatte große Ähnlichkeit zu Auftritten von Queen Elisabeth und Prinz Philip.

»Herr Geigensauer«, rief sie schon von Weitem. »Wir müssen Ihnen etwas Wichtiges sagen.«

Kurz nachdem sie Anton erreicht hatte, traf der alte Mann hinzu. Er trug einen blauen Schlosseranzug und eine Pudelhaube.

»Komm, Albert! Berichte dem Inspektor!«, befahl sie, doch ihr Gatte keuchte vor Anstrengung und hatte keine Luft zum Reden.

»Dann werde ich erzählen«, legte sie los, ohne eine Sekunde zu warten. »In der Nacht, in der der Mord geschah, war ich Zeugin des Streits, den Michael mit dem Fremden hatte.«

Sie schaute auf Anton und, nachdem dieser zustimmend genickt hatte, fuhr fort: »Mein Mann schlief zu dieser Zeit schon. In der Früh habe ich dir dann davon berichtet«, wandte sie sich an den Alten, der nicht darauf reagierte. Da rief sie laut: »Ich habe dich beim Frühstück über den Streit informiert.«

Jetzt nickte ihr Mann lächelnd.

»Er erzählte mir«, sagte sie wieder zu Geigensauer, »dass auch er am WC war und den Fremden sah. Ich nahm an, er war am Klosett, während ich ZIB 2 schaute. Heute in der Früh sprachen wir noch einmal über die Mordnacht und bemerkten, dass er den Unbekannten später beobachtete als ich.«

»Um halb zwölf stand ich auf. Dein Schnarchen hat mich aufgeweckt«, mischte er sich in das Gespräch ein. »Ich besuchte die Toilette und öffnete das kleine Fenster, um nachzusehen, ob der abendliche Regen in Schneefall übergegangen war. Im Licht der Straßenbeleuchtung erkennt man die Flocken deutlicher. Ich sah einen Mann aus Michaels Haus kommen und die Gasse hinauf in den Wald laufen. Kurz darauf hörte ich ein Auto wegfahren. Es kam nicht die Straße herunter. Der Mann hat den Wagen durch den Forst gelenkt.«

»Zuerst überlegte ich mir«, fuhr Olga fort, »dass der Täter nach dem Streit nur vorgetäuscht hatte, Güttenbach zu verlassen, und zurückgekehrt war, um den Mord zu begehen. Der Fremde, den ich sah, trug einen Mantel. Der Mann, den mein Gatte beobachtete, war mit einer Jacke bekleidet.«

Sie erwartete eine Reaktion von Geigensauer. Dieser schwieg und hatte in diesem Augenblick großes Mitleid mit den Ermittlern, die in Agatha Christies Romanen mit Miss Marple zusammenarbeiteten.

»Es waren verschiedene Männer«, fuhr sie fort. »Der zweite war der Mörder.«

»Es war nur einer. Er hat den Mantel gegen eine Jacke getauscht«, entgegnete der Alte mutig.

»Unsinn, es waren zwei«, beharrte sie auf ihrer Meinung. »Nicht wahr, Herr Geigensauer?«

Dieser wollte auf keinen Fall Partei ergreifen.

»Herzlichen Dank für die wichtigen Hinweise. Wir werden unsere Schlüsse daraus ziehen. Ich muss jetzt weiter. Auf Wiedersehen.«

Das Ehepaar trat in gewohnter Reihenfolge den Rückweg zu seinem Haus an. Anton hörte noch, wie der Alte felsenfest behauptete, dass es nur einen Fremden gäbe. »Es sind zwei«, antwortete sie und fügte hinzu: »Du schnarchst öfter als ich.«

Geigensauer trat an Ladeners Fahrzeug heran und betrachtete den Erdboden unter dem Heck. Ein paar Glassplitter lagen vereinzelt umher. Wenn jemand hier die Scheibe zerschlagen hatte, dann war gewissenhaft aufgeräumt worden. Sein Handy läutete. Es war Timischl.

»Hallo Anton. Es war leider ein Fehlalarm. Die Hunde haben angeschlagen, aber es war ein Hirschkadaver ohne Geweih.

Vermutlich ein Wilderer, der es nur auf die Trophäe abgesehen hatte.«

»Schade«, erwiderte Anton. »Wie weit seid ihr?«

»Praktisch fertig. In einer Entfernung bis zu hundert Metern wurde die Umgebung durchsucht und nichts außer Müll gefunden. Wir halten jetzt eine Pause und dann übersiedeln wir nach Rechnitz zur alten Möbelfabrik. Bei dir Neuigkeiten?«

»Das Handy von Michael wurde nirgends entdeckt.«

»Sein Mörder wird ihn doch nicht wegen des Mobiltelefons erschlagen haben«, meinte Timischl, der bei diesem Kriminalfall alles für möglich hielt.

»Keine Ahnung. Der Mann der Nachbarin, die in der Mordnacht den Streit beobachtet hatte, sah viel später, etwa um halb zwölf in der Nacht, einen Fremden aus Michaels Haus laufen und mit einem im nahen Wald geparkten Wagen wegfahren.«

»Dann ist Johannes zurückgekommen?«, überlegte Timischl.

»Die Alte und ihr Gatte behaupten, dass der Fremde beim Streit und der fliehende Mann unterschiedliche Kleidung trugen. Selbst wenn sie recht haben, kann er sich umgezogen haben.«

»Was hast du vor?«, fragte Timischl.

»Ich habe die Polizeistreife, die Montag in der Nacht in Dürnbach die Fahrzeugkontrollen abgehalten hat, um 11 Uhr zur Spedition bestellt. Wir werden sehen, ob sie sich an Pilacher erinnern.«

»Ok, bis später. Wir brechen nach Rechnitz auf«, verabschiedete sich Timischl.

In der Nacht war sie in Panik aufgewacht und hatte wie verrückt am Gitter gerüttelt und geschrien. Es hatte nicht nachgegeben und niemand hatte sie gehört. Sie war eine mutige Person, manchmal sogar übermütig, doch diese Situation hatte die

Grenzen der Belastbarkeit ihrer Psyche rasch überschritten. Sie wälzte sich stundenlang auf ihrem Lager hin und her und versuchte, sich mit Erinnerungen abzulenken. Dann war sie kurz eingeschlafen. Ein Blick auf ihre Armbanduhr zeigte, dass der Morgen angebrochen war. Sie setzte sich auf und Angst und Verzweiflung erfassten sie. Du bist stark, sagte sie sich vor, und du wirst diesen Raum wieder verlassen. Sie erinnerte sich immer genauer, was vor ihrer Entführung passiert war. Um einer Beschäftigung nachzugehen, machte sie ihre Morgengymnastik mehrmals hintereinander. Die Tür öffnete sich und diesmal trug der Eintretende einen Strumpf über dem Kopf und eine Maske von Donald Trump vor dem Gesicht. Wieder sprach er kein Wort. Er brachte einen Plastiksack, dem er einen Stoß Zeitungen entnahm und durch das Gitter steckte. Dann hielt er einen Zettel hoch, auf dem geschrieben stand: »Benötigen Sie etwas?«

»Meine Freiheit«, rief sie. »Eine Schachtel Beruhigungsmittel. Lass mich sofort raus! Was wollt ihr von mir? Wer seid ihr? Was habt ihr vor?«

Schweigend blieb Donald Trump stehen und wartete.

»Kaffee und Schokolade!«, forderte sie dann.

Der Fremde drehte sich um und verließ den Raum. Sie hatte das Gefühl, der Mensch, der als Oliver Hardy verkleidet war, und dieser könnten die gleiche Person sein.

Geigensauer fuhr diesmal über Woppendorf nach Burg und auf einem schmalen Güterweg von Hannersdorf Richtung Dürnbach und zur Spedition Pilacher. Weiße Schleierwolken bedeckten fast den gesamten Himmel. Ein stürmischer Südwestwind brachte milde Luft und beutelte letzte braune Blätter aus Bäumen und Büschen. Ein Streifenwagen wartete vor dem Haus von Johannes.

»Guten Tag«, begrüßte er die beiden Beamten. »Geigensauer, Ermittler der SOKO-Südost. Ihr habt am Montag in der Nacht die Fahrzeugkontrollen in Dürnbach durchgeführt?«

»Im Dezember kontrollieren wir häufig die Heimkehrer von Weihnachtsfeiern«, erklärte der eine und der andere sagte: »Porsche Cayenne haben wir nur einen kontrolliert.« Er zeigte auf den Wagen, der vor dem Haus stand.

»Haben Sie sich das Kennzeichen gemerkt?«, fragte Geigensauer.

»Nein, habe ich nicht, obwohl nach dem heftigen Regen in dieser Nacht wenig Verkehr war, doch den Fahrer werde ich wiedererkennen.«

Die drei näherten sich dem Gebäude. Anläuten war nicht mehr notwendig, denn Johannes Pilacher öffnete die Tür und trat ihnen entgegen.

»Ich denke, die Herren erinnern sich an mich«, sagte er freundlich zu den Polizisten.

»Selbstverständlich«, stimmte der eine zu. »Ich habe Ihre Kontrolle frisch im Gedächtnis. Sie haben uns einen Witz erzählt. Das erlebt man nicht alle Tage.«

»Wann war die Fahrzeugkontrolle etwa?«, fragte Geigensauer.

»Halb zwölf«, erwiderte Pilacher rasch.

Anton wartete auf die Antwort der beiden Polizisten.

»Das sage ich Ihnen auf die Minute genau«, meinte einer der Beamten, zückte sein Handy und teilte dann mit: »Sofort nach der Kontrolle habe ich von meiner Freundin ein SMS bekommen. Das war um 23 Uhr 36.«

Johannes Pilacher war nicht der Fremde, den der Mann von Olga Drubovic um halb zwölf aus dem Haus von Mag. Ladener eilen sah. Er war daher ziemlich sicher nicht der Mörder, überlegte Geigensauer sofort. Er dankte den Beamten. Sie fuhren mit dem Streifenwagen davon und er blieb zurück.

»Sie waren nicht der Anrufer von St. Magdalena«, erklärte Anton und schaute Johannes dabei in die Augen: »Mag. Ladener hat die anonyme Mitteilung verfasst.«

Es war sein Beruf, Verdächtige scharf zu vernehmen, und er hatte kein Problem damit, wenn sie sich später als unschuldig erwiesen.

»Das habe ich Ihnen gestern ohnehin mitgeteilt«, fügte Pilacher verärgert hinzu. »Gibt es Neuigkeiten von meiner Frau?«

»Leider nein.«

Johannes machte Anstalten, in sein Haus zurückzukehren.

»Nach neuestem Ermittlungsstand haben Sie Mag. Ladener nicht erschlagen«, rief Anton.

»Auch das habe ich Ihnen erfolglos zu erklären versucht«, drehte sich Pilacher wieder um. »Wer ist denn jetzt der Mörder?« Sein Blick verriet, dass er von einer Antwort auf keinen Fall annahm, dass sie relevant wäre.

»Das wissen wir nicht«, antwortete Geigensauer. »Ist Ihnen beim Streit mit Mag. Ladener irgendetwas Verdächtiges aufgefallen?«

»Jetzt soll ich sogar bei den Ermittlungen helfen?«, ärgerte sich Johannes.

»Haben Sie etwas bemerkt?«, blieb Anton gelassen.

»Nein, in meiner Entrüstung über diesen Menschen habe ich keine kriminalistischen Beobachtungen unternommen. Wirklich nicht.«

Wieder schien es, er habe vor, sich zu verabschieden, doch er fragte: »Bin ich immer noch verdächtig, Isabella getötet zu haben?«

»Ja«, war Antons kurze Antwort.

»Sie sind unverbesserlich«, schüttelte Pilacher den Kopf. »Ich probiere zu glauben, dass Sie nur Ihrer Arbeit nachgehen und nichts gegen mich persönlich haben, aber es fällt mir schwer.«

»Danke für den Versuch, mich zu verstehen«, lächelte Geigensauer, doch Lob nahm ihm nicht die klare Sicht auf den Fall. Für das Verschwinden Isabellas blieb Johannes verdächtig, selbst wenn er heute seine freundliche Seite zeigte.

»In diesem anonymen Schreiben meldet Ladener, dass er eine Entführung gesehen hat. Wie soll ich meine entführte Frau ermordet haben?«, fuhr Pilacher fort.

»Ich würde gerne Ihren Bruder Karl sprechen«, vermied Anton eine Antwort.

»Er wohnt dort.«

Johannes deutete auf einen Bungalow, der hinter seinem Haus lag. Er ging zwei Schritte zur Seite und schaute in die gleiche Richtung.

»Das Auto ist nicht zu sehen, dann ist er nicht daheim. Oft ist er im Weingarten am Eisenberg. Einen eigenen Wein zu kreieren, ist sein Hobby. Ich rufe ihn an.«

Trotz dieser plötzlichen Unterstützung der Ermittlungen blieb Anton ungerührt.

»Bitte«, war alles, was er sagte. Pilacher nahm sein Handy ans Ohr.

»Hier Johannes … wo bist du? … ach so … Geigensauer will mit dir sprechen … ok, ich teile es ihm mit. Tschau.«

Er legte auf und sagte: »Er wird in einer halben Stunde hier sein.«

»Ich werde auf Ihren Bruder warten.«

»Wollen Sie unterdessen in meinem Wohnzimmer Platz nehmen?«, bot Johannes an.

»Nein, danke. Ich gehe ein wenig über die Felder spazieren.«

»Ok, finden Sie Isabella!«

Mit diesen Worten verabschiedete sich Pilacher und betrat sein Haus.

Der Wind hatte an Stärke stetig zugenommen, trieb einige dunkelgraue Wolken rasch über den hellgrauen Himmel und blies Anton heftig ins Gesicht. Die Ernte war eingebracht, die Maisfelder längst umgeackert. Langsam schritt er Richtung Südwesten. Die Konturen einer Kapelle, umgeben von vier Bäumen, waren in der Ferne auf den Feldern zu sehen. Dahinter erhoben sich Hannersberg und Eisenberg. Wer hatte Mag. Ladener ermordet, wenn Johannes ihn nicht erschlagen hatte? Geigensauer betrachtete auf seinem Handy das Foto, das er vom anonymen Schreiben gemachte hatte. Die letzten Zeilen lauteten:

›Die Gauner sprachen ungarisch miteinander. Ich folgte den Entführern mit einem gehörigen Sicherheitsabstand bis Rechnitz, wo sie auf das Gelände der alten Möbelfabrik Perlitz einbogen. Auf meiner Weiterfahrt hatte ich eine Zeit lang den Eindruck, von einem Geländewagen verfolgt zu werden. Zunächst dachte ich, dass die Verbrecher bemerkt hatten, dass ich ihnen gefolgt war, doch auf einmal fuhr der Wagen nicht mehr hinter mir und ich kam unbehelligt zu Hause an.‹

Hatten die Gauner gesehen, dass Ladener sie beobachtete? Waren sie ihm nachgefahren und hatten bis spät in die Nacht hinein auf eine Möglichkeit gewartet, ihn unbemerkt zu töten? Warum wollte Michael anonym bleiben? Wer hatte die Heckscheibe seines Porsches eingeschlagen? Weshalb hatte man den Reifen von Isabellas Wagen aufgestochen? Wieso hatten die ungarischen Kidnapper, falls es sie gab, nachdem sie ihre Ziele erreicht hatten, ihre Gefangene nicht freigelassen? Johannes war nicht der Mörder von Ladener, doch vielleicht der von Isabella. Die Entführung welcher Person hatte Michael gesehen? Es gab viele Fragen und keine Antworten. Anton kam so nahe an die Kapelle heran, dass er erkannte, dass vier Birken an ihren Ecken wuchsen. Er hätte das Gotteshaus gerne betreten, aber er kehrte um, bevor er es erreicht hatte, um rechtzeitig zurück zu sein.

Ein Toyota Pick-up parkte vor dem Bungalow. Geigensauer läutete an und kurze Zeit später öffnete Karl die Tür.

»Bitte, womit kann ich dienen?«, sagte er ohne Anstalten zu machen, Anton hereinzubitten. Dieser hatte mehr Zeit als beim ersten Zusammentreffen, sein Gegenüber zu betrachten. Karl war extrem dünn, die blonden Haare waren kurz geschnitten. Die lange Nase und die dicke Unterlippe beherrschten das Gesicht. Kalte, blaue Augen starrten auf Geigensauer.

»Wann und wie haben Sie Montag am Nachmittag erfahren, dass Ihre Schwägerin sich wieder mit Mag. Ladener treffen wird?«, wandte sich Anton an ihn.

»Peppi Sichel, ein Golf-Freund von mir, ist Geschäftsführer im Fitnessstudio von Ladener in Lockenhaus. Er hat mich gegen 16 Uhr 30 angerufen und informiert. Ich bin sofort zu meinem Bruder geeilt und habe es ihm erzählt.«

»Wie hat er reagiert?«

»Er war außer sich, denn er hatte ihr eben zur Versöhnung einen neuen Wagen geschenkt. So wütend habe ich ihn noch nie gesehen.«

»Haben Sie versucht, ihn zu beruhigen?«

»Soweit es möglich war.«

Er zog den rechten Ärmel seiner Kapuzenjacke hoch und zeigte Anton eine Narbe am Unterarm.

»Hier hat er mir im zarten Alter von zwölf Jahren mit dem Messer hineingestochen, weil ich ihn wegen seiner Ohrläppchen geneckt habe. Er rastet leicht aus. Als ich ihn verließ, nahm ich an, er hätte sich beruhigt. Man kann sich täuschen.«

»Wie meinen Sie das?«

»Johannes hat fürchterlich mit Ladener gestritten. Er hoffte, der Kerl würde dann die Finger von seiner Frau lassen. Er hat mir erzählt, dass Sie ihn verdächtigen, Ladener erschlagen zu haben. Er war sicher sehr erregt, aber töten würde er niemanden.«

»Ihr Bruder hat Michael nicht ermordet«, fuhr Geigensauer fort. Für einen Augenblick meinte er, im Gesicht seines Gegenübers Verwunderung zu bemerken.

»Ich sagte ja, er würde niemals töten«, wiederholte Pilacher nach einer kleinen Pause und fragte dann: »Wer war es?«

»Das wissen wir nicht. Der Mord ist kurz vor halb zwölf geschehen. Ein Zeuge hat den Täter weglaufen gesehen. Für eine genaue Personenbeschreibung war die Entfernung in der Nacht zu groß. Wo waren Sie an diesem Abend?«

»Bin ich verdächtig?«

»Routine. Das Umfeld eines Opfers ist wichtig, um das Geschehen zu verstehen.«

»Ok, ich war in meinem Weinstöckl am Eisenberg und bin erst gegen 1 Uhr heimgekommen. Bei Johannes hat kein Licht mehr gebrannt.«

»Liebt er Isabella?«

»Was heißt ›lieben‹? Er ist ihr hörig. Das Luder kann mit ihm umspringen, wie es will. Er wird ihr alles verzeihen«, erwiderte Karl verächtlich und zog seine Unterlippe in den Mund hinein, um sie zu befeuchten.

»Sie hatten einmal ein Auge auf Isabella geworfen?«, fragte Geigensauer.

»Da hatte ich sie noch nicht durchschaut.«

»Danke, vorerst habe ich keine weiteren Fragen«, schloss Anton das Gespräch. Karl zog sich in sein Heim zurück und Geigensauer schritt zu seinem Wagen. Er war hungrig und rief Timischl an.

»Hallo, hier Anton. Wie weit seid ihr?«

»Eben abgeschlossen und nichts gefunden«, erwiderte dieser. »Der Mensch lebt nicht vom Brot allein, doch jetzt benötige ich eine Stärkung für den Körper.«

»Dem schließe ich mich an.«

»Treffen wir uns bei meinem Freund Sattler in Rechnitz, ›Gasthaus zum Geschriebenstein‹ am Hauptplatz«, schlug Timischl vor.

Im Gastraum war nichts mehr los. Timischl hatte in einem abgelegenen Eck Platz genommen und Anton setzte sich zu ihm. Sie bestellten einen Krautstrudel.

»Den macht Oma Sattler persönlich«, versicherte Timischl, »und er schmeckt ausgezeichnet.«

Geigensauer berichtete über die Ergebnisse des Vormittags.

»Wer ist der Fremde, der Ladener ermordet hat?«, überlegte Timischl und nahm genüsslich einen Schluck vom Eisenberger Rotwein, den er ausgesucht hatte. »Ein edler Tropfen. Johannes war es nicht.«

»Stimmt nicht hundertprozentig«, ergänzte Anton. »Rein theoretisch könnte er der Täter sein. Der Fremde kam später, sah die Leiche und lief davon, ohne die Polizei zu verständigen.«

»Ok, das halbe Prozent lasse ich gerne unberücksichtigt«, lehnte Timischl diese Möglichkeit ab. »Mir erscheint die Variante, dass die Entführer einen Zeugen beseitigen, plausibler. Die letzten Zeilen des Schreibens von Ladener beweisen, dass er sich verfolgt fühlte. Vielleicht hatte er recht. Was wäre sonst vorstellbar?«

»Es handelt sich um ein zweites Verbrechen«, sagte Anton, »das mit dem Verschwinden von Isabella nicht zusammenhängt.«

»Nicht sehr wahrscheinlich«, lehnte Timischl diese Idee ab.

»Aber möglich.«

»Wer soll der Täter sein?«

»Ein Feind aus seinem Privatleben, ein Konkurrent aus dem Geschäftsleben. Ich kann Peppi Sichel nicht leiden, aber ich werde heute Nachmittag noch einmal nach Lockenhaus fahren und ihn befragen. Er ist die einzige Person, die ich kenne, die Kontakt zu Ladener hatte.«

»Was ist mit Isabella geschehen?«, wechselte Timischl zu ihr. »Wir haben keine Leiche gefunden, es gibt kein Lebenszeichen von ihr und kein weiteres Erpresserschreiben.« Er trank einen Schluck Rotwein. Anton nippte an seinem Glas Coca-Cola.

»Der Klassiker bei den Vermisstenmeldungen«, überlegte Geigensauer, »ich kaufe mir noch rasch Zigaretten und ward nie mehr gesehen, kam hier nicht infrage. Es ist ihr Blut im Kofferraum und ihr Wagen hat einen aufgestochenen Reifen.«

»SOKO-Südost tappt bei ihrer Arbeit im Dunkeln«, formulierte Timischl eine Schlagzeile für eine Zeitung.

»Schnell werden wir diesen Fall nicht mehr lösen«, änderte Anton den bekannten Spruch eines österreichischen Teamfußballers ab. »Die Lage ist unerfreulich, wir kommen mit unseren Ermittlungen kaum vom Fleck.«

»Hätte ich fast vergessen, dir zu sagen«, erinnerte sich Timischl. »Die ungarischen Kollegen haben bei der Überwachung des Frächters Horvath keine Erfolge erzielt.«

Er trank sein Glas leer.

»Graz fordert einen Bericht über den Fall. Ich werde nach Güssing ins Büro fahren und das erledigen«, schlug er heldenhaft vor.

»Danke, du bist heute eingeladen«, war Geigensauer erfreut, dem Papierkram zu entkommen. »Dann werde ich Peppi Sichel besuchen.«

Der Himmel hatte sich verdunkelt, der Wind blies unvermindert heftig und vereinzelte Regentropfen verirrten sich auf die Frontscheibe, während Geigensauer von Rechnitz nach Lockenhaus fuhr.

Auf dem Parkplatz am Scheitel der Geschriebenstein-Bundesstraße blieb er stehen. Er sah sich die Lage noch einmal an Ort und Stelle an. Der warme Wind hatte das Schmelzen des Schnees beschleunigt. Der Platz war schneefrei und Anton erkannte die Positionen, an denen die Autos gestanden waren, nur mehr ungefähr. Er betrachtete das Foto, das er mit dem Handy geschossen hatte. Die Wipfel der Bäume bewegten sich knarrend und bedrohlich im Wind. Vier Automobile parkten hier zeitweise Montag abends.

Mithilfe der Fotografie stellte Anton Folgendes fest: Isabellas Touareg und das Auto, das daneben stand, waren erst geparkt worden, nachdem es einige Zentimeter geschneit hatte, denn unter den Wägen lag Schnee. Das galt ebenfalls für den Pkw, der gegenüber vom VW abgestellt war. Das vierte Fahrzeug befand sich in der Zeit des Schneefalls schon am Parkplatz, denn dort, wo es gestanden war, lag kein Schnee. Wenn Ladeners Schilderung der Wahrheit entsprach, war das der weiße Kastenwagen. Das würde bedeuten, dass sein Porsche Cayenne neben dem Auto von Isabella geparkt war. Hatte er dann ihre Entführung beobachtet? Geigensauer stieg wieder in seinen Wagen und schaltete die Scheinwerfer ein. Es glitzerte wenige Meter von ihm entfernt am Boden. Er ließ den Motor laufen und schritt im Schein des Lichtes zu dieser Stelle. Es lagen kleinste Glassplitter herum, wie sie entstehen, wenn man eine Autoscheibe zertrümmert. Das Gebiet mit den Bruchstücken lag neben dem Ort, an dem Isabellas Auto gestanden war. Solange Schnee den Schotter bedeckt hatte, waren die Scherben niemandem aufgefallen. Nachdenklich kehrte Geigensauer zu seinem Wagen zurück und fuhr langsam nach Lockenhaus hinunter. Was war Montagabend dort oben geschehen?

Peppi Sichel hatte im Studio trainiert. Im Sportgewand, verschwitzt und mit einem Handtuch um den Hals, bat er Geigensauer in sein Büro, nachdem ihn der Mann vom Empfang aus der Halle geholt hatte. Er zog seine Turnschuhe aus und der Schweißgeruch erfüllte den kleinen Raum. Das nasse T-Shirt zeigte den Fettansatz auf seinem Bauch überdeutlich.

»Und das Murmeltier lässt grüßen«, waren seine ersten Worte. »Wir sehen einander jetzt täglich?«

»Wenn es notwendig ist.«

Er holte sich eine Flasche Mineralwasser aus dem Kasten und trank sie auf einen Zug halb leer.

»Ich habe darüber nachgedacht. Es war unklug von mir und Karl, seinem eifersüchtigen und gewalttätigen Bruder alles brühwarm zu erzählen«, entschuldigte er sich. »Ich hatte keinerlei Bedenken. Niemand hätte angenommen, dass er jemanden erschlägt.«

»Johannes ist mit großer Wahrscheinlichkeit nicht der Mörder«, unterbrach ihn Anton und fragte: »Wie gut verstanden Sie sich mit Mag. Ladener?«

Peppi Sichel zuckte verwundert mit den Schultern.

»Wir waren nicht befreundet. Er war nicht der Chef, der sich als Kumpel der Mitarbeiter sieht. Wir hatten ein korrektes Arbeitsverhältnis, mehr nicht.«

»Sie schienen mir wenig berührt über die Nachricht von seiner Ermordung.«

»Hätte ich weinen sollen?«

»Sind Sie an der Firma beteiligt?«

»Nein, Sie nehmen doch nicht an, dass ich ihn erschlagen habe?«

Er schüttelte den Kopf und wischte sich den Schweiß von der Stirn, der wieder vermehrt aus den Poren strömte.

»Annehmen hat in einer Mordermittlung nichts verloren. Wo waren Sie Montag um etwa 22 Uhr 45?«

»Im Bett in meiner Wohnung in Lockenhaus und es gibt keine Zeugen«, sagte er trotzig.

»Überlegen Sie gründlich, ob Mag. Ladener Feinde hatte!«, forderte Anton.

Sichel setzte sich auf seinen Schreibtisch, trocknete sich zum wiederholten Male mit dem Handtuch den Schweiß ab und schien nachzudenken.

»Hatte er neben Isabella noch andere Freundinnen?«, fragte Geigensauer weiter.

»Schwer zu sagen. Seine Mutter ist vor ein paar Jahren gestorben. Die meiste Zeit lebte er in seiner Wiener Wohnung. Hin und wieder übernachtete er in Güttenbach. Mir ist keine andere Freundin bekannt.«

Er kratzte sich verlegen am Hals.

»Ich vermute zwar, dass der Vorfall nicht von Bedeutung ist, doch sicher ist sicher. An diesem Montag gab es am frühen Nachmittag einen Streit. Ein Kunde von uns, aus Glashütten bei Schlaining, ein echter Rechtsradikaler, Sie wissen schon, Glatze und Stiefel, tätowiert am ganzen Körper, hat seine beiden Schäferhunde wieder mit in die Halle genommen. Er stammt aus Ostdeutschland und hat sich in Glashütten ein verfallenes Haus gekauft. Ich lege mich mit dem Kerl nicht an. Die Hunde sitzen mustergültig neben dem Gerät, an dem er gerade übt. Mag. Ladener hatte ihm schon vor längerer Zeit verboten, die Rüden mit hineinzunehmen. Er kam aus Wien, sah die Hunde in der Halle und ist völlig ausgerastet. Er hat den Kerl hinausgeschmissen und ihm ein Hausverbot erteilt. Der Ostdeutsche weigerte sich, uns zu verlassen. Erst als ihm Mag. Ladener mit der Polizei drohte, verließ er das Studio unter wilden Drohungen. Unser Chef sollte sich in Acht nehmen, wenn er am Abend allein unterwegs wäre, schrie er und spuckte ihm ins Gesicht.«

»Warum haben Sie mir gestern nichts davon erzählt?«

»Ich erinnerte mich in der Aufregung nicht daran.«

»Wie heißt der Ostdeutsche?«

»Hans Richter.«

»Danke, vorerst habe ich keine weiteren Fragen. Einen schönen Nachmittag«, verabschiedete sich Geigensauer.

Der Wind hatte sich gelegt und es regnete leicht. Anton fuhr zunächst Richtung Bernstein und Oberwart und verließ dann bei Weißenbachl die Burgenlandstraße und lenkte seinen Wagen durch viele Kurven hinauf nach Unterkohlstätten. Der Regen wurde immer stärker. Das Hügelland war in dichte Wolken gehüllt. Kurz vor der Ortschaft wählte Anton die Landesstraße Richtung Oberkohlstätten. Die dicken, dunkelgrauen Regenwolken verhüllten das Dorf am Abhang des Günser Gebirges und gaben erst wenige Meter vor der Ortstafel den Blick auf die Häuser frei. Durch die steilen Gassen lief das Regenwasser in kleinen Bächen. Kein Mensch war zu sehen. Die Straße führte zunächst weiter bergauf entlang von gepflügten Feldern und verlief dann bergab an einem Friedhof vorbei nach Glashütten, das tief in einem Talkessel lag. Es schüttete wie aus Schaffeln und der kurze Wintertag ging noch rascher als sonst in die Nacht über. Zu Antons Glück stieg eine Frau gerade aus ihrem Wagen aus.

»Guten Abend, können Sie mir bitte sagen, wo Hans Richter wohnt!?«, rief er ihr zu.

»Das gelbe, verfallene Gebäude am Ende der Ortschaft«, antwortete sie kurz angebunden. Antons Bitte erzeugte bei ihr wenig Sympathien für ihn. Keine weiteren Fragen abwartend verschwand sie in ihr Haus. Geigensauer hielt vor dem beschriebenen Bauwerk an. Es war ebenerdig und der gelbe Verputz bröckelte an vielen Stellen von der Fassade. An das Haus schloss ein Schuppen aus Holz an. Auf seinem Dach fehlten zahlreiche Ziegel. In einer alten Badewanne wurde das Regenwasser gesammelt. Auf der Wiese vor dem Gemäuer parkte ein verrosteter Trabant mit deutschem Kennzeichen. Auf einem eingezäunten Wiesenstück standen einige Ziegen im Regen.

Geigensauer suchte nach einer Klingel am Gartenzaun, da öffnete sich das Haustor und Hans Richter, eine Flasche Bier in der einen, eine Wurst in der anderen Hand, erschien begleitet von seinen Hunden. Die Personenbeschreibung von Peppi Sichel war mehr als treffend. Allein Richters Autorität schien Garantie dafür zu sein, dass die beiden Rüden nicht über Anton herfielen.

»Junge, was willst du hier?«, rief der Ostdeutsche verärgert.

»Geigensauer, SOKO-Südost. Ich hätte ein paar Fragen an Sie.«

»Das ist ein Bulle, Adolf und Hermann«, sagte er zu den Hunden.

Es schüttete immer heftiger. Die Dachrinne des Hauses war nicht mehr in der Lage, diese Wassermengen abzuleiten und das Nass quoll über und stürzte wie ein Wasserfall entlang der Kante der Rinne zu Boden.

»Sie hatten Montag einen Streit mit Mag. Ladener, dem Besitzer des Fitnessstudios in Lockenhaus?«

»Er hat mich wegen meiner Hunde aus dem Studio verbannt. Soll ich das hinnehmen? Ich bin doch kein Schlappschwanz.«

»Mag. Ladener wurde in der Nacht nach dem Konflikt mit Ihnen in seinem Haus in Güttenbach ermordet.«

»Schade, ich hatte vor, ihm eine anständige Abreibung zu verpassen«, antwortete er völlig ungerührt über die Nachricht, trank einen langen Zug und gab jedem Hund ein Stück von der Knackwurst.

»Das will ich nicht gehört haben«, erwiderte Anton. »Wo waren Sie in dieser Nacht gegen 23 Uhr 30?«

»In meinem Bett.«

»Gibt es Zeugen?«

»Adolf und Hermann«, grinste er unverschämt und gab den beiden Kötern ein weiteres Stück Wurst. »Wenn Sie jeden verdächtigen, der mit diesem Tölpel einen Streit hatte, dann haben Sie viel vor.«

»Ok, bleiben Sie erreichbar, solange die Ermittlungen laufen.«

»Ich habe nicht vorgehabt wegzuziehen. Tschüss«, verabschiedete er sich und verschwand im Haus.

Antons Hose klebte feucht an seinen Beinen, als er sich ins Auto setzte. Der Schirm hatte nur den Oberkörper geschützt. Durch dichte Wälder fuhr er einige Kilometer bergab. Hin und wieder traf eine große, nasse Schneeflocke die Windschutzscheibe. Es hatte kräftig abgekühlt. In Goberling angelangt bog er links ab und fuhr über Altschlaining und Großpetersdorf nach Güttenbach.

Der Wagen von Drubovic parkte im Hof, dafür fehlte das Auto von Jane. Anton betrat die Wohnküche. Josef und Jörg saßen bei Tisch und spielten ›Mensch ärgere dich nicht‹.

»Vati, er hat bisher keinen Sechser gewürfelt. Er ist immer noch nicht losgefahren«, rief Antons Sohn aufgeregt. »Ich habe einen Stein bereits ins Haus gebracht.«

»Hallo, Jane ist einkaufen gefahren und Josef blieb bei mir«, erklärte Drubovic.

»Willst du noch eines?«, fragte Anton, der sah, dass Jörgs Flasche Bier leer war.

»Bitte, warum nicht? Das Spiel wird sich ziehen.«

»Ich hole es«, kam Josef seinem Vater zuvor, lief zum Kühlschrank, servierte es und würfelte sofort.

»Schon wieder ein Sechser«, freute er sich und bewegte den Stein. Jörg war an der Reihe und hatte endlich Glück.

»Jetzt fahre ich los und gleich noch ein Sechser und noch einer. Da komme ich anständig voran«, meinte Drubovic.

Doch er hatte sich zu früh gefreut. Josef warf ihn mit dem nächsten Zug wieder hinaus.

»Das ›nicht‹ im Spielnamen könnten sie streichen. Das käme der Wirklichkeit näher«, kommentierte Jörg den Spielverlauf.

»Hallo Anton, du bist schon da«, freute sich Jane, die gerade eintraf. »Es schüttet so, dass man vom Auto zur Eingangstür nass wird. Ich habe mich so gehetzt, damit es sich ausgeht. Hilf Josef beim Anziehen! Dann schaffen wir das. Es sind nur fünf Minuten bis zum Beginn der Kindermesse.«

Josef hätte gerne weitergespielt, doch der Gottesdienst für Kinder war ein wöchentlicher Fixpunkt.

»Nachher spielen wir fertig«, versprach Jörg. Anton band seinem Sohn die Schuhe zu, während dieser in seine Jacke schlüpfte und sich die Haube über den Kopf zog. Jane nahm ihn an der Hand und die beiden liefen zum Auto.

»Wie stehen die Ermittlungen bezüglich Entführung und Mord?«, fragte Drubovic, nachdem Anton die Wohnküche wieder betreten hatte.

»Wir kommen nicht voran«, erwiderte Geigensauer, trat zum Kühlschrank, öffnete ihn und erspähte zwei Semmelknödel. »Ich brate mir Knödel mit Ei. Möchtest du auch welche?«

»Nein, danke. Ich habe meinem Arzt versprochen abzunehmen. Am Nachmittag habe ich kurz mit Timischl gesprochen. Nicht nur, dass euch heute Johannes Pilacher als Täter abhandengekommen ist, fehlt von Isabella nach wie vor jede Spur.«

»Wir werden das gesamte Umfeld von Ladener untersuchen. Ich habe schon mit dem Geschäftsführer seines Fitnessstudios in Lockenhaus, Peppi Sichel, und mit einem Sonderling, der mit Michael einen Streit hatte, einem zugezogenen Ostdeutschen namens Hans Richter, gesprochen. Beide Vernehmungen ohne konkrete Ergebnisse. Da unser Mordopfer meistens in Wien lebte, werden wir auch dort ermitteln.«

Geigensauer hatte die Knödel klein geschnitten und die Eier aufgeschlagen.

»Schneide dir ein paar Stück Dürre hinein!«, empfahl Drubovic.

»Ich kann es nur teilweise begründen«, sagte Anton, »bin mir jedoch sicher, dass der Mord mit der Entführung von Isabella Pilacher zusammenhängt.«

Er holte einen Kranz Dürre aus dem Kühlschrank und schnitt ein Stück ab.

»Vom Fleischer Loschy in Großpetersdorf?«, fragte Drubovic.

Geigensauer nickte.

»Dann wirf ein Stück rüber!«, bat Jörg und er fing auf, was geflogen kam. »Die Dürre ist exzellent.«

»Noch ein Stück?«

»Nein, danke. Ich darf nicht.«

Anton gab Knödel, Ei und Dürre in das heiße Öl der Pfanne. Es brutzelte laut und der Duft der Speise erfüllte in Kürze den Raum. Geigensauer kippte den Pfanneninhalt in seinen Teller und setzte sich zu Jörg.

»Es gibt Details, die ich mir nicht erklären kann«, erläuterte Anton. »Da ist zunächst …«

»Iss einmal in Ruhe!«, unterbrach Drubovic. »Ich erzähle dir unterdessen etwas anderes. Ich habe mit einem Freund von mir in Graz gesprochen. Er steht knapp vor der Pensionierung.

Bald werden alle meine ehemaligen Arbeitskollegen aus dem Innenministerium im Ruhestand sein, aber noch habe ich einige Kontakte in die oberen Etagen. Es hat Pläne gegeben, die SOKO-Südost aufzulösen, doch er hat mir versichert, dass das Vorhaben vorerst vom Tisch ist. Ein paar Posten haben ihre politische Zugehörigkeit gewechselt und nun gibt es andere Prioritäten.«

»Das ist beruhigend«, erwiderte Anton. »Danke, dass du dich erkundigt hast. Timischl war wegen der drohenden Auflösung beunruhigt.«

Geigensauer aß fertig, Drubovic blätterte im Fernsehprogramm und meinte: »Nichts Gescheites, lauter Krimis.«

»Was würdest du gerne sehen?«, fragte Anton und verstaute das benützte Geschirr im Spüler.

»Dokumentationen«, erwiderte Drubovic.

»Die Bedeutung des Uhudlers für die südburgenländische Wirtschaft?«, scherzte Anton und setzte sich. »Jetzt werde ich dir meine Probleme darlegen. Ladener beschreibt ausführlich in seinem anonymen Schreiben die Beobachtung einer Entführung am Geschriebenstein. Isabella Pilacher wird vermisst und ihr Wagen mit ihrem Blut im Kofferraum ist dort abgestellt. Keine Kunst, die beiden Geschehen miteinander zu verknüpfen, doch einiges passt nicht zusammen. Die entführte Person hatte einen Sack über den Kopf gestülpt, ihr Auto und dessen Kennzeichen waren mit Schnee bedeckt und möglicherweise kannte Ladener den neuen Wagen von Isabella nicht. Hätte er seine Geliebte nicht trotzdem erkennen müssen? Warum rief er nicht sofort die Polizei an, nachdem die Entführer abgefahren waren? Wieso macht er sich die Mühe, bis nach St. Magdalena zu fahren?«

»Er verhindert damit, dass man erfährt, dass er der Beobachter ist?«, überlegte Drubovic.

»Aber wozu?«

»Weil er in die Entführung verstrickt ist?«

»Das glaube ich momentan auch. Vier Fahrzeuge waren Montagabend auf der Passhöhe abgestellt. Warte, das werde ich dir aufzeichnen!«

Geigensauer holte sich ein Blatt und einen Bleistift.

»Je zwei Autos standen nebeneinander.«

Anton skizzierte die Situation, indem er vier Rechtecke auf das Papier malte, je zwei nebeneinander, sodass diese Paare einander gegenüberstanden.

»Wo Isabellas Wagen parkte, das wissen wir. Das war hier.«

Er schrieb den Buchstaben I in eines der Vierecke.

»Der einzige Platz, der schneefrei blieb, lag schräg gegenüber von ihrem Touareg. Dort parkte daher der weiße Kastenwagen, denn er stand laut Ladeners Schreiben hier, bevor der Schneefall loslegte.«

Geigensauer setzte ein K in dieses Viereck und fuhr fort: »Wenn wir der Schilderung von Ladener weiterhin folgen, hat er seinen Wagen gegenüber vom Lastwagen abgestellt. Daher war Ladeners Porsche Cayenne hier.«

In das Rechteck neben dem, das Isabellas Auto darstellte, schrieb Anton ein L hinein.

»Der Wagen, der die entführte Person brachte, blieb laut Ladener jedoch beim Kastenwagen stehen. Ein Auto, das wir nicht kennen.«

»Bis jetzt folge ich dir problemlos«, meinte Drubovic zustimmend.

»Prima«, lobte Anton und setzte fort: »Ein gefesselter Mensch mit einem Sack über den Kopf gestülpt wird laut Michael von diesem Auto in den Lastwagen verfrachtet. Wenn diese Person Isabella ist, warum steht ihr Touareg neben seinem Porsche? Falls sie nicht dieser Mensch ist, wer ist es dann?«

»Ladener hat sich geirrt, weil er das Schreiben hastig verfasste«, schlug Jörg nachdenklich vor.

»Das glaube ich nicht«, erwiderte Anton.

»Er hat das alles erfunden, um die Polizei abzulenken«, überlegte Drubovic weiter.

»Wenn, warum?«, gab Geigensauer zu bedenken.

»Isabella plante, sich von Michael zu trennen«, wiederholte Jörg, was ihm Timischl erzählt hatte.

Anton nickte und Drubovic folgerte: »Er lehnte das ab. Es kam zum Streit. Er tötete sie und die Geschichte der Entführung erfand er, um die Polizei abzulenken.«

»Und wer erschlug ihn?«, fragte Geigensauer. Jörg zuckte mit den Schultern.

»Dann stand er eben doch gegenüber von Isabellas Auto neben dem Kastenwagen und hat nur ungenau berichtet.«

»Nein, so war es nicht«, widersprach Anton, »denn mir ist Folgendes aufgefallen: Die Heckscheibe von Ladeners Porsche ist eingeschlagen worden. Auf dem Platz vor seinem Haus in Güttenbach waren kaum Splitter zu finden. Entweder hat er sie sorgfältig entfernt oder …«

»Die Scheibe wurde an einem anderen Ort zerstört«, setzte Drubovic fort.

»Ich bin heute am Nachmittag wieder auf der Passhöhe stehen geblieben. Neben dem Platz, wo Isabellas Wagen stand, liegt eine Menge kleiner Scherben umher. Die Kollegen von der Spurensicherung werden herausfinden, dass sie von der eingeschlagenen Scheibe von Ladeners Auto stammen. Ich bin mir da sicher«, sagte Anton überzeugt.

»Also«, fasste Drubovic zusammen, »Michaels Wagen stand neben dem von Isabella und die Heckscheibe wurde am Geschriebenstein zerstört.«

Geigensauer nickte und fuhr fort.

»Daher stimmt die Erzählung von Ladener nicht.«

»Und deshalb blieb er anonym«, ergänzte Jörg. »Er ist in Isabellas Entführung verwickelt?«

»Durchaus. Leider ist er tot. Er wird uns keine Auskunft mehr geben. Noch ein Bier?«

»Nein, danke. Zwei sind genug.«

Geigensauer stand auf und holte aus der Speis eine Flasche Rotwein.

»Ein Schluck Wein?«

»Nein, danke, Anton. Es ist genug für mich. Auf die Lösung dieses Falles bin ich gespannt.«

»Ich leider auch.«

Die Tür wurde aufgerissen, Josef stürmte herein und rief: »Es schneit. Alles ist schon weiß. Jetzt spielen wir die Partie fertig.«

Es lagen rund zehn Zentimeter Schnee. Die Intensität des Niederschlags hatte nachgelassen. Selbst in Zeiten des Klimawandels sorgte ein Adriatief für einen kleinen Wintereinbruch. So heftig hatte es jahrelang nicht mehr geschneit. Anton schaufelte Gehsteig und Hof frei und genoss die Stille dieser Winternacht. Die verschneiten Weihnachtsbeleuchtungen auf der Tanne im Garten und auf den Häusern der Nachbarn ergaben ein stimmungsvolles, vorweihnachtliches Bild. Die weiße Pracht war nass und schwer. Er nahm sich vor, morgen mit Josef einen Schneemann zu bauen. Da nur noch vereinzelte Flocken fielen, befreite er die Autos vom Schnee. Jane war beim Lesen eingeschlafen. Die Hände, die das Buch hielten, waren auf die Bettdecke gesunken. Er nahm es vorsichtig weg und sie erwachte.

»Hat es viel geschneit?«, fragte sie verschlafen.

»Für einen Schneemann wird es reichen, doch es hat fast aufgehört. Drubovic hat nachgefragt – er hat immer noch Beziehungen ins Ministerium –, die SOKO-Südost wird nicht aufgelöst.«

»Eine Sorge weniger. Das freut mich«, erwiderte sie. »Wann wirst du aus Wien wieder zurückkommen?«

»Am frühen Nachmittag. Routine. Ich glaube nicht, dass dort die Lösung des Falles liegt.«

»Josef wird ungeduldig warten, dass du mit ihm einen Schneemann baust.«

»Ich werde mich beeilen.«

Freitag

Solange ihre Uhr lief, verlor sie die zeitliche Orientierung nicht. Das Datum und die Zeitangabe zeigten ihr, dass der Freitagmorgen angebrochen war. Der vierte Tag ihrer Gefangenschaft lag vor ihr. Die Polizei suchte nach ihr. Das war sicher. In welchem Gebäude lag der Raum, in dem sie eingeschlossen war? Momentan schien ihr Leben nicht in Gefahr zu sein, doch was hatte man mit ihr vor?

Es war ihr Zeit genug zur Verfügung gestanden, darüber nachzudenken, und es gab nur zwei Möglichkeiten, wer hinter dem Kidnapping steckte. Die eine hielt sie für wesentlich wahrscheinlicher und sie hatte beschlossen, heute aktiv zu werden und eine Abklärung herbeizuführen. Sie hatte sich gewaschen und ihr langes, blondes Haar zurecht gerichtet. Den BH, den sie aus Bequemlichkeit abgenommen hatte, legte sie wieder an. Einen weiteren Knopf ihrer Bluse hatte sie geöffnet, um einen Teil ihres Busens zur Schau zu stellen. Sie war fest entschlossen, das in den Kampf zu werfen, was sie am besten vermochte, Männer verführen. Voll Ungeduld wartete sie auf die Gestalt. Diesmal erschien wieder ein als Oliver Hardy verkleideter Mensch in ihrem Gefängnis und hielt stumm ein Plakat mit der Aufschrift ›Brauchen Sie etwas?‹ in die Höhe. Einen Fuß vor den anderen setzend schritt sie wie auf einem Laufsteg auf den Vermummten zu und beobachtete ihn genau.

»Du findest das geil, eine begehrenswerte Frau hinter Gitter zu sehen, Gewalt über mich zu haben.«

Die Gestalt schwieg, jedoch machte sie diesmal keine Anstalten, den Raum wieder zu verlassen.

Sie drückte ihren Körper gegen die Vergitterung.

»Komm doch zu mir, wenn du dich traust! Komm doch!«

Die Gestalt blieb stehen, aber der Arm, dessen Hand das Plakat hielt, sank nach unten.

»Feiglinge liebe ich nicht«, sagte sie und frohlockte innerlich, weil der Vermummte zwei Schritte näher trat.

»Wenn du nur ein bisschen Mut in deinen Knochen hättest, trautest du dich sogar, mein Gefängnis zu betreten«, gab sie nicht auf. Sie versuchte, in den Öffnungen der Maske die Augen oder den Mund zu erkennen. Es gelang ihr nicht.

»Angsthase, was werde ich dir anhaben, hier eingeschlossen?«

Sie streckte die Arme durch das Gitter hinaus. Rasch schnellte die Gestalt nach vorne, ergriff ihre beiden Hände und zog ihren Körper mit Gewalt gegen die Stäbe. Es schmerzte höllisch.

»Romantisch und überwältigend galant«, sagte sie.

Oliver Hardy wich zurück und verließ wortlos den Raum. Sie war sich nicht hundertprozentig sicher, wer dieser Mensch war, aber sie hatte eine Vermutung.

Der in Deutschland lebende ältere Bruder von Ladener, Kurt, war über dessen Tod informiert worden. Er kam mit dem Nachtzug aus Hamburg nach Wien. Timischl hatte mit ihm vereinbart, dass dieser sich mit Geigensauer in der Wohnung von Michael treffen würde. Kurt hatte einen Schlüssel zu der Garçonnière. Anton brach um sechs Uhr in der Früh auf. Die Zusammenkunft war für halb neun am Vormittag geplant. Der Schneefall hatte aufgehört und die Straßen waren perfekt geräumt. Bei der Abfahrt vom Wechsel Richtung Wiener Becken dämmerte es. Der Himmel war grau und heftiger Südostwind bog die Spitzen der Nadelbäume hin und her. Bis

Seebenstein hatte es ein wenig geschneit, bei Wiener Neustadt war die Landschaft schneefrei. Das Apartment lag beim Pötzleinsdorfer Friedhof in einem Mehrparteienhaus, erbaut in den Siebzigerjahren. Parkplätze gab es genug. Die Einführung des Parkpickerls hatte die Straßen am Rande der Stadt leer gefegt. Hier legten Parksheriffs Strecken zurück, bis sie das nächste Auto zur Kontrolle erreichten. Kurzparkscheine hatte Geigensauer keine, also installierte er die angeblich praktische App zum Parken auf seinem Handy. Nachdem er seinen Namen, seine E-Mail-Adresse, seine Telefonnummer und das Passwort aus zehn Buchstaben mit einem Großbuchstaben, zwei Zahlen und drei Sonderzeichen eingegeben hatte, erhielt er per SMS einen Code. Diesen bestätigte er und mithilfe seiner Kreditkarte und mit der App seiner Bank lud er ein Guthaben auf. Nach zwanzig Minuten und vielen unausgesprochenen Flüchen hatte er seinen gültigen Parkschein gebucht. Anton war sich sicher, wenn er in ein paar Wochen diese App wieder verwenden würde, gäbe es eine neue, praktischere Version, bei der man alle Eingaben zu erneuern hatte. Er versuchte gar nicht, sich das Passwort zu merken. Die Wohnung lag im vierten Stock. Er klingelte. Kurt Ladener öffnete. Er war ein kleiner, schlanker Mann mit ergrauten Haaren und hatte wenig Ähnlichkeit mit seinem jüngeren Bruder. Er fragte: »Herr Geigensauer?«

Anton nickte und trat ein. Es duftete intensiv nach frisch gekochtem Bohnenkaffee.

»Ich brühe mir einen Kaffee. Wollen Sie auch einen?«, bot Kurt an. »In Folge der Nachtfahrt mit dem Zug benötige ich dringend etwas, das mich munter macht.«

»Bitte, gerne!«, erwiderte Anton, den die Autofahrt ermüdet hatte.

»Nehmen Sie Platz! Ich komme gleich«, schlug Kurt vor und verschwand in der kleinen Küche. Aus dem Fenster des Wohnzimmers hatte man einen einmaligen Ausblick auf die Stadt. Geigensauer sah sich ein wenig im Zimmer um, doch es gab nichts Auffälliges zu sehen. Kurt kam mit zwei Tassen dampfendem Kaffee.

»Zum Essen kann ich Ihnen leider nichts anbieten«, entschuldigte er sich. Er sah mitgenommen aus. Der Tod des Bruders und die nächtliche Reise hatten ihre Spuren hinterlassen.

»Kein Problem, ich bin nicht hungrig«, erwiderte Anton und fuhr fort: »Mein herzliches Beileid.«

»Danke. Es hat mich tief getroffen, dass Michael erschlagen worden ist. Wissen Sie schon, wer ihn ermordet hat?«

»Wir haben leider keine konkrete Spur. Haben Sie einen Verdacht, wer es sein könnte?«

»Nein, überhaupt nicht. Ich habe alle zwei, drei Wochen einmal mit ihm telefoniert. Das letzte Mal, dass wir länger miteinander gesprochen haben, war beim Totenmahl nach dem Begräbnis unserer Mutter.«

»Hatte er eine Freundin?«

»Immer wieder einmal, aber nie etwas Ernstes. Zuletzt berichtete er von einer Geliebten, die verheiratet war. Isabella war ihr Name. Ich habe ihm von diesem Verhältnis abgeraten. In fremde Ehen mischt man sich nicht ein.«

»Isabellas eifersüchtigen Ehemann, Johannes Pilacher, hatten wir sofort verdächtigt. Er hatte an diesem Abend mit Michael einen heftigen Streit wegen dessen Beziehung zu seiner Frau, aber er war es nicht«, erklärte Geigensauer. »Sie ist seit der Nacht der Ermordung Michaels abgängig. Ein Kidnapping durch geschäftliche Konkurrenten von Pilacher aus Ungarn ist möglich. Wir vermuten, dass Michaels gewaltsamer Tod damit in Zusammenhang steht, doch Genaueres wissen wir nicht. Er hat vor seinem Tod die Polizei anonym darüber informiert, dass er eine Entführung beobachtet hat.«

»Das Kidnapping von Isabella?«, fragte Kurt.

»In seinem Schreiben steht nicht, dass es sich um sie handelte. Der entführten Person war angeblich ein Sack über den Kopf gestülpt worden.«

»Eigenartig«, sagte Kurt nachdenklich. »Äußerst seltsam. Die Entführer könnten ihn getötet haben, damit er sie nicht verrät.«

»Oder er war selbst in die Verschleppung verstrickt.«

»Niemals«, antwortete Kurt empört.

»Hatte Michael wirtschaftliche, finanzielle Probleme?«

»Seit er diese Fitnessstudios betrieb, sprach er nie von solchen Schwierigkeiten. Zuerst hatte er nur ein Studio in Kottingbrunn. Es folgte eines in Oberpullendorf und zuletzt eines in Lockenhaus. Er erzählte mir immer, wie gierig die Menschen darauf waren, bei ihm für teures Geld zu schwitzen. Manchmal hatte er eigenartige Visionen. In unserem letzten Gespräch berichtete er mir über folgenden Plan: Er hatte vor, alle Fitnessgeräte, die von seinen Kunden bewegt wurden, an Generatoren anzuschließen, mit ihnen Strom zu erzeugen, diesen zu verkaufen und so doppelt an den Trainierenden zu verdienen.«

Kurt schüttelte verständnislos seinen Kopf.

»Er hatte schon als Bub eine Vorliebe für Fantastereien.«

»Hatte er einen Geschäftspartner, Kredite aufgenommen?«, fragte Anton.

»Nein, das Geld für das erste Studio habe ich ihm geliehen und längst zurückerhalten. Ich denke, er hat große Gewinne erzielt. Ursprünglich war er Lehrer. Er hat Deutsch und Geschichte studiert, aber nur ein paar Jahre unterrichtet. Dann kam die Reform der Reifeprüfung. Literatur hatte keinen Stellenwert mehr im Unterricht. Das korrekte Schreiben einer Textsorte wurde wichtiger als das Lesen von Faust. Ein Deutschlehrer ist heute Sozialarbeiter, Familientherapeut und Streetworker, der in der Integration das rettet, was die Politik verbockt hatte. Michael kündigte. Ein Jahr trampte er durch die Welt, von Kanada bis Australien. Später versuchte er sich als Lektor bei einem Verlag und eröffnete schließlich ein Fitnessstudio. Er war eine sehr sportliche Person.«

Er schwieg einen Augenblick und fuhr dann fort.

»Was gibt es für ein Motiv, ihn zu töten? Ist etwas gestohlen worden?«

»Nein, Raubmord kommt nicht infrage. Seine Brieftasche blieb unberührt und der Täter hat nichts gesucht oder durchwühlt«, antwortete Geigensauer. »Bemerkenswert ist, dass Ihr Bruder den Mörder in sein Haus eintreten ließ, obwohl es kurz vor Mitternacht war. Anzunehmen, dass er ihn kannte.«

»Eigenartig, doch ich kann mir durchaus vorstellen, dass er einen Fremden in der Nacht ins Haus ließ. Er war ein furchtloser Mensch.« Wieder legte er eine längere Pause ein und sagte dann nachdrücklich: »Ich lege Wert darauf festzuhalten, dass ich überzeugt bin, dass Michael nichts Kriminelles verbrochen hat.«

»Ich hoffe es.«

»Darf ich mein Elternhaus schon betreten?«

»Die Ermittlungen sind so weit abgeschlossen. Kein Problem. Ich nehme an, dass der Leichnam Ihres Bruders in Kürze freigegeben wird. Wenn Ihnen irgendetwas auffällt, dann verständigen Sie mich bitte.«

Geigensauer gab ihm seine Visitenkarte, bedankte und verabschiedete sich.

Im Wiener Becken hatte der lebhafte Südostwind die Wolkendecke aufgerissen und Anton bewunderte bei seiner Heimfahrt von der Autobahn aus die schneebedeckten Gipfel von Rax und Schneeberg. Die Bucklige Welt und der Wechsel steckten in einer dunklen Wolkenbank. Kaum hatte Geigensauer die Raststation an der höchsten Stelle des Wechselabschnittes der Südautobahn passiert, fuhr er in eine dichte Nebelwand hinein. Mit einem Schlag wurde es dämmrig und er reduzierte die Geschwindigkeit, um auf Sicht zu fahren. Obwohl die vor ihm fahrenden Autos die Nebelschlussleuchte eingeschaltet hatten, erkannte er sie nur auf kurze Distanz. Der Wind drückte den kalten, feuchten Nebel gegen die Berghänge und dicker Raureif hatte sich an den Bäumen festgesetzt. Sogar die Gitter der Zäune waren mit einer weißen Schicht überzogen. Zusammen mit dem in der Nacht gefallenen Schnee bot sich ein tief winterliches Bild. Auf der Höhe von Pingau erhielt Geigensauer einen Anruf von Timischl.

»Hallo, wo bist du?« An seiner Stimme erkannte Anton, dass Wichtiges vorgefallen war.

»Ich bin auf der Rückfahrt von Wien«, antwortete er. »Keine neuen Erkenntnisse. Kurt Ladener kennt niemanden, der ein Motiv hätte, Michael zu töten. Netter Ausflug, doch wir sind nicht einen Millimeter vorangekommen. Ist es bei euch unten auch so neblig?«

»Hier bei Güssing sieht man keine fünfzig Meter weit. Es gibt Neuigkeiten. Johannes erhielt mit der heutigen Post ein Erpresserschreiben.«

»Ist Isabella doch von der ungarischen Frächtermafia entführt worden? Das überrascht mich«, erwiderte Anton.

»Karl Pilacher hat die Zeilen eingescannt und per E-Mail geschickt. Ich lese es dir wörtlich vor: ›Wenn Leben von Gattin wert, fünfzigtausend Euro heute Mitternacht in Kapelle, das zwischen Dürnbach und Schandorf, legen. Kein Information an Polizei.‹«

»Dieser Ort ist mir bekannt«, antwortete Geigensauer. »Als ich zuletzt auf Karl wartete, spazierte ich von der Spedition

Pilacher aus über die Felder. Das kleine Bauwerk ist schon von Weitem zu sehen. An jeder Ecke des Gebäudes wächst eine große Birke. Ich schätze, zu Fuß gelangt man in einer halben Stunde zu ihr.«

»Es führen Feldwege von Dürnbach, Schandorf oder Hannersdorf dorthin«, ergänzte Timischl.

»Das Deutsch der Erpresser ist extrem fehlerhaft. Das erste Schreiben war ebenfalls unkorrekt, doch dieser Text übertrifft das«, sagte Anton.

»Es wäre möglich, dass es absichtlich so mangelhaft verfasst worden ist«, meinte Timischl.

»Um den Verdacht nach Ungarn zu lenken«, ergänzte Geigensauer und fuhr fort: »Es wäre für mich keine Überraschung gewesen, wenn uns die Brüder Pilacher, wie von den Kidnappern befohlen, nicht über die neuerliche Erpressung berichtet hätten. Viele Angehörige von entführten Personen fürchten um das Leben der Verschleppten, wenn die Polizei die Geldübergabe überwacht.«

»Diese Sorge haben die Brüder durchaus«, antwortete Timischl. »Sie haben den Rest der Familie nicht informiert und Karl hat statt Johannes mit uns Kontakt aufgenommen. Er bat darum, dass wir die Spedition heute nicht mehr besuchen. Die Entführer sollen keinen Verdacht schöpfen. Er wird gegen Mitternacht das Geld zur Kapelle bringen. Alles andere überlässt er uns. Ich versprach ihm, dass wir mit größter Vorsicht vorgehen, und verriet ihm nicht, was wir unternehmen werden.«

»Was hast du vor?«, fragte Anton.

»Ich war nicht untätig«, erwiderte Timischl, der den kritischen Unterton in Geigensauers Antwort durchaus wahrnahm. »Wir werden versuchen, schon Stunden vor Mitternacht unerkannt in die Kapelle gelangen. Die Umgebung wird möglicherweise von den Entführern den ganzen Tag lang überwacht.

Dort warten wir auf die Person, die das Geld abholen kommt.«

»Und wie wird das geschehen?«, fragte Anton wenig überzeugt.

»Das verrate ich dir nicht«, erwiderte Timischl eingeschnappt. »Wir treffen uns um 15 Uhr in Burg bei meinem Cousin, Herbert Lugner, Weingartenweg 36. Zieh dich warm an! Es wird eine lange, kalte Nacht.«

Gegen 13 Uhr erreichte Geigensauer im dichten Nebel den Güterweg nach Güttenbach. Auf den verschneiten Feldern, die sich links der Straße bis Kirchfidisch erstreckten, stand ein Rudel Rehe. Durch den Autolärm im Äsen gestört, liefen zunächst nur einzelne und dann die gesamte Gruppe los und überquerten die Fahrbahn.

Anton blieb stehen, bis das letzte Tier außer Sicht war. Jetzt erst fuhr er langsam weiter. Er bog in den Hof ein. Janes Wagen fehlte, doch Josef war im Garten und glitt mit seinem Bob über den Schnee durch den Obstgarten talwärts. Er hörte das Auto kommen, stoppte seine Fahrt, ließ den Schlitten stehen und lief zu Anton.

»Vati, wann bauen wir den Schneemann?«

»Gleich, ich gehe nur einen Bissen essen.«

»Es gibt Knackwurst mit Senf.«

»Wo ist Mutti?«

»Einkaufen.«

»Wer passt auf dich auf?«

»Jörg.«

»Bis gleich.«

Anton betrat das Haus. Drubovic war damit beschäftigt, den Geschirrspüler einzuräumen.

»Hallo Opa«, begrüßte Geigensauer seinen ehemaligen Chef scherzhaft.

»Bin ich gern«, erwiderte dieser lachend. »Nimm dir eine Wurst! Die Semmeln sind am Tisch.«

»Hast du heute mit Timischl gesprochen?«, fragte Anton und drückte eine große Menge Senf aus der Tube auf seinen Teller.

»Ja, ich bin über alles informiert.«

»Ich nicht. Was hat er vor?«

»Verrate ich dir nicht.«

»Hoffentlich geht das nicht in die Hose.«

»Solche Geldübergaben sind immer eine riskante Angelegenheit. Schmeckt es dir?«

»Perfekt.«

»Ich habe sie eigenhändig gekocht«, meinte Drubovic mit gespieltem Stolz.

»Großartig, wirklich großartig«, lobte Anton.

»Immerhin sind sie nicht aufgeplatzt. Vergiss deine Dienstwaffe nicht! Heute könntest du sie brauchen.«

»Hoffentlich nicht. Auf der Heimfahrt von Wien erinnerte ich mich wieder an eine Kleinigkeit, die mir zu Beginn aufgefallen war, und die ich im Trubel der Ereignisse fast vergessen hatte. Zu einem Neuwagen erhält man immer zwei Schlüssel.«

»Eigentlich schon.«

Drubovic schloss den Geschirrspüler, nahm ihn in Betrieb und setzte sich zu Anton.

»Wo hebst du den Zweitschlüssel für deinen Wagen auf?«, fragte Geigensauer.

»Zusammen mit dem Typenschein und den Versicherungsunterlagen in einer Lade in meinem Schreibtisch.«

»Eben, so halte ich es auch. Einen Schlüssel zu Isabellas neuem Auto fanden wir im Wagen, der andere fehlte. Auf ihrem Bürotisch lagen nur die Versicherungsurkunde und der Typenschein. In ihrem Zimmer suchte ich die zweite Fernbedienung für ihr Fahrzeug vergeblich.«

»Was schließt du daraus?«

»Der Schlüssel wurde verloren oder jemand hat ihn weggenommen.«

»Was bedeutet das?«

»Leider keine Ahnung, doch oft sind diese Kleinigkeiten entscheidend für die Lösung eines Falles.«

»Da stimme ich dir zu.«

Anton aß den letzten Bissen seiner Knackwurst.

»Ich laufe jetzt schnell hinaus zu Josef, um den versprochenen Schneemann zu bauen.«

Er nahm eine Karotte aus dem Kühlschrank mit und eilte in den Garten.

Der Schnee war nass und patzig und im Nu hatte Anton die erste Kugel gerollt. Die zweite entstand ebenso schnell, doch sie war so schwer, dass er sie nicht zu heben vermochte. Josef lief ins Haus und holte Verstärkung. Zusammen mit Drubovic gelang es, die Kugel auf der ersten zu platzieren. Es folgten der Kopf und die Stummelarme. Die Karotte wurde zur Nase und zwei Stück Kohle ergaben die Augen. Ein alter Topf wurde als Hut aufgesetzt. Jörg verglich seine Körperfülle mit der des Schneemanns und meinte seufzend: »Abnehmen sollte so schnell und leicht vonstattengehen wie das Tauen.«

»Du darfst nicht in die warme Küche, wenn du frierst«, verbot Josef dem eisigen Gesellen, an die zuletzt gehörte Adventsgeschichte denkend. Er drohte dem Schneemann mit dem dicken Zeigefinger der Skihandschuhe. Jane kehrte vom Einkauf zurück und war begeistert.

»Der ist imposant«, lobte sie die Männerschar. »Ich werde ein Foto schießen und das schicken wir den Bezirksblättern.«

Sie zückte ihr Handy und drückte ab.

»Stellt euch dazu!«, schlug sie vor und schoss weitere Bilder.

Geigensauer schaute auf seine Uhr. Es war an der Zeit nach Burg aufzubrechen, um pünktlich zu sein.

»Ich muss leider wieder in den Dienst und heute wird es lange dauern«, sagte er zu Jane und Josef.

»Anton benötigt warme Kleidung. Er wird mindestens die halbe Nacht im Freien verbringen«, mahnte Drubovic.

»Haube, Handschuhe und Wollsocken«, schlug Josef vor.

»Nimm die Skiunterwäsche und nicht die weiße, lange Unterhose«, forderte Jane. Sie hasste dieses Kleidungsstück. Unmännlicheres gab es ihrer Meinung nach nicht. Wenig später war Anton warm angezogen unterwegs Richtung Burg. Dicht und tief hing der Nebel über der Landschaft und der kurze Wintertag neigte sich seinem Ende zu.

Eine Mauer mit einem großen Tor verband zwei lang gestreckte Gebäude, die einen Hof umrahmten. Am rechten Haus war die Hausnummer Weingartenweg 36 befestigt. Das Portal war offen. Geigensauer fuhr in den Hof hinein und stellte sein Auto hinter dem BMW seines Kollegen ab. Ein großer, grüner Traktor stand mitten im Hof, bereit, zwei Anhänger zu ziehen, die mit Holzscheiten beladen und mit Planen bedeckt waren. Kaum war er ausgestiegen, trat Timischl, gefolgt von einem stämmigen Mann mittleren Alters, aus dem Haus.

»Mein Cousin Herbert«, stellte er diesen vor. »Anton, mein Kollege.«

Man begrüßte einander mit einem kräftigen Händedruck.

»Dann fahren wir los, bevor es finster wird«, schlug der Vetter vor und kletterte in das Führerhaus der Zugmaschine. Timischl hob am ersten Anhänger die Plane empor. Er war im vorderen Abschnitt nicht mit Holz beladen.

»Das sind unsere Plätze«, erklärte er. Die beiden Ermittler schwangen sich auf die Ladefläche und zogen die Abdeckung über ihre Köpfe und befestigten sie. Der Traktor setzte sich in Bewegung und jede Unebenheit des Weges rüttelte sie heftig durch, obwohl sie auf alten Polstern lagen.

»Was sagst du jetzt?«, fragte Timischl mit zufriedener Miene.

Geigensauer vermutete, wie es weitergehen würde, und trotzdem erkundigte er sich: »Wohin führt die Reise?«

»Zur Kapelle«, erwiderte Timischl, der nur für einen Augenblick annahm, Anton wüsste das Ziel nicht. Dann gab er ihm einen freundschaftlichen Stoß und sagte: »Immer wieder falle ich auf dich herein.«

Die beiden lachten.

»Der Traktor wird langsam am Gebäude vorbeifahren«, schilderte Timischl. »Wir haben nur wenig Zeit. Wir werden abspringen und in das kleine Gotteshaus laufen, solange uns die beiden Hänger Sichtschutz bieten. Ich bin sicher, dass die Entführer die Gegend überwachen. Sie dürfen uns nicht bemerken.«

»Dort warten wir dann bis Mitternacht?«

»Ja, lieber Anton, du wirst stundenlang mit mir allein in diesem Gemäuer frieren. Karl wird um 24 Uhr die Euros bringen und wieder in sein Haus zurückkehren. Wir brauchen nur warten und zuschlagen, wenn die Kidnapper das Lösegeld holen. Dann werden sie uns verraten, wo sie Isabella gefangen halten.«

Timischl klang zuversichtlich, dass sein Plan aufgehen würde.

»Ich muss leider zugeben, dass du alles bestens organisiert hast«, lobte Anton. »Jetzt benötigen wir nur ein wenig Glück.«

Sie verließen die Straße und waren auf Feldwegen unterwegs. Timischl hob die Plane an und lugte hinaus.

»Wir tuckern schon über die Äcker dahin. Ich muss jetzt aufpassen, dass wir die Kapelle nicht verpassen.«

Er legte sich auf den Bauch und lüftete die Plane nur wenig, um die Umgebung zu beobachten.

»Der Nebel ist so dicht, dass ich nicht weit sehe. Halte dich auf jeden Fall bereit für das Aussteigen!«

Ein großes Schlagloch brachte den Anhänger so zum Wackeln, dass Timischls Kopf gegen den Boden prallte und er sich die Lippen aufschlug.

»Verdammter Mist!«, schrie er wütend und wischte sich das Blut mit der Hand ab.

»Jetzt erkenne ich die Kapelle und die Birken. Es sind nur noch fünfzig Meter. Wir werden links aussteigen.«

Er beendete seine Bauchlage und schob die Beine über die die Ladefläche umgebende Planke, um dann schneller zu sein.

»Achtung, fertig, los!«

Er sprang ab. Geigensauer folgte ihm, blieb mit dem Ärmel seines Anoraks hängen und riss sich mit einem Ruck los, um keine Zeit zu verlieren. Ohne sich umzublicken eilte er gebückt zur Tür der Kapelle, die Timischl offen gelassen hatte. Beim Schließen sah er das Ende des zweiten Anhängers vorbeifahren. Es sollte sie niemand gesehen haben.

»So ein Mist«, meinte Timischl. Seine Lippe blutete heftig und er drückte ein Taschentuch dagegen.

»Was hast du mit deiner Jacke aufgeführt?«, fragte er Anton. Er deutete auf den rechten Ärmel der Windbluse. Jetzt erst bemerkte Geigensauer, dass der Stoff vollständig zerrissen, wie ein Fetzen, herabhing.

»Wie Dick und Doof«, meinte Anton. In dem kleinen Raum war es fast dunkel. Von den Grablichtern, die Gläubige vor dem Altar angezündet hatten, brannten drei. So sah man die Einrichtung nur in Umrissen. Die beiden setzten sich. Geigensauer schaute auf seine Uhr.

»Acht Stunden bis Mitternacht.«

»Es zieht sich jetzt schon«, antwortete Timischl. Eine Zeit lang war jeder von ihnen mit seinem Handy beschäftigt. Nachdem sie die sozialen Medien bedient, ein wenig gesurft und alle E-Mails beantwortet hatten, wandten sie ihre Aufmerksamkeit wieder einander zu.

»Blutet die Lippe noch?«, wollte Anton wissen.

»Nein, sie hat sich beruhigt. Wie spät ist es?«

»Sechs Stunden bis Mitternacht.«

»Ich werde einen Rosenkranz beten«, sagte Timischl in die Finsternis hinein.

Anton wusste, dass der Kollege seinen Glauben ernst nahm, doch das hatte er nicht erwartet. Er hörte die Holzkugeln aneinanderschlagen, als dieser einen Rosenkranz aus seiner Jackentasche zog.

»Betest du oft?«, fragte Geigensauer.

»Jeden Tag. Mein Großvater hat täglich gebetet, mein Vater ebenfalls und ich halte es auch so. Selbst wenn der Papst aufhören würde, bliebe ich dabei.«

»Seid ihr oft erhört worden?«

»Ich bitte nicht, ich bete. Ich suche die Gemeinschaft mit Gott. Kontemplation.«

Geigensauer betete den Rosenkranz eher selten. Es war eine eigenartige Situation. Die beiden kannten sich viele Jahre, doch über ihren Glauben, eine für die Gestaltung des eigenen Lebens fundamentale Angelegenheit, hatten sie nie gesprochen. Wenn die Welt wüsste, dass in dieser einsamen Kapelle in stockdunkler Nebelnacht zwei Ermittler beteten, während sie auf einen Erpresser warteten, wäre sie höchst erstaunt. Geigensauer lachte bei diesem Gedanken innerlich. Sich hier und jetzt Timischl anzuschließen, war für ihn reizvoller als Eisklettern, Bungee-Jumping und Canyoning zusammen.

»Ich bete mit«, sagte er.

Sein Kollege antwortete nicht, sondern sprach das Kreuzzeichen und begann das Glaubensbekenntnis aufzusagen.

Nach dem Gebet meinte Timischl: »Ich werde ein wenig schlafen. Weck mich in einer halben Stunde. Du bekommst dann später dein Nickerchen.«

Es dauerte nicht lange und Anton hörte die tiefen Atemzüge des Schlafenden.

Der Südostwind frischte wieder auf und pfiff durch die Ritzen der Tür. Eines der drei Grablichter fing an zu flackern und erlosch. Das Licht der anderen beiden warf unruhige Schatten naher Gegenstände gegen die Wände.

Geigensauer hatte Zeit, über einiges nachzudenken und sich an vieles zu erinnern. Die halbe Stunde verging und er ließ Timischl weiterschlafen. Anton fror an den Füßen, stand auf und machte ein paar Kniebeugen, um die Durchblutung zu fördern.

Da hörte er, als das Rauschen des Windes nachließ, Geräusche außerhalb der Kapelle. Ein Tier, ein Mensch, etwas bewegte sich nicht weit von der Tür entfernt. Er schlich zu ihr und schaute durch einen Spalt hinaus, doch außer Finsternis war nichts zu sehen. In diesem Moment erwachte Timischl.

»7 Uhr. Du hättest mich wecken sollen«, meinte er verschlafen und richtete sich auf. »Wir werden jetzt Nachtmahl essen.«

Geigensauer zögerte mit einer Antwort, schließlich saßen sie an einem geweihten Ort.

»Mein Gott hat nichts dagegen«, sagte Timischl und zauberte aus seinem kleinen Rucksack Salzstangerl, eine Dose mit Fischaufstrich, eine Flasche Rotwein und eine Thermoskanne.

»Die ist mit Punsch gefüllt.«

»Alkohol im Dienst?«, meinte Anton ablehnend.

»Absolute Notwendigkeit für diesen Einsatz«, bestand Timischl darauf. »Wie sollen wir hier sonst überleben?«

So aßen die beiden im Schein der Grablichter und das Getränk erwärmte Geigensauer wieder.

»Süßes habe ich auch mit«, sagte Timischl und öffnete eine Plastikdose voller Nussschnitten. »Tante Maria hat sie gebacken.«

Der Alkohol zeigte Wirkung und eine lähmende Müdigkeit erfasste Antons Körper.

»Ich werde jetzt mein Nickerchen halten«, meinte er und wenig später war er eingeschlafen. Als er aufwachte, stellte er fest, dass er länger geschlafen hatte. Die Uhr zeigte auf viertel zwölf. Er schaute sich um und sah mit Erstaunen, dass Timischl, das Kinn auf der Brust, im Sitzen schlief. Geigensauer gab ihm einen kleinen Schubs und dieser schrak auf.

»Das war nicht ausgemacht«, mahnte Anton. »Wenn wir beide verschlafen, ergebe das eine riesige Blamage.«

»Ich döse nur so vor mich hin. Keinesfalls hätte ich die Zeit übersehen«, beruhigte Timischl. »Meine Mutter ist immer bei der Werbung eingenickt und bei ›Burgenland heute‹ wieder aufgewacht.«

Der Wind hatte weiter an Stärke zugelegt und pfiff durch alle Ritzen. Geigensauer war im Schlaf halb erfroren. Füße und Hände waren eiskalt. Er rieb die Handflächen aneinander, um sie aufzuwärmen. Timischl reichte ihm eine kleine Blechschachtel, die in Filz gewickelt und sehr warm war.

»Was ist denn das?«, fragte Anton.

»Ein Handwärmer. In seinem Inneren verbrennt Trockenspiritus.«

»Deine Ausrüstung stimmt«, lobte Geigensauer.

»Mein Vater war Jäger. Der nahm den Wärmer im Winter immer mit auf die Jagd. Hast du die Dienstwaffe mit?«

Anton nickte.

»Während du geschlafen hast, habe ich ein SMS erhalten. Die Glassplitter auf der Passhöhe des Geschriebenstein stammen von der Heckscheibe von Ladeners Wagen.«

»Das sagst du mir erst jetzt?«

»Ich wecke keinen Menschen auf, wenn es unnötig ist.«

»Das heißt, die Scheibe wurde am Parkplatz eingeschlagen und sein Wagen stand neben Isabellas Auto«, stellte Anton fest, der mit einem Schlag putzmunter war.

Sein Kollege nickte zustimmend.

»Wenn wahr ist, was er im anonymen Schreiben schildert«, überlegte Timischl, »dann sah er nicht die Entführung von Isabella. Hat er sich oben am Parkplatz mit ihr getroffen? Die Kidnapper hatten Kenntnis davon und überfielen die beiden. Das kann nicht stimmen, denn das hätte er sicher der Polizei gemeldet.«

»Oder«, setzte Anton den Gedanken fort, »er hat Isabella hinaufgelockt und mit den Gaunern zusammengearbeitet. Es kam zu einem Streit, die Scheibe wurde zerschlagen. Sie kamen in der Nacht zu ihm nach Hause und töteten ihn, weil er die Absicht hatte, sie zu verraten. Nein, das passt alles hinten und vorne nicht zusammen.«

»Warum schildert er Ereignisse, die nicht passiert sind? Wozu die Polizei anonym mit falschen Tatsachen füttern? Ich habe heute stundenlang darüber nachgedacht und keine Lösung gefunden. Wie spät?«

»Zehn vor zwölf. Wir werden besser unsere Positionen beziehen.«

Anton stellte sich links und Timischl rechts von der Tür dicht an die Wand. Beide hatten die Dienstwaffe in der Hand und lauschten in die Nacht hinaus. Der Wind war in der letzten halben Stunde eingeschlafen. Ein weiteres Grablicht erlosch. Nur der Schein der einzigen brennenden Kerze erhellte den Raum. Es war so still, dass man ihr Flackern und Knistern hörte. Geigensauer schaute auf seine Uhr. Es war zwei Minuten vor Mitternacht. Schritte, die näherkamen, waren zu vernehmen. Der

Ankömmling hielt kurz vor dem Eingang an. Er öffnete die Tür, trat ein und stellte einen Nylonsack auf den Boden. Erst als sich die Person umdrehte, war sich Anton sicher, dass es Karl war. Dieser warf je einen Blick auf die beiden Ermittler und nickte ihnen zu. Dann verließ er die Kapelle, schloss die Tür hinter sich und sie hörten, wie sich seine Schritte entfernten.

Samstag

Die Anspannung wuchs. In Kürze war mit dem Erscheinen der Erpresser zu rechnen. Die letzte Kerze erlosch. Es war stockdunkel im Raum. Die Minuten verstrichen, doch niemand kam, nichts war zu hören. Nach einer halben Stunde flüsterte Anton: »Da stimmt etwas nicht.«

»Das glaube ich auch«, antwortete Timischl. Er schaltete die Taschenlampe ein und trat zum Nylonsack, öffnete ihn und schaute hinein.

»Das Geld ist hier.«

Er zeigte Anton eines der Geldbündel.

»Haben die Erpresser bemerkt, dass wir auf sie warten?«

Vor der Kapelle waren Geräusche zu hören. Ein Knacken kleiner Äste. Timischl schaltete sofort die Taschenlampe ab. Sie vernahmen ein Rascheln, dann war Stille. Nach einigen Minuten meinte er leise: »Rehe, Hasen oder Mäuse?«

»Kein Erpresser«, ergänzte Anton. »Es ist 1 Uhr. Setzen wir uns!«

Wieder verging die Zeit lähmend langsam und nichts geschah. Dann hörten sie den Motorlärm eines Mopeds. Er wurde lauter. Jemand fuhr auf einem der Feldwege direkt auf die Kapelle zu. Das Licht des Scheinwerfers drang durch die Ritzen der Tür herein. Die beiden Ermittler bezogen wieder ihre Posten. Das Moped blieb stehen und der Motor wurde abgestellt. Schritte kamen näher. Die Anspannung wuchs, doch die Tür wurde nicht geöffnet, niemand trat ein. Was sie hörten, war jedoch eindeutig zu identifizieren. Jemand pinkelte unmittelbar neben der Kapelle. Dann schnäuzte sich der Mopedlenker. Der Motor wurde gestartet und das Moped entfernte sich in die neblige Nacht hinein. Die Ermittler nahmen wieder Platz und warteten, aber nichts geschah.

»Wenn ich ein ungarischer Erpresser wäre, dann würde ich die Geldübergabe in Ungarn verlangen«, flüsterte Timischl in die Stille und Finsternis hinein.

»Die Mitarbeiter in der Spedition erscheinen mir verdächtig«, antwortete Anton leise. »Der Mechaniker und seine Freundin, der Fahrer, den sie entlassen haben. Wer kennt in Ungarn schon diese Kapelle?«

Die beiden verstummten und harrten weiter aus, aber nichts geschah.

»Es ist 3 Uhr«, sagte Geigensauer frustriert. »Wie lange warten wir?«

»Bis fünf«, schlug Timischl vor. »Dann werden sie nicht mehr kommen.«

Anton fror, er war müde und träumte von einem warmen Bett. Warum waren die Erpresser nicht gekommen, das Geld abzuholen? Er entfernte die Munition aus seiner Waffe und steckte beides in seine Jackentasche. Die Zeit schien kein Ende zu nehmen. Das Gefühl, das sie relativ ist, hatten vor und nach Einstein auch andere Menschen, fand Geigensauer. Es wurde 5 Uhr und niemand war erschienen. Timischl rief die Kollegen an, damit man ihn und Anton abholte. Nur wenig später hörten sie das Auto kommen. Anton schaltete die Handytaschenlampe ein. Sie traten vor die Kapelle. Im Lichtschein war ein gelber Fleck im Schnee zu sehen. Hier hatte der Mopedlenker gepinkelt. Spuren von Wild liefen knapp am Gebäude vorbei. Es war eine Wohltat, in das geheizte Wageninnere zu steigen. Der dichte Nebel lag immer noch über den Feldern.

Nach kurzer Zeit kamen sie in Burg an.

»Wenn du willst, fahr heim«, schlug Anton vor. Er war doch wesentlich jünger als sein Kollege. »Ich begebe mich zu den Brüdern Pilacher und gebe ihnen das Lösegeld zurück.«

»Nein, ich komme mit«, lehnte Timischl das Angebot ab. »Ich werde nicht verpassen zu sehen, wie die beiden reagieren, wenn sie erfahren, dass das Geld nicht abgeholt wurde.«

Sie trafen im Stockdunkeln gegen 6 Uhr in der Früh bei der Spedition Pilacher ein. Nur im Haus von Karl brannte Licht. Sie stellten die Wägen davor ab und läuteten an. Sofort öffnete er die Tür und bat die beiden Ermittler herein. Sie folgten ihm in ein großes Wohnzimmer mit einer frei stehenden Küchenzeile.

»Wir haben bis 5 Uhr gewartet, aber es kam kein Erpresser, um das Geld abzuholen«, fing Anton noch im Stehen an, übergab Karl den Nylonsack und beobachtete ihn genau. Dieser schien keineswegs überrascht zu sein.

»Das Geld wird niemand holen, denn das Erpresserschreiben habe ich selbst verfasst.«

Dabei lachte er Anton und Timischl ins Gesicht. Die beiden fanden vor Erstaunen keine Antwort.

»Nehmen Sie doch Platz!«, forderte er sie auf, amüsiert über ihre Sprachlosigkeit. »Darf ich Ihnen einen Kaffee anbieten?«

»Wozu dann das ganze Theater?«, fragte Timischl verärgert.

»Nehmen Sie Platz, ich erkläre es gleich. Einen Kaffee?«

»Bitte!«, sagte Anton, der den in ihm aufsteigenden Zorn kaum unterdrücken konnte. Was bildete sich dieser Mensch ein, wer er war? Pilacher wandte sich zur Küchenzeile. Timischl deutete auf seine eigene Stirn und dann in Richtung von Karl, um stumm zu zeigen, dass dieser verrückt war. Sie setzten sich.

Pilacher brachte drei Schalen Kaffee und nahm bei ihnen Platz.

»Es gab ein Erpresserschreiben, doch hatte es einen anderen Wortlaut«, erklärte er.

Er überreichte Geigensauer ein Blatt Papier. Darauf stand in Computerschrift:

›Wenn Leben von Gattin wert fünfzigtausend Euro, heute um 1 Uhr in der Nacht in Woppendorf unter der Brücke über die Pinka abstellen. Kein Information an Polizei.‹

»Johannes hatte große Angst, dass die Geldübergabe durch die Anwesenheit der Kriminalpolizei scheitern würde. Wir beschlossen daher, niemandem in der Familie etwas zu verraten und Sie an einen anderen Platz zu locken. Ich entschuldige mich dafür, dass wir Sie um Ihre Nachtruhe gebracht haben.«

»Ihr Bruder ist also mit weiteren fünfzigtausend Euro nach Woppendorf zur Pinka gefahren?«, fragte Anton.

Karl nickte.

»Und war er erfolgreich?«, erkundigte sich Timischl. »Ist Isabella wieder frei?«

»Ich weiß es nicht. Zuerst hatte ich vor, auf ihn zu warten, doch ich war müde und erschöpft und bin eingeschlafen, denn ich habe angenommen, er wird schon anrufen oder anläuten, wenn er heimkommt. Ich bin erst aufgewacht, kurz bevor Sie kamen.«

»Er hat Ihnen kein SMS geschickt?«, wunderte sich Anton.

»Nein, es ist eigenartig. Ich war am Sprung zu ihm, als Sie klingelten. Wir werden gleich nachschauen, was los ist.«

Sofort eilten die drei Männer zum Haus von Johannes. Karl drückte auf den Klingelknopf. Es rührte sich nichts. Er läutete Sturm. Doch niemand meldete sich.

»Ich habe einen Zweitschlüssel«, sagte er nervös und lief zu seinem Bungalow zurück.

»Hoffentlich hat Johannes keinen Unsinn versucht«, meinte Anton nachdenklich zu Timischl.

»Die spinnen, diese Brüder. Ich verkrafte es nicht, dass uns dieser Kerl so hintergangen hat. Wir stehen da, wie die Vollidioten«, antwortete dieser niedergeschlagen. »Wenn nur die Presse nichts davon erfährt.«

»So, da bin ich wieder«, rief Pilacher schon von Weitem. Er schritt zur Garage, öffnete sie und schrie aufgeregt: »Sein Auto ist weg. Hoffentlich war er nicht unvernünftig.«

»Wie meinen Sie das?«, fragte Anton. Während Karl hektisch die Haustür aufschloss, erzählte er: »Johannes plante, das Geld unter der Brücke abzustellen und sich dann zu verstecken, um auf den Erpresser zu warten und ihn zu überwältigen.«

»Ihr Bruder ist wahnsinnig«, meinte Timischl außer sich. »Die Realität ist kein Hollywood Blockbuster.«

Die drei betraten das Haus.

»Ich habe ihn überzeugt, dass das unsinnig und gefährlich ist. Er hat mir versprochen, nur das Geld hinzustellen und sofort heimzufahren«, sagte Karl verzweifelt und lief hinauf in den ersten Stock. Timischl und Geigensauer schauten sich unten um. Es war niemand zu sehen. Pilacher kam die Stiegen wieder herabgelaufen und sagte nach Luft ringend: »Er hat seine Pistole mitgenommen.«

»Hat Ihr Bruder einen Waffenschein?«, erkundigte sich Anton.

»Ja, schon lange.«

»Wir fahren zur Pinkabrücke in Woppendorf«, nahm Timischl vorweg, was alle vorhatten.

Langsam dämmerte der Tag herauf, während sie von Dürnbach durch Burg nach Woppendorf fuhren. Der Nebel lag dicht über der verschneiten Landschaft. Wie ein Hochzeitskonvoi glitten die drei Autos hintereinander dahin. In Woppendorf bogen sie nicht rechts nach Badersdorf ab, sondern steuerten geradeaus weiter. Am Ende der Ortschaft an der Pinka hielten sie an und stiegen aus. Kein Auto und kein Mensch war auf den ersten Blick zu sehen. Sie eilten zur Brücke, die über den Fluss führte, und die Böschung zum Wasser hinunter. Da sahen sie eine Gestalt am Ufer auf dem Bauch liegen. »Johannes, Johannes«, rief Karl und wollte vorauslaufen, doch Timischl hielt ihn am Arm zurück.

»Nichts anfassen!«, befahl er. Beim Näherkommen erkannten sie, dass der Kopf der Person mit dem Gesicht im Wasser lag.

»Es ist mein Bruder«, sagte Karl mit tränenerstickter Stimme. Nur der Hinterkopf, auf dem eine große Wunde mit eingetrocknetem Blut zu sehen war, ragte aus den Fluten. Geigensauer legte Gummihandschuhe an, zog die Person ans Ufer und drehte sie zur Seite. Karl schaute nur kurz hin, dann wandte er sich ab. Der Tote war Johannes, von hinten erschlagen. Neben ihm im Ufergras lag eine Pistole. Vom Sack mit dem Lösegeld fehlte jede Spur. Timischl verständigte mit seinem Handy die Kollegen. Nach einigen Augenblicken hatte sich Karl gefasst.

»Das ist seine Waffe. Ich verstehe nicht, warum er mir nicht gehorcht hat.«

»Was war das für eine verrückte Idee, uns in diese Kapelle zu locken?«, erwiderte Timischl ernst. »Mit etwas Vernunft lebte ihr Bruder noch. Das Geld ist weg und ob die Verbrecher Isabella freilassen, ist mehr als fraglich.«

Karl schwieg eine Weile und meinte schließlich: »Wir hatten nur die Absicht, seine Gattin zu befreien, sonst nichts. Ich werde heimfahren und Vater und Schwester informieren.«

»Besser, ich bringe Sie nach Hause«, schlug Timischl vor. »In einem emotionalen Ausnahmezustand soll man nicht Auto fahren.«

»Was geschieht mit meinem Wagen?«

»Ein Kollege von uns wird ihn zur Spedition bringen. Lassen Sie den Schlüssel da«, erklärte Anton und nahm die Fernbedienung von Karls Auto in Empfang. Timischl fuhr mit Pilacher ab und ein Einsatzwagen mit Blaulicht traf ein. Augenblicke später kamen die ersten Schaulustigen die Straße zur Pinka hinunter. Die Beamten sperrten die Umgebung des Tatortes weiträumig ab. Unterdessen wurde es so hell, wie das an einem nebligen Dezembertag möglich war. Geigensauer suchte das Ufer links und rechts der Brücke nach der Tatwaffe ab und hatte Erfolg. Wenige Meter vom Ort des Verbrechens entfernt lag eine massive Eisenstange. Anton bückte sich und betrachtete sie aus der Nähe genauer. An einem Ende klebte Blut. Er erinnerte sich sofort daran, dass der Mörder von Ladener vermutlich eine Stange verwendet hatte. War es dieselbe? Gab es nur einen Täter? Wo stand das Auto von Johannes Pilacher? Geigensauer sprang über die rot-weiße Absperrung und eilte nach Woppendorf hinein, doch hier war weit und breit kein Porsche Cayenne zu sehen. Er kehrte um, überquerte auf der Brücke die Pinka und folgte dem Güterweg auf den Eisenberg hinauf. Die Straße wandte sich zunächst nach rechts, um dann in einer Linkskurve in den Wald zu führen. Gleich zu Beginn des Forstes stand der wuchtige SUV am Rande der Fahrbahn. Seine Front zeigte in Richtung Pinka. Johannes Pilacher war vom Eisenberg heruntergefahren, hatte hier sein Auto abgestellt und war dann zu Fuß zur Brücke gegangen. Geigensauer schritt wieder zum Tatort zurück. Unterdessen war Dr. Humer eingetroffen und kniete neben dem Opfer am Boden.

»Guten Morgen, Doktor«, begrüßte ihn Anton.

»Hallo, zwei Leichen pro Woche. Das wird hier ja zum Fulltime-Job«, antwortete der Arzt, ohne aufzublicken. »Etwa zwischen 1 und 2 Uhr in der Nacht ist er verstorben. Der Schlag führte unmittelbar zum Tod, ähnlich wie bei Mag. Ladener, eine Spur weniger wuchtig. Genaueres folgt später.«

Er erhob sich.

»Vielleicht könntet ihr den Verrückten, der diese Morde begeht, verhaften, bevor dieser ein drittes Mal zuschlägt«, kritisierte er.

»Wir bemühen uns«, antwortete Geigensauer betont gelassen. »Das ist die Tatwaffe.«

Er zeigte auf die Eisenstange, die gerade von der Spurensicherung in Verwahrung genommen wurde.

»Wenn ihr so liebenswürdig seid, mir dieses Eisen zu überlassen, werde ich überprüfen, ob es die Wunden der beiden Opfer verursacht hat«, sagte Dr. Humer.

»Das Blut, das daran haftet, bitte mit dem von Ladener abgleichen«, versicherte sich Anton.

Mit einem »Melde mich, wenn ich fertig bin« verabschiedete sich der Doktor, ohne die letzte Bitte von Geigensauer zu beantworten, stieg in seinen Wagen und fuhr davon. Ein Beamter der Spurensicherung teilte mit, dass Johannes auf seinem Handy seit dem frühen Nachmittag keine Aktivitäten mehr gesetzt hatte. Anton besuchte die Häuser in der Nachbarschaft des Tatortes. Doch niemand hatte etwas beobachtet oder gehört. Lediglich ein Hund hatte nach Mitternacht mehrmals angeschlagen.

Auf Wunsch von Karl blieb Timischl vor dessen Elternhaus stehen. Der alte Pilacher war offenbar munter, denn im Erdgeschoß brannte Licht. Sein Sohn versuchte einzutreten, aber die Tür war verschlossen, so klingelte er. Mit einem Jogginganzug bekleidet öffnete ihnen sein Vater das Tor.

»Hallo Karl! Guten Morgen, Inspektor Timischl«, begrüßte er die beiden. »Wenn mein Sohn vor 8 Uhr zu mir kommt, ist Dramatisches passiert. Treten Sie ein! Folgen Sie mir in die Küche, ich frühstücke gerade!«

Die drei Männer nahmen um den Küchentisch Platz.

»So hat Karl immer ausgesehen, wenn er etwas angestellt hat«, sagte der alte Pilacher zu Timischl und aß einen Bissen von einem Kipferl, das er in den Kaffee getunkt hatte. »Rück raus! Was ist los?«, verlangte er Auskunft von seinem Sohn.

»Johannes wurde erschlagen, er ist tot«, sagte Karl nach einer Pause.

Der alte Pilacher spuckte das im Mund befindliche Stück Kipferl auf seinen Teller und starrte seinen Sohn entsetzt und dann Timischl fragend an. Dieser nickte.

»Mit der gestrigen Post kam ein Schreiben, in dem wir aufgefordert wurden, fünfzigtausend Euro Lösegeld für Isabellas Freilassung zu zahlen«, berichtete Karl. »Johannes lehnte es ab, die Polizei einzuschalten, und ist letzte Nacht selbst nach Woppendorf gefahren, um das Geld unter die Pinkabrücke zu stellen.«

Der alte Pilacher war aufgestanden, trat zum Fenster, blieb dort eine Weile stehen und drehte sich dann wieder um. Seine Augen waren feucht.

»Ich darf Ihnen mein Beileid aussprechen«, sagte Timischl.

»Danke. Dieses Weib wird uns alle ins Grab bringen. Warum hast du Johannes nicht aufgehalten?«, fragte der alte Pilacher.

»Ihre Söhne haben uns ferngehalten«, kam Timischl einer Antwort zuvor. »Karl hat behauptet, die Übergabe wäre in der Kapelle draußen auf den Feldern. Wir haben die ganze Nacht ausgeharrt. Er hat sogar das Geld dort deponiert, damit es echt wirkt.«

»Wie konntet ihr nur die Polizei in die Irre führen? Du Narr. Warum hast du Johannes nicht aufgehalten? Ihr hättet mich informieren müssen.«

»Ich wollte ihm nur helfen, Isabella zu befreien«, erwiderte Karl. »Er plante zunächst, den Erpresser zu überwältigen. Ich redete ihm das aus. Er versprach mir, es nicht zu versuchen, doch er hat sich anscheinend nicht an sein Wort gehalten. Seine Pistole wurde neben ihm gefunden. Du weißt, wie vernarrt er in Isi war.«

»Sie und der Tag, an dem sie in die Firma kam, mögen verflucht sein. Inspektor, es wird Zeit, dass Sie diese Hure finden, tot oder lebendig. Sie muss auftauchen. Ich möchte jetzt mit meinem Sohn allein sein. Wenn Sie uns bitte verlassen!«

Timischl verabschiedete sich, schritt aber nur ein Stück vom Haus weg, kehrte dann um und näherte sich vorsichtig durch den Garten dem Küchenfenster. Er versuchte, zu erfahren, worüber die beiden sprachen, sobald sie unter sich waren. Durch eine kleine Tanne, die nahe der Hausmauer wuchs, verdeckt, schaute er in die Küche hinein.

Sohn und Vater gestikulierten heftig und wenn sie schrien, verstand es Timischl. Sie bemerkten nicht, dass er nicht weggefahren war.

»Dir ist es egal, dass dein Bruder gestorben ist. Du hast ihn nie leiden können. Warum ihm helfen?«, warf der alte Pilacher Karl vor.

»Was soll der Unsinn, Vater!?«

»Unsinn? Gib doch zu, dass du Johannes keine Träne nachweinst. Du wirst mehr erben, vielleicht wirst du dich wieder an diese Hure heranmachen. Jetzt ist sie ja Witwe«, schrie der alte Pilacher mit hochrotem Kopf.

»Vater, hör auf! Das ist Schnee von gestern. Isabella habe ich längst abgeschrieben«, erwiderte sein Sohn. Seine ein wenig zusammengekniffenen Augen und die in den Mund hineingezogene, dicke Unterlippe gaben seinem Gesicht einen aggressiven Ausdruck.

»Das glaube ich dir nicht. Du wusstest, wie gefährlich die Situation ist, und hast ihn allein gelassen. Du bist ein Schwein.«

»Und du bist ein fetter, seniler Trottel«, erwiderte Karl. Da gab ihm der alte Pilacher eine gewaltige Ohrfeige. Sein Sohn hob zwar die Hand, um zurückzuschlagen. Ließ es aber bleiben.

Die Lautstärke des Gesprächs hatte abgenommen und Timischl verstand nichts mehr. Kurz darauf betraten Elisabeth Sotter und ihr Gatte den Raum. Vermutlich hatten sie vom Obergeschoß aus die lauten Stimmen gehört. Er verließ seinen Lauschposten und schritt zum Auto.

Es war damit zu rechnen, dass es dauern würde, bis Klarheit herrschte, ob die gefundene Eisenstange bei beiden Bluttaten verwendet worden war und daher die gleiche Person Ladener und Pilacher erschlagen hatte. Diese Zeit hatten sie nicht. Ein drittes Verbrechen musste unbedingt verhindert werden. So nahm Geigensauer einmal an, dass es nur einen Täter gab. Warum wurde Johannes getötet? Er war von hinten durch einen Schlag auf den Kopf ermordet worden. Seinen Mörder hatte er wahrscheinlich gar nicht gesehen. Ein Kampf, in dem Pilacher versuchte, den Gauner zu überwältigen, kam eher nicht infrage. Er war mit der Pistole in der einen, dem Sack mit dem Lösegeld in der anderen Hand zum Ufer geschritten, als man ihn tötete. Der Erpresser nahm kein Risiko in Kauf. Einen Mord hatte er begangen, da kam es auf einen zweiten nicht mehr an. Der Täter könnte aus dem näheren Umfeld der Spedition stammen. Möglicherweise hatten die ungarischen Frächter gar nichts mit dem Verbrechen zu tun. Der Kaffee, den er bei Karl getrunken hatte, verlor seine Wirkung und Anton war müde. Er schaute auf sein Handy. Jane sorgte sich, wie es ihm ginge. Er schrieb beruhigende Zeilen zurück. Timischl wollte die weitere Vorgangsweise wissen. Sie verabredeten sich bei der Spedition, denn er hatte beschlossen, den Mechaniker, Gergö Buday, noch einmal zu verhören.

Gegen 10 Uhr vormittags erreichte Geigensauer die Firma Pilacher und parkte bei den Häusern der Familie ein. Karl schritt vom Toyota Pick-up kommend mit einem Nylonsack, der genauso aussah wie der, in dem das Lösegeld war, zu seinem Bungalow. Er blieb stehen, als er Anton sah, griff in seine Hosentasche, holte die Fernbedienung für seinen Wagen heraus und rief: »Jetzt fürchtete ich schon, ich habe sie im Haus vergessen. Ich bringe das Geld wieder auf die Bank. Benötigen Sie etwas von mir?«

»Nein, ich werde Gergö, den Mechaniker, befragen«, antwortete Anton.

»Er hat sicher mehr Freunde in Ungarn, als uns lieb ist«, sagte Karl, drehte um, schritt zu seinem Wagen und fuhr weg. Kaum war er außer Sichtweite, telefonierte Geigensauer mit den Kollegen. Er trug ihnen auf nachzuforschen, ob die Brüder Pilacher hunderttausend Euro von ihren Hausbanken abgehoben hatten und fünfzigtausend wieder einbezahlt werden würden. Gleich darauf traf Timischl ein und Anton stieg zu ihm ins Auto.

»Ich war einen Sprung beim Supermarkt. Willst du auch einen Espresso oder eine Wurstsemmel? Ich habe einen gewaltigen Hunger.«

»Nein, danke«, erwiderte Geigensauer. Antons Magen hatte den schwarzen Kaffee, den ihm Karl in aller Früh serviert hatte, nicht vertragen. Timischl holte aus einem Papiersack einen Dosenkaffee und eine Semmel heraus und sie tauschten ihre neuesten Erkenntnisse aus.

»Momentan können wir nicht viel unternehmen«, resümierte er. »Ich denke, es ist das Beste, wir ruhen uns für ein paar

Stunden aus. Dann gibt es hoffentlich schon Ergebnisse der Spurensicherung oder von Dr. Humer.«

»Ok, aber vorher knöpf ich mir diesen ungarischen Mechaniker und seine Freundin noch einmal vor«, sagte Anton.

»Mir scheint, du liebst ihn nicht.«

»Nein.«

Timischl fuhr heim und Anton marschierte zur Werkstatt hinüber. Gergö Buday arbeitete am Motor eines Vierzigtonners, dessen Fahrerkabine nach vorne geklappt war, um den Zugriff auf das Antriebsaggregat zuzulassen.

»Guten Morgen«, grüßte Anton.

Gergö richtete sich auf, wischte sich die öligen Hände mit einem Fetzen ab und fragte statt eines Grußes: »Was gibt es?«

»Wo waren Sie heute in der Nacht?«, ging es Geigensauer scharf an und er merkte sofort, dass er ins Schwarze getroffen hatte, denn die freche Lässigkeit seines Gegenübers war verschwunden.

»Warum wollen Sie das wissen?«, fragte Gergö und spielte nervös mit dem Schraubenschlüssel, den er in Händen hielt.

»Heute in der Nacht ist Ihr Chef ermordet worden«, setzte Anton nach. Doch diese Nachricht beunruhigte den Mechaniker nicht weiter und er kehrte zu seinem frechen Auftreten zurück.

»Tragisch für ihn und seine Familie. Wieso kommen Sie deshalb zur mir?«, fragte er lächelnd.

»Wo waren Sie letzte Nacht?«, blieb Geigensauer hartnäckig.

»Ich habe ihn nicht getötet«, erwiderte der Mechaniker sofort.

»Wo waren Sie?«, wiederholte Anton seine Frage.

»Ich habe hinten ein kleines Zimmer«, er deutete auf eine Tür in der Rückwand der Werkstatt, »dort habe ich ein Bett und einen Fernseher. Manchmal kommen die Lastwägen mitten in der Nacht an und müssen gleich gewartet werden, um keine Zeit zu verlieren. Gestern war so ein Tag. Zuerst habe ich ferngesehen und bin dabei eingenickt. Um etwa 2 Uhr kam ein Vierzigtonner. Ich habe den Wagen überprüft und beim Umladen geholfen. Als er abfuhr, zahlte es sich nicht mehr aus heimzufahren. Ich habe ein paar Stunden dort geschlafen. Zufrieden?«

»Ist Ihnen in der Nacht etwas aufgefallen?«

»Ist Pilacher hier ermordet worden?«, kam die Gegenfrage.

»Nein, in Woppendorf. Haben Sie Ungewöhnliches beobachtet?«

»Was hatte er dort verloren?«

»Haben Sie in der Nacht Auffälliges bemerkt, gesehen, gehört?«

»Nein.«

Die letzte Frage beantwortete Gergö wieder weit weniger lässig. Hatte er etwas zu verbergen?

»Wäre es möglich, dass Fernfahrer der Spedition in die Entführung von Isabella Pilacher verwickelt sind?«

»Nein, wirklich nicht«, kam es wieder gewohnt locker aus seinem Mund. »Kann ich jetzt weiterarbeiten? Ich habe heute einiges zu erledigen.«

»Sie können. Auf Wiedersehen.«

Gergö wandte sich grußlos wieder seiner Arbeit zu.

Nachdem niemand sie am Freitag besucht hatte, war sie froh, als am Samstag am Nachmittag die Tür zu ihrem Gefängnis aufging.

Der Ankömmling erschien wieder als Oliver Hardy, brachte einen Sessel mit und nahm auf ihm Platz.

»Was hat das für einen Sinn, dass ich hier eingesperrt bin?«, fragte sie. »Wer hat etwas davon?«

»Fünfzigtausend Euro sind kein Pappenstiel«, erwiderte er. Sie erkannte ihn sofort an der Stimme. Noch bevor sie ihn dazu aufforderte, hatte er die Maske abgenommen und lachte sie an. Dann schilderte er ihr, was angeblich seit ihrem Verschwinden passiert war und was er mit ihr vorhatte. Verzweiflung und Todesangst bemächtigten sich ihrer. Sie, die immer so schlagfertig war, blieb stumm. Zum Schluss meinte er: »Vermutlich werde ich ein paar Tage nicht vorbeikommen, damit Gras über die Sache wächst. Benötigst du etwas?«

»Ich brauche Damenbinden«, sagte sie automatisch und sie wunderte sich, dass sie in ihrer Situation diesen banalen Wunsch geäußert hatte.

Er nickte, stand auf, nahm den Sessel mit und verschwand. Sie benötigte unbedingt eine Beschäftigung. Papier und Kugelschreiber waren vorhanden und so entwarf sie Kreuzworträtsel und Sudokus. Doch kaum hörte sie auf, angestrengt nachzudenken, erinnerte sie sich an seine Schilderungen. Angst und Grauen erfüllten sie.

Obwohl es Samstag war, brannte Licht im Büro. Geigensauer trat ein. Doris Puller saß an ihrem Schreibtisch.

»Grüß Gott«, sagte sie. »Guten Morgen kann man heute nicht sagen.«

»Nein, da haben Sie recht. Arbeiten Sie immer am Wochenende?«

»Wenn Not an der Frau ist. Dafür bekomme ich einen zusätzlichen Urlaubstag.«

Sie trug eine knallgelbe Bluse, einen blauen Faltenrock und feilte an einem ihrer Fingernägel. Eine Tasse Kaffee erfüllte den Raum mit seinem Duft. Sollte Netflix für eine Serie die Rolle einer Sekretärin vergeben, dann würde Anton Doris Puller als ideale Besetzung vermitteln.

»Wie kann ich Ihnen helfen, Herr Geigensauer?«, fragte sie und ihre Augendeckel öffneten und schlossen sich in hoher Frequenz hinter der großen, schwarzen Brille.

»Ich suche Emma.«

»Sie putzt am Samstag immer bei Johannes Pilacher. Ich habe sie hinübergeschickt, auch wenn jetzt niemand im Haus ist. Hoffentlich wird Isabella bald gefunden.«

Sie stand auf, streckte sich und brachte ihre Oberweite in Position.

»Ob Karl in der Lage ist, die Firma zu leiten?«, zweifelte sie. »Das Schicksal trifft manchen Menschen hart. Der alte Pilacher hat Frau und Sohn verloren. Hätte ich nur diese gelbe Bluse nicht angezogen. Das passt heute gar nicht.«

Die falsche Farbe schien sie mindestens so zu beschäftigen, wie das Ableben ihres Chefs, wunderte sich Anton.

»Wir werden Isabella und den Mörder finden«, gab sich Geigensauer zuversichtlich.

»Viel Glück«, wünschte sie. »Ich werde meine Liste der Adressaten, die ein Beileidschreiben erhalten, vervollständigen.«

Sie setzte sich und Anton verabschiedete sich.

Die Haustür stand offen und Geigensauer trat ein. Vom ersten Stock herunter dröhnte der Lärm eines Staubsaugers. Er stieg die Treppe hinauf. Emma war dabei, den Gang zu saugen. Aufgrund des Gedröhnes hörte sie ihn nicht kommen und erschrak heftig, als er in ihr Blickfeld trat. Sie schaltete das Gerät ab.

»Haben Sie mich jetzt aber erschreckt.«

»Entschuldigung«, erwiderte Anton. »Ich hätte einige Fragen an Sie.«

»Bitte, wenn es sein muss.«

Sie lehnte sich gegen das Treppengeländer und sah wenig begeistert aus.

»Sie wissen, dass Ihr Chef ermordet wurde?«

Sie nickte.

»Wo waren Sie heute in der Nacht?«, fragte Geigensauer in der Hoffnung, sie damit unter Druck zu setzen.

»Ich?«

»Ja, Sie.«

»Ich … ich war zu Hause. Warum … warum fragen Sie mich das? Sie … Sie vermuten, ich habe ihn getötet?«, stotterte sie nervös.

»Wo wohnen Sie?«

»Bei meinen Eltern in Oberwart. Sie werden bezeugen, dass ich das Haus die ganze Nacht nicht verlassen habe.«

»Gergö Buday ist Ihr Freund?«

»Ja, er ist mein Geliebter«, bestätigte Emma zufrieden.

»Ist er in die Entführung von Isabella Pilacher verwickelt?«, kam Anton zur Frage, die ihn hergeführt hatte.

»Nein, sicher nicht. Wie kommen Sie auf diese Idee?«, gab sie vor, sich zu wundern, doch Anton sah, dass sie Angst hatte und aufgeregt war. Der schnelle Puls an ihrer Halsschlagader war deutlich zu sehen.

»Gergö kommt aus Szombathely. Er könnte mit Ungarn befreundet sein, die anstreben, eine Expansion der Spedition Pilacher zu verhindern«, erklärte Anton.

»Er ist kein Verbrecher und seine Freunde sind nicht kriminell«, verteidigte sie ihren Geliebten.

»Ihnen ist bekannt, dass es strafbar ist, wenn Sie uns nicht alles sagen, was Sie über die Entführung und den Mord wissen?«, ließ Anton nicht locker.

»Ich weiß nichts«, antwortete sie nach kurzem Zögern. Sie wirkte auf Geigensauer so verschreckt wie ein Kaninchen im Donnergrollen eines Gewitters.

»Wo ist der Arbeitsplatz von Johannes Pilacher?«, fragte Anton, der sich, schon einmal hier, dort umsehen wollte.

»Die letzte Tür rechts ist sein Arbeitszimmer.« Emma deutete zum Ende des Ganges.

»Hier ist meine Karte, falls Ihnen doch etwas einfällt.«

Geigensauer gab ihr seine Visitenkarte und schritt den Flur nach hinten. Kaum hatte er den Raum betreten, dröhnte der Motor des Staubsaugers wieder. Schräg vor einem Fenster, das bis zum Boden reichte und den Blick auf die gesamte Spedition ermöglichte, stand ein gewaltiger Schreibtisch. Auf seiner großen Fläche befanden sich nur ein geschlossener Laptop, eine Schreibtischlampe, ein Foto von Isabella und eine Ablage für Aktuelles. Geigensauer öffnete die Laden, doch außer Büromaterial und verschiedensten Mappen war nichts Besonderes zu finden. Die große, bis an die Decke reichende Stellage war mit Büchern gefüllt. Eine schlanke Yucca Palme ragte bis zum Plafond empor. Ein Tisch mit vier Sesseln diente für Besprechungen im kleinen Kreis. Die Bar war mit allem bestückt, was hohen Alkoholgehalt besaß. Hinter einem großen, abstrakten Gemälde war ein Tresor verborgen. Wo hatte Karl nachgesehen, ob Johannes seine Waffe mitgenommen hatte? Geigensauer durchsuchte die Laden noch einmal und fand die leere Schachtel, in der die Pistole gelegen hatte.

Es ging gegen Mittag und Anton war müde. Er beschloss heimzufahren und ein paar Stunden zu schlafen. Emma war mit dem Saugen fertig und putzte das riesige Fenster im Treppenhaus. Er verabschiedete sich, ging zu seinem Auto, stieg ein und fuhr los. In diesem Augenblick kehrte Karl zurück. Sie grüßten einander im Vorbeifahren durch ein kurzes Heben der rechten Hand.

Pilacher sah Emma die große Scheibe putzen. Er stellte seinen Wagen bei seinem Bungalow ab, schritt dann zum Haus von

Johannes, trat ein und rief zur Reinigungskraft ins Treppenhaus hinauf: »War Inspektor Geigensauer bei dir?«

»Nein, warum sollte er?«, kam es prompt zurück.

Zu Hause angekommen legte sich Anton sofort nieder. Jane und Josef waren, wie eine Nachricht am Küchentisch mitteilte, nach Oberwart gefahren, um Weihnachtseinkäufe zu erledigen. Er schaltete sein Handy aus und schlief augenblicklich ein.

Beim Aufwachen stellt er fest, dass es dunkel war. 17 Uhr zeigte der Radiowecker. Er hatte wesentlich länger geruht, als er vorgehabt hatte. Trotzdem fiel ihm das Aufstehen schwer. Ein Kaffee machte ihn munter. Jetzt erst erreichte er einen Zustand, in dem es sinnvoll war, das Handy in Betrieb zu nehmen und sich den vielen neuen Meldungen zu widmen. Zwei Nachrichten waren so wichtig, dass Anton beschloss, sie sofort zu lesen. Die eine betraf die Nachforschungen bei den Hausbanken der Spedition Pilacher. Freitag nachmittags waren je fünfzigtausend Euro bei jeder der beiden Sparkassen abgehoben worden. Am Samstag um 9 Uhr in der Früh hatte Karl bei der ›Bank 99‹ in Stadtschlaining fünfzigtausend wieder einbezahlt. Die andere Meldung war von Timischl: »Ruf mich sofort an, es gibt Neuigkeiten!« Fotos von Katzen und Sonnenuntergängen, gelungenen Menüs und Sprüche fürs Leben mussten warten, bis er sie liken würde.

»Hallo Kollege!«, meldete sich Timischl. »Ausgeschlafen? Ich vermutete schon, du wärest verstorben.«

»Du hast nicht geschlafen?«, fragte Anton.

»Doch, ein wenig.«

»Was gibt es für Sensationen?«

»Ein Profiradfahrer ist heute am frühen Nachmittag von Rechnitz auf den Geschriebenstein geradelt.«

»Bei dem Wetter?«

»Das habe ich mir auch gedacht.«

»Und?«

»Etwa zwei Kilometer von der Passhöhe entfernt hat er im Straßengraben ein Handy gesehen. Er blieb stehen, hob es auf und entdeckte ein weiteres Mobiltelefon ein Stück daneben liegen und dann noch eines. Außerdem fand er dort zwei Fernbedienungen von Autos. Er nahm alles mit und hat die Fundstücke bei der Polizei in Lockenhaus abgegeben. Jetzt darfst du einmal kombinieren, wem das gehört.«

»Da es mit unserem Fall zusammenhängt, ist das Handy von Ladener«, erinnerte sich Geigensauer, dass sie bei ihm kein Mobiltelefon gefunden hatten.

»Richtig kombiniert«, erwiderte Timischl. »Wir haben schon alle drei Eigentümer ermittelt.«

»Dann ist ein weiteres Handy von Isabella?«, probierte Anton.

»Wieder ins Schwarze getroffen«, lobte sein Kollege, »doch die Überraschung ist der Besitzer des dritten Geräts.«

»Lass mich raten!«, forderte Geigensauer. »Dieses Mobiltelefon gehört einem ungarischen Frächter.«

»Falsch«, freute sich Timischl über Antons Fehlschlag. »Kalt, sehr kalt.«

»Gergö Buday.«

»Nein, wie kommst du auf ihn?«

»Nachdem du heimgefahren warst, habe ich mit ihm gesprochen. Irgendetwas hat er zu verbergen. Die Ermordung seines Chefs berührte ihn wenig, doch er wirkte beunruhigt bei der Frage, wo er die letzte Nacht verbracht hatte. Laut seiner Aussage kontrollierte er gegen 2 Uhr in der Früh einen ankommenden Lastwagen, damit dieser nach der Entladung zur Weiterfahrt bereit war. Die restliche Zeit hielt er sich in einem kleinen Zimmer neben der Werkstatt auf, wo er einen Schlafplatz hat.«

»Vielleicht wird in den Lastern etwas geschmuggelt?«, überlegte Timischl.

»Daran habe ich nicht gedacht.«

»Kehren wir zum dritten Handy zurück! Wer ist der Besitzer?«, wollte Timischl wissen.

»Jemand aus der Familie Pilacher?«

»Nein, es ist Emma.«

»Die Reinigungskraft?«, sagte Geigensauer langsam. »Das überrascht mich gewaltig. Sie ist in die Entführung verwickelt? Sie kann Isabella nicht leiden. Das war nicht zu überhören, doch dass diese Abneigung für ein Kidnapping reicht, ist verwunderlich. Wem gehören die Autoschlüssel?«

»Einer gehört zu Isabellas neuem Wagen«, sagte Timischl. »Der andere könnte zu Ladeners Auto passen. Das wird überprüft.«

»Bald werden wir wissen, was an diesem Abend am Geschriebenstein passiert ist«, war Geigensauer voller Hoffnung. »Emma wohnt bei Vater und Mutter in Oberwart.«

»Ihre Adresse habe ich ermittelt«, erwiderte Timischl. »Das Haus ihrer Eltern liegt bei der Bachapotheke. Treffen wir uns dort in einer Stunde. Ich hoffe, da wird sie bereits von der Arbeit heimgekommen sein. Ich habe uns nicht angemeldet.«

»Unangekündigt ist erfolgreicher«, stimmt Anton zu. »Bis später.«

»Wir waren in Oberwart im Einkaufszentrum«, rief Josef begeistert und stürmte in die Küche. In jeder Hand trug er einen großen Sack. Hinter ihm kam Jane ebenfalls bepackt herein.

»Ich habe für Jörg einen neuen Eiskratzer gekauft. Seiner ist halb zerbrochen«, erzählte Josef stolz. »Ein Weihnachtsmann steht vor den Geschäften. Sein Bart ist nicht echt. Das sieht man gleich. Er verteilt Süßigkeiten an kleine Kinder.«

Er zählte sich nicht mehr zu den Jüngsten, denn er kam nächstes Jahr in die Schule.

»Du schaust müde aus«, sagte Jane zu Anton.

»Es geht. Ich habe am Nachmittag ein paar Stunden geschlafen.«

»Wie kommt ihr voran?«

»Danke, es wird langsam. Die Nacht haben wir uns umsonst um die Ohren geschlagen. Ich muss gleich wieder fort.«

»Jörg sagt, ihr habt einen schwierigen Fall zu lösen«, redete Josef mit.

»Da hat er recht«, bestätigte Anton. Jane setzte sich noch angezogen nieder und klagte: »Das Einkaufen macht so müde. Der Rummel ist riesig. Wir haben fast keinen Parkplatz gefunden.«

»Alles erledigt?«

»Leider nein«, seufzte Jane.

»Wann kommst du wieder?«, fragte Josef. »Wird sich eine Mausgeschichte ausgehen?«

»Das kann ich nicht versprechen. Wenn du schon schläfst, holen wir das morgen nach.«

»Gestern hast du mir auch keine erzählt. Das sind dann drei Geschichten«, rechnete Josef vor.

»Ok, ich werde drei erzählen«, versicherte Anton und schaute auf seine Uhr.

»Ich muss aufbrechen. Bis später.«

Timischl wartete bei der Bachapotheke. Es waren nur ein paar Schritte zu dem kleinen, ebenerdigen Haus, das von hohen Tannen umgeben war. Vermutlich war es bald nach dem Zweiten Weltkrieg errichtet worden. Vor der angebauten Garage stand ein schwarzer VW Golf älteren Baujahres. Der Draht des Zaunes war stellenweise angerostet und wurde von einer Hecke überragt, die mehr als zwei Meter hoch und einige Jahre nicht geschnitten worden war. Es gab keine Klingel, doch das Tor war nicht verschlossen und so schritten die beiden Ermittler über eine uneben gewordene Pflasterung zum Eingang des Hauses und läuteten an. Kurze Zeit später wurde die verwitterte Tür geöffnet und eine ältere Frau mit faltigem Gesicht stand vor ihnen und sagte: »Wenn ihr ›Zeugen Jehovas‹ seid, dann kommt ihr vergeblich. Ich bin strenggläubige Katholikin.«

»Nein, wir …«

»Spenden werde ich nicht«, unterbrach sie Timischl. »Nicht für den Tierschutzverein, nicht für das Rote Kreuz, auch nicht für die Feuerwehr. Ich habe schon genug gegeben.«

Sie machte Anstalten das Tor wieder zu schließen, da hielt ihr Anton seinen Ausweis hin und sagte: »Polizei, SOKO-Südost. Wir möchten Ihre Tochter sprechen.«

»Ich habe ihr ohnehin abgeraten, mit dem Wagen zu fahren, solange der Verkauf nicht vollständig über die Bühne gegangen ist.« Sie zeigte auf den VW Golf. »Ich habe Emma nicht verstanden. Sie hat das Geld ohne Kaufvertrag bezahlt und fährt schon damit, obwohl er auf die Pilacherin angemeldet ist.«

Sie lachte verächtlich.

»Nein, es handelt sich nicht um den Kauf dieses Wagens. Ist Ihre Tochter zu Hause?«, meinte Timischl.

»Ja, kommen Sie herein!«

Sie führte die beiden Ermittler in die Küche. Dort saßen Emma und ihr Vater an einem kleinen Tisch. Sie war beim Nachtmahlessen. Er schaute ›Burgenland heute‹ und trank ein Bier.

»Die Herren sind von der Polizei. Sie wollen mit dir sprechen«, sagte die alte Frau. Emma schob ihren Teller beiseite und sah verstört auf die Besucher, ohne etwas zu sagen. Ihr Vater schaltete den Fernseher ab und begrüßte die beiden Männer.

»Guten Abend.«

»Inspektor Timischl und Geigensauer, Ermittler der SOKO-Südost«, stellte Anton sie beide vor.

»Wechseln wir in ein anderes Zimmer, wo wir nicht stören«, schlug Timischl vor.

»Ich habe keine Geheimnisse vor meinen Eltern«, war Emmas Antwort.

»Ihr Mobiltelefon ist im Graben neben der Straße über den Geschriebenstein gefunden worden«, informierte Geigensauer.

»Du hast mir gar nicht erzählt, dass du es verloren hast«, antwortete ihre Mutter verwundert, noch bevor Emma den Mund aufmachte.

»Lass deine Tochter sprechen!«, bat ihr Vater.

»Kann ich das Handy zurückhaben?«, forderte diese.

»Warum haben Sie es nicht bei der Polizei als verloren gemeldet?«, fragte Anton.

»Ich dachte, das ist sinnlos.«

»Können Sie sich vorstellen, wie es in den Straßengraben kam?«

»Nein, keine Ahnung. Ich vermutete, dass es im Friseursalon bei Frau Maller oder in der Spedition Pilacher verloren gegangen ist. Vielleicht hat es jemand an sich genommen und später weggeworfen. Kann ich es zurückhaben?«

»Nein, wir benötigen es für laufende Ermittlungen«, erklärte Timischl. »Es wurde dort nicht nur Ihr Handy gefunden.«

Er wartete auf eine Reaktion von ihr, doch sie blieb stumm.

»Wollen sich die Herren nicht setzen«, schlug ihr Vater vor, »wenn es länger dauert.«

»Danke.«

Die beiden Ermittler nahmen Platz.

»Darf ich etwas zu trinken anbieten?«, fragte ihr Vater.

»Die Herren sind im Dienst«, klärte ihn Emma auf.

»So ist es. Danke!«, schlug Anton die Einladung ab.

»Neben Ihrem Handy wurde das Mobiltelefon von Isabella Pilacher gefunden«, begann Timischl. Emma schwieg.

»Sie wurde entführt«, fuhr er fort. »Wissen Sie etwas über das Kidnapping?«

»Nein. Keine Ahnung«, erwiderte sie trotzig. Mit Dauer des Gespräches überwand sie ihre anfängliche Unruhe immer mehr.

»Auch die Mobiltelefone von Mag. Ladener und Isabella und die Autoschlüssel der beiden wurden am selben Ort gefunden«, sagte Geigensauer. »Sind Sie nicht doch in diese Entführung verwickelt?«

»Nein, bin ich nicht.«

»Ihr Freund Gergö ist einer der Kidnapper?«

»Er hat nichts damit zu tun.«

»Oder ungarische Freunde von ihm?«

»Nein, auch diese haben Isabella nicht entführt«, verneinte sie jede Beteiligung hartnäckig.

»Meine Tochter macht keine krummen Sachen«, mischte sich Emmas Mutter wieder ein. »Wir sind ehrliche Leute.«

»Wir nehmen Ihre Aussage zur Kenntnis«, schloss Anton wenig überzeugt.

»Darf ich Sie etwas anderes fragen?«, bat Emmas Mutter.

»Bitte, gerne«, erwiderte Timischl.

»Emma hat Isabella den Wagen bezahlt. Es gibt noch keinen Kaufvertrag. Das Auto ist auf Frau Pilacher angemeldet. Soll sie überhaupt damit fahren, solange das Verbrechen nicht aufgeklärt ist?«

»Besser nicht«, erwiderte Timischl.

»Ich habe meinen alten Wagen abgemeldet«, empörte sich Emma. »Ich benötige ein Auto für die Arbeit. Wie komme ich sonst von Rechnitz nach Lockenhaus? Was kann ich dafür, dass sie entführt wurde, bevor wir dieses Fahrzeug umgemeldet hatten? Sobald Isabella wusste, dass ihr Mann beabsichtigte, ihr einen neuen Wagen zu schenken, der in ein paar Tagen eintreffen würde, bot sie mir ihr altes Auto an. Sie wusste, dass mein Seat nicht mehr lange halten würde. Der Preis war günstig. Montagvormittag rief sie mich an, dass das neue Fahrzeug eingetroffen sei. Ich meldete den Wagen ab, fuhr mit dem Bus zur Spedition und zahlte in bar. Sie sagte, sie hätte heute keine Zeit, den Kaufvertrag aufzusetzen. Wir planten, die Ummeldung am Dienstag durchzuführen.«

»Das ist eine Angelegenheit, die uns nicht betrifft«, meinte Timischl. »Es war nur ein Rat. Verboten ist es sicher nicht. Sie haben die Zulassung?«

Emma nickte. Ihr Vater öffnete sich ein weiteres Bier und fragte: »Alles erledigt?«

»Vorerst einmal«, erwiderte Anton. Die beiden Ermittler verabschiedeten sich von Emmas Familie.

Ein paar Schritte vom Haus entfernt meinte Timischl: »Einen solchen Zufall gibt es nicht. Sie ist in die Entführung verwickelt.«

»Was sonst?«, stimmte Anton zu. »Mir ist nicht klar, warum ihr Handy dort liegt. Ein Versehen?«

»Möglich. Ich habe keine Lösung für dieses Problem«, erwiderte Timischl müde.

»Wir fahren jetzt sofort zur Spedition«, schlug Geigensauer vor. »Vielleicht übernachtet Gergö wieder in seinem Extrazimmer. Versuchen wir bei ihm unser Glück!«

»Einverstanden«, willigte Timischl ein, obwohl er erschöpft war und sich von diesem Verhör wenig erhoffte. Er schaute auf sein Handy und sagte: »Der zweite Autoschlüssel passt zu Laderers Porsche.«

Gegen 20 Uhr trafen sie bei der Werkstatt der Spedition Pilacher ein. Ein matter Lichtschein drang durch die Fenster in die Nacht hinaus. Das große Einfahrtstor war geschlossen, doch die kleine Tür, die sich in ihm befand, ließ sich öffnen und sie traten ein. Nur hinten in der Halle brannte Licht. Unter einem aufgebockten Fahrzeug lag ein Mensch, von dem nur die Füße zu sehen waren. Als Geigensauer und Timischl sich dem Gefährt näherten, hörte die Person die Schritte und kroch hervor. Es war Gergö Buday.

»Was verschafft mir schon wieder die Ehre?«, empfing er die beiden wenig überrascht. Vermutlich hatte ihn Emma angerufen.

»Heute Nacht erneut ein Lastkraftwagen?«, fragte Anton.

»Ja, Ölwechsel, Bremsen kontrollieren. Dann fährt er weiter. Zeit ist Geld.«

»Ihre Freundin steckt in Schwierigkeiten«, begann Geigensauer.

»Wieso?«

»Heute wurde ihr Handy zusammen mit den Mobiltelefonen von Isabella Pilacher und deren Freund Michael Ladener im Graben neben der Straße über den Geschriebenstein unweit der Passhöhe gefunden. Die Autoschlüssel zu Isabellas und zu Laderers Auto wurden ebenfalls dort entdeckt. Ihre Freundin scheint an dieser Entführung beteiligt zu sein. Wir werden die Untersuchungshaft für sie beantragen.«

Timischl war erstaunt, wie weit Geigensauer sich hinauslehnte. Gergö schwieg eine Weile.

»Das Ganze ist ein gewaltiger Mist«, sagte er schließlich, »doch Emma hat damit nichts zu tun. Sie kam völlig unschuldig zum Handkuss. Ich werde nicht zulassen, dass sie in diese Angelegenheit hineingezogen wird.«

»Dann schildern Sie einmal, was passiert ist«, forderte Timischl.

»Ich werde aber keine Namen nennen. Ich werde nur Emma entlasten.«

»Ok«, stimmt Anton zu.

»Folgen Sie mir in mein Zimmer!«, schlug Gergö vor. »Dort können wir uns setzen und außerdem benötige ich etwas zum Trinken.«

Sie folgten ihm. Ein Bett, eine Stellage mit Fernseher und ein kleiner Tisch mit drei Sesseln waren die ganze Einrichtung. Eine Faschingsmaske zum Verkleiden als Donald Trump hing an der Wand, umgeben von Fotos von Putin, Erdogan und Orban. Sie nahmen Platz. Gergö holte eine halb leere Flasche Wodka aus einem Regal und nahm einen gewaltigen Zug.

»Ich habe einen Freund, der bei einer ungarischen Spedition arbeitet.«

»Also doch!«, entfuhr es Timischl.

»An einem Abend ungefähr vor einem Monat«, fuhr Gergö fort, »war ich mit diesem Freund in Oberwart in einer Disco. Wir redeten über Gott und die Welt und kamen auf unsere Arbeitgeber zu sprechen. Ich erzählte von den Pilachers. Viel Gutes war nicht dabei, denn wir waren beide betrunken. Ich beklagte mich, dass ich Isabellas Wagen jeden Dienstag waschen muss, weil sie Montagabends, wenn sie von ihrer Schwester in Lockenhaus heimfährt, immer einen Weg über Felder und durch ein Waldstück nimmt, um rascher zur Bundesstraße zu kommen. Damals dachte ich mir nichts dabei, heute sehe ich das anders.«

Er machte eine Pause und trank einen Schluck Wodka. Die Ermittler schwiegen und harrten gespannt dem weiteren Bericht.

»Letzten Montag am Abend«, setzte er fort, »rief mich mein Freund an. Er war sehr aufgeregt. Ich sollte sofort zur alten Möbelfabrik bei Rechnitz kommen. Es wäre wichtig. Mehr sagte er mir am Telefon nicht. Also raste ich dorthin. Ein weißer Kastenwagen parkte im Hof. Mein Freund wartete schon ungeduldig und führte mich in den Keller des verfallenen Gebäudes, wo wir auf zwei äußerst zwielichtige Gestalten trafen. Sie ließen mich durch ein Schlüsselloch in einen versperrten Raum schauen. Dort sah ich zu meiner größten Überraschung Emma sitzen und befahl ihnen, sie sofort freizulassen, was sie auch taten.«

Wieder hielt er kurz inne.

»Es stellte sich Folgendes heraus«, schildert er weiter. »Die beiden Kriminellen hatten den Auftrag, Isabella zu entführen. Doch es lief alles schief. Sie hatte einen neuen Wagen bekommen und ihren alten an Emma übergeben. Davon hatten diese Ganoven keine Ahnung. Zunächst fuhr Isabella mit ihrem neuen Auto durch das Waldstück zur Bundesstraße. Die Verbrecher ließen sie vorbeifahren, denn Autotype und Kennzeichen passten nicht. Wenig später kam Emma mit dem ehemaligen Wagen von Isabella und ihrer Nummerntafel. Das Fahrzeug war noch nicht umgemeldet worden. Die Kriminellen blockierten die Straße und überwältigten die blonde Frau, denn alles stimmte mit ihren Informationen überein. Mit der gefesselten Emma fuhren sie auf die Passhöhe hinauf, um dort den Wagen abzustellen und in ihren weißen Kastenwagen zu wechseln.«

Er stoppte kurz, trank wieder und setzte fort.

»Doch dann passierte das nächste Missgeschick. In einem leicht verschneiten Wagen saß ein Liebespaar und beobachtete, wie Emma in den weißen Kastenwagen gebracht wurde. Wahrscheinlich aus Versehen haben die beiden die Alarmblinkanlage betätigt und damit die Aufmerksamkeit der Entführer auf sich gelenkt. Diese nahmen ihnen Handys und Autoschlüssel ab und rasten davon. Auf dem Weg nach Rechnitz warfen sie die Mobiltelefone, auch das von Emma, und die Fernbedienungen aus dem Fenster. Eine Zeit lang hatten sie das Gefühl, verfolgt zu werden. Bei der Fabrik wartete mein Freund. Sie brachten meine Freundin in den Keller, nahmen ihr die Fessel und den Sack ab und sperrten sie ein. Dabei nannten die beiden sie immer Frau Pilacher und Emma schrie verzweifelt, dass sie nicht Frau Pilacher wäre, und flehte, man solle mich anrufen und herholen. Das tat mein Freund schließlich. Ich fuhr zur Fabrik und sie wurde freigelassen. Die Ganoven gaben ihr den Autoschlüssel zurück.«

Eine weitere Pause folgte, er leerte den Rest der Wodkaflasche in einem Zug und sagte: »Emma und ich rasten sofort auf den Geschriebenstein hinauf und holten ihren Wagen. Dort stand das Auto von Isabella und hatte eine Reifenpanne. Wir suchten Emmas Handy, fanden es in der Finsternis und im Schnee jedoch nicht. Es überraschte mich, als ich am nächsten Tag von Emma erfuhr, dass Isabella doch entführt worden war. Ich rief sofort meinen Freund an. Das Erpresserschreiben hatten die Kidnapper schon abgeschickt. So lief alles perfekt für den ungarischen Frächter Horvath, obwohl Isabella von seinen Ganoven gar nicht entführt worden war. Die Pilachers kamen nicht zur Versteigerung.«

Die drei Männer saßen eine Weile schweigend in dem kleinen Raum. Plötzlich fielen Anton die letzten Sätze von Michaels anonymem Schreiben ein und er fragte: »Könnten die beiden Kidnapper gesehen haben, dass Ladener sie verfolgte, und ihn getötet haben?«

»Nein, von ihm redeten sie nicht. Wie gesagt, sie fürchteten nur eine Weile, dass ihnen jemand hinterhergefahren war. Ich habe Angst«, sagte Gergö. »Sie haben uns mit dem Tod gedroht, wenn wir über die Angelegenheit sprechen.«

»Falls sich die Richtigkeit Ihrer Angaben bestätigt, werden wir probieren, Sie aus der Sache herauszuhalten«, versicherte Geigensauer.

»Versuchen ist wenig«, erwiderte Gergö.

»Sie hätten melden müssen, was Sie wissen.«

»Dafür halte ich meinen Kopf nicht hin.«

»Man hätte Sie beschützt.«

»Dann veranlassen Sie es doch jetzt.«

»Wie heißt Ihr Freund?«, versuchte Anton sein Glück.

»Das sage ich Ihnen nicht.«

»Schade.«

»Ich habe Angst um mich und Emma.«

Timischl und Geigensauer schauten einander kurz an.

»Bis der Fall gelöst ist und die beiden in Haft sind, erhalten Sie und Emma Personenschutz«, erklärte Anton.

»Sie wird nicht verhaftet?«, fragte Gergö.

»Falls alles seine Richtigkeit hat, nein.«

Der Mechaniker wirkte beruhigt.

Kaum hatten ihn die beiden Ermittler verlassen, rief er Emma an. Dann legte er sich auf sein Bett. Der Alkohol hatte ihn müde gemacht.

»Du glaubst ihm alles, was er erzählt hat?«, fragte Timischl, als sie ihre Autos erreichten.

»Es gibt keinen Widerspruch zum Bericht von Ladener«, meinte Geigensauer. »Das spricht für Gergös Darstellung. Ob er mehr an der missglückten Entführung beteiligt war, als er zugibt, werden wir sehen.«

»Und wenn das fehlgeschlagene Kidnapping erfunden ist?«, zweifelte Timischl. »Wir werden unbedingt die ungarischen Kollegen informieren. Sie müssen den Freund von Gergö auftreiben und verhören.«

Anton nickte.

»Ein Antrag auf Personenschutz wird kaum genehmigt werden«, warf Timischl ein.

»Dessen bin ich mir bewusst. Wir werden veranlassen, dass die beiden überwacht werden. Das kommt letztlich auf dasselbe hinaus.«

»Wer hat Johannes erpresst, wo ist Isabella?«, fragte Timischl erschöpft.

»Noch gibt es nicht auf alles eine Antwort«, erwiderte Geigensauer. »Trotzdem habe ich den Eindruck, wir kommen der Lösung näher.«

»Hoffentlich«, antwortete sein Kollege. »Schließen wir für heute die Ermittlungen ab!«

»Ich fahre noch einmal zu Emma«, sagte Anton.

Timischls Handy brummte. Er sah sich die Nachricht an.

»Dr. Humer ist sich zu hundert Prozent sicher, dass Johannes Pilacher und Michael Ladener mit demselben Eisenstab erschlagen wurden. Genspuren von beiden sind auf der Stange, die an der Pinka lag.«

»Wir rücken dem Mörder auf den Pelz«, war Geigensauer optimistisch.

»Los, sonst nicke ich am Steuer ein!«, drängte Timischl.

»Mit Emma spreche ich allein. Fahr heim, verständige die ungarischen Kollegen und schlaf dich aus!«, schlug Anton vor.

»Ok, danke«, stimmte Timischl nach kurzem Zögern zu. »Morgen ist Sonntag. Ich bin zu Mittag bei einem Freund am Eisenberg eingeladen.«

»Kein Problem«, erwiderte Geigensauer. »Wenn etwas

Wichtiges vorfällt, ruf ich dich an. Ansonsten treffen wir uns morgen um 14 Uhr bei mir zu einer Lagebesprechung.«

Um 22 Uhr war Geigensauer wieder in Oberwart. Es brannte Licht im Haus. Er klingelte. Bald näherte sich jemand der Tür, ohne gleich zu öffnen. Anton hörte, wie die Abdeckung des Spions weggedreht wurde. Zweimal wurde der Schlüssel im Schloss umgedreht. Das Tor wurde geöffnet und diesmal empfing ihn Emma.

»Nicht einmal in der Nacht hat man seine Ruhe«, sagte sie anstatt einer Begrüßung.

»Es ist spät, aber ich habe Fragen an Sie«, entschuldigte sich Anton.

»Wenn es sein muss«, erwiderte sie und machte keine Anstalten, ihn ins Haus zu bitten.

»Hat Gergö Sie vor Kurzem angerufen?«

»Ist das verboten?«

»Nein. Es verkürzt das Gespräch, wenn Sie wissen, was er uns erzählt hat.«

»Wir haben vor wenigen Minuten miteinander telefoniert.«

»Warum haben Sie mir nicht berichtet, was Ihnen zugestoßen ist?«

»Das fragen Sie mich, obwohl Sie jetzt alles gehört haben? Ich habe Angst. Manchmal untertags, immer in der Nacht. Sind Sie schon einmal überfallen, gefesselt und entführt worden?«

»Nein, doch ist das nicht Grund genug, sich bei der Polizei melden?«

»Die Verbrecher haben gedroht, sie bringen uns um, wenn wir nur ein Wort sagen. Ich habe Angst, dass die Ganoven uns jetzt töten.«

»Wir sind nicht in Sizilien bei der Camorra. Unsere Beamten werden Sie beschützen.«

»Hoffentlich«, erwiderte Emma wenig überzeugt. »Sie haben diese brutalen Kerle nicht gesehen. Wann kommt der Personenschutz?«

»In Kürze. Ist Ihnen etwas am Geschriebenstein aufgefallen, als Sie gemeinsam mit Gergö ihr Auto abgeholt haben?«

»Nein. Nur der neue Wagen von Isabella stand dort mit einer Reifenpanne.«

»Danke, das ist für heute alles. Gute Nacht«, verabschiedete sich Geigensauer. Emma schloss wortlos die Tür. Der Nebel war dichter und Anton brauchte für die Fahrt von Oberwart nach Güttenbach doppelt so lange wie sonst.

Josef und Jane schliefen und Anton setzte sich mit einem Glas Rotwein vom Csaterberg in die Küche. Er überdachte Geschehen und Ermittlungsergebnisse der letzten Nacht und des heutigen Tages genau. Angenommen, die Erzählung von Gergö und Emma hatte einen wahren Kern, dann war die Entführung von Isabella missglückt. Aufgrund der Übereinstimmung mit dem anonymen Schreiben von Ladener nahm er das einmal an. Wie weit die beiden in das schiefgelaufene Kidnapping verwickelt waren, blieb vorerst unwichtig.

Er konzentrierte seine Gedanken auf das, was geschehen war, nachdem die Entführer mit Emma den Geschriebenstein verlassen hatten. Michael und Isabella saßen ohne Autoschlüssel und Handy in finsterer Nacht auf dem Parkplatz. Eher selten fuhren um diese Uhrzeit Autos über die Passhöhe. Sie könnten jemanden aufgehalten haben, der die beiden mitnahm. Naheliegend wäre, dass sie das Gesehene der Polizei in Rechnitz meldeten. Das taten sie nicht. Was erzählten sie einem Helfer, falls es einen solchen gab? Sicher nichts von der Entführung. Das hätte dieser weitererzählt. Wo und wann war Isabella verschollen? Er fixierte seine Gedanken auf Michael. Von seinem Verbleiben bis zum Tod war doch einiges bekannt. Anton versuchte, sich das Geschehene vorzustellen. Ladener erreicht Güttenbach, per Taxi oder Anhalter oder ein Freund hilft ihm. Letzteres schloss Geigensauer aus. Dieser Kamerad hätte sich nach dem Mord sicher gemeldet. Der Bericht über die Gewalttat stand ja in allen Zeitungen. Wie er auch immer heimkommt, er holt sich zu Hause seinen Zweitschlüssel und lässt sich wieder auf den Geschriebenstein bringen. Dann fährt er sofort nach St. Magdalena am Lemberg und telefoniert anonym mit der Polizei.

Eine kurze Rechnung zeigte Anton, dass dies zeitlich fast unmöglich war. Die Strecke Geschriebenstein – Güttenbach – Geschriebenstein – St. Magdalena konnte im Zeitraum zwischen 19 Uhr 45 und dem Anruf um 21 Uhr 30 nur zurückgelegt werden, wenn man wie verrückt durch Nacht und Regen raste. Warum sollte er das tun? Außerdem war es unwahrscheinlich, dass Isabella und Michael sofort jemanden aufhielten, der sie mitnahm.

Die einzige Alternative war, dass er den Wagen selbst gestartet hatte. Doch wie? Hatte er den Zweitschlüssel bei sich? Anton fiel die eingeschlagene Heckscheibe ein. Angenommen Ladener hatte die Ersatzfernbedienung im Fahrzeug, dann hätte er die Scheibe mit einem Stein einschlagen und mit ihrer Hilfe wegfahren können. Das Aufbewahren im Auto war nur möglich, wenn die Batterie leer oder entnommen war. Geigensauer erinnerte sich an die geöffnete Verpackung einer Knopfbatterie, die er in Michaels Wagen auf der Fußmatte des Beifahrersitzes gesehen hatte. Eine äußerst ungewöhnliche Vorgangsweise, aber Anton war bald überzeugt, dass Ladener die zweite Fernbedienung und eine Batterie mitführte. Er schlug die Heckscheibe mit einem Stein ein, gelangte so zum Schlüssel und der Batterie und konnte daher so schnell wegfahren, dass er die Entführer einholte, im Auge behielt und sah, wie sie zur

Möbelfabrik abbogen. Das würde auch erklären, warum sich die Kidnapper verfolgt fühlten, wie Gergö berichtet hatte.

Geigensauer stand auf und schritt in der Küche auf und ab. So konnte er sich besser konzentrieren. Warum fuhr Ladener nicht sofort zur Polizei und meldete das Verbrechen? Der dichte Nebel, der über vielen Details gelegen war, fing an, sich zu lichten. Michael hatte Isabella im Wagen und diese wollte sicher auf keinen Fall der Öffentlichkeit preisgeben, dass sie einander wieder getroffen hatten. Sie durften die Polizei erst informieren, wenn Isabellas Fahrzeug nicht mehr auf der Passhöhe stand. Um ihr Auto wegzubringen, benötigten sie jedoch dessen Zweitschlüssel. Dieser, da war sich Geigensauer ganz sicher, lag zu diesem Zeitpunkt noch auf Isabellas Schreibtisch beim Typenschein. Bei der Spedition konnte Ladener seine Geliebte nicht absetzen. Es war zu gefährlich, dass sie dabei beobachtet wurden. Er hatte sie daher vermutlich nicht weit weg von ihrem Haus aussteigen lassen. Anton nahm sich vor, morgen nach einer solchen Möglichkeit zu suchen. Isabella kommt ohne ihren Wagen heim. Was erzählt sie, wenn sie jemandem begegnet, überlegte Geigensauer?

›Kurz vor der Passhöhe verlor ein Reifen seine Luft und ich musste anhalten. Da ich das Handy bei meiner Schwester vergessen hatte, ein Unglück kommt selten allein, konnte ich nicht anrufen. Ich hielt einen Autofahrer auf und der brachte mich zur Spedition.‹

So ähnlich hätte sie argumentieren können, war Anton überzeugt. Damit klärte sich, warum ihr Reifen aufgestochen war. Vermutlich hatte das Ladener erledigt. Vielleicht begegnete Isabella niemandem, holte sich den Ersatzschlüssel und fuhr mit einem Taxi zur Passhöhe. Auch möglich war, dass Sie jemanden aus der Familie bat, sie hinaufzuführen. Was war dann geschehen? Der Zweitschlüssel lag auf dem Fahrersitz und Isabellas Blut war im Kofferraum. Warum sperrte man die verletzte Isabella in ihrem Wagen ein? Hatte man mit dem Auto eine Fahrt unternommen und es wieder abgestellt? Ohne Luft im Reifen. So sehr sich Anton anstrengte, er kam zu keinem befriedigenden Ergebnis. Bis zu dem Zeitpunkt, an dem Michael seine Geliebte bei der Spedition abgesetzt hatte, schien alles klar zu sein. Was später mit ihr geschah, blieb im Dunkeln. Anders verhielt es sich mit Ladener. Geigensauer hatte kein Problem, sich vorzustellen, was Michael in der Folge unternommen hatte. Kaum hatte er seiner Freundin geholfen, fiel ihm das arme Entführungsopfer ein. Er wollte diesem helfen, doch da er noch nicht informiert war, ob Isabella ihren Wagen abgeholt hatte, meldete er telefonisch nur, dass jemand entführt und in die alte Fabrik gebracht worden war. Dann verfasste er das anonyme Schreiben und warf es in den Briefkasten. Er war sich sicher, dass es die Polizei erst erreichen würde, wenn seine Freundin ihren Wagen längst heimgefahren hätte. Zuletzt erinnerte sich Anton an die Ergebnisse der Nachforschungen bei den Banken, die mehr als aufschlussreich waren. Er würde unbedingt einen Hausdurchsuchungsbefehl benötigen, um diesen Fall zu beenden. Sein Verdacht, wer der Täter sein könnte, hatte sich erhärtet.

Sonntag

Ihre Uhr zeigte es an. Es war Sonntag zeitig in der Früh. Angst und Verzweiflung waren nicht zu bändigen. Sie hatte die ganze Nacht nicht geschlafen. Es blieb ihr nur die eine Hoffnung, dass die Polizei sie finden würde. Ihre Zuversicht in die Arbeit der Ermittler war nicht groß, zu raffiniert der Plan und zu perfekt die Ausführung. In ein paar Tagen würde man sie für tot und die Leiche für unauffindbar halten. Wie einige ähnlich gelagerte Entführungen der letzten Jahre gezeigt hatten, dauerte es oft lange, bis die Opfer gefunden und befreit wurden. Da machte sie sich keinerlei Illusionen. Sie beschloss, einen Ausbruchsversuch zu wagen, und betrachtete die Vergitterung näher. Sie war in den Wänden links und rechts tief verankert und reichte bis auf wenige Zentimeter an den Boden und den Plafond heran. Sie rüttelte am Gitter, obwohl sie überzeugt war, dass ihr Bemühen sinnlos war. Es rührte sich nicht. Außer dem Bett, dem Kühlschrank, dem Mikrowellenherd und einer Kiste Mineralwasser stand nichts im Raum. Sie suchte vergeblich nach etwas, das sie als Werkzeug einsetzen könnte. Schließlich fiel ihr der Verschluss vom Zipp ihrer Jeans ein. Sie zog die Hose aus und fing an, mit dem kleinen Metallstück am Estrich des Bodens unterhalb des Gitters zu kratzen. Irgendeiner Beschäftigung musste sie nachgehen.

Geigensauer erwachte. Das Bett neben ihm war leer. Er hörte die Stimmen von Jane und Josef aus der Küche. Er schaute auf sein Handy. Eine neue Nachricht von Timischl war eingetroffen. Es gab bisher keine Rückmeldung der ungarischen Kollegen.

»Ich werde mit euch den Gottesdienst besuchen«, sagte er, als er die Küche betrat.

»Dann beeil dich«, meinte Jane mit einem Blick auf die Uhr. »Wir werden bald fahren.«

»Am Abend wirst du mir drei Mausgeschichten erzählen«, sagte Josef voller Vorfreude und trank seinen Kakao.

»Ich werde mir drei ausdenken«, versicherte Anton und eilte ins Badezimmer.

Sie erreichten den Kirchenplatz rechtzeitig und fanden einen der letzten freien Parkplätze. Josef, der die Autos des Ortes ihren Besitzern zuordnen konnte, zeigte auf einen Audi und meinte: »Das ist der Wagen von Jörg. Er ist sicher schon auf der Empore.«

Dieser Teil der Kirche, wo die Orgel stand, war nach wie vor den Männern vorbehalten. Wenigstens dort oben hatte alles seine alte, patriarchalische Ordnung, wenn schon im Kirchenschiff Männlein und Weiblein nebeneinandersaßen. Vor der Kirche stand eine Krippe mit großen Figuren, die Josef gerne bewunderte. Der Gottesdienst war in deutscher und kroatischer Sprache. Die kroatischen Anteile verstand Josef besser als Jane und Anton, denn Jörg lernte ihm bei jedem Besuch ein paar Brocken kroatisch, und der Kindergarten, den er besuchte, war zweisprachig.

Als sie nach der Messe die Kirche verließen, wartete Drubovic bereits am Kirchenplatz, denn die Männer legten Wert darauf, das Gotteshaus vor den Frauen zu verlassen. Man sprach über dieses und jenes und Anton lud Jörg für den Nachmittag zur Jause ein. Dann fuhren sie los und Drubovic ging ins Gasthaus.

Daheim fand Geigensauer auf seinem Handy, das er zu Hause gelassen hatte, eine Sprachnachricht von Timischl vor.

»Hallo Anton. Die Ungarn haben sich trotz Wochenende angestrengt. Sie haben den Freund von Gergö gefunden und ihn sich heute Früh vorgeknöpft. Kurz hat er geleugnet, dann bestätigt, was uns der Mechaniker gestern erzählt hat, und die Verantwortung auf den Spediteur Horvath geschoben. Dieser wird eben vernommen und nach den beiden Kriminellen, die er für das Kidnapping gedungen hat, wird gefahndet. Bin um 14 Uhr bei dir, dann überlegen wir uns die weitere Vorgangsweise. Grüße Timischl.«

Beinahe hätte er dem Freund von der angestrebten Hausdurchsuchung bei Karl geschrieben, dann hob er dies für das Treffen am Nachmittag auf. Es war gegen 11 Uhr und Anton beschloss, nicht auf Timischl zu warten, sondern sofort zur Spedition zu fahren und die Familie Pilacher mit der neuesten Entwicklung zu konfrontieren. Während der Fahrt lichtete sich der Nebel und die schneebedeckte Landschaft erstrahlte im Sonnenlicht. Rasch war die Temperatur über den Nullpunkt gestiegen und von den Ästen der Bäume fiel der tauende Schnee herab. Er blieb vor dem Haus des alten Pilachers stehen.

Bevor er anläutete, schaute er sich genau um, wo Michael seine Freundin abgesetzt haben könnte, ohne dass sie dabei gesehen worden wären. Die Zufahrt zur Spedition an der Straße war denkbar ungeeignet. Auf dem Weg vorbei an den Hallen, der Werkstatt, dem Büro und dem Haus des alten Pilachers wäre Isabella bestimmt jemandem aufgefallen. Daher suchte Geigensauer andere Zufahrtsmöglichkeiten. Eine war der Feldweg, der zur Kapelle hinausführte. Auf ihn hätten sie von Burg oder Schandorf kommen können, ein ziemlicher Umweg. Hinter dem Haus von Johannes lag das seines Bruders und entlang der beiden Gebäude verlief eine asphaltierte Straße, auf der

Karls Wagen, ein Pick-up, parkte. Dorthin lenkte Anton seine Schritte. Die Zufahrt ging in einen Feldweg über, der, wie die Reifenspuren im Schnee zeigten, häufig benutzt wurde. Geigensauer schlug diesen Weg ein. Er lief in eine Senke hinunter, wo ein kleiner Bach floss. Die weiße Pracht schmolz in der Sonne rasch und vermischte sich mit dem nassen Lehm, sodass an seinen Schuhen bald riesige Erdklumpen hingen. Es ging auf der anderen Seite wieder bergauf und Anton sah, dass der Feldweg in einer Rechtskurve zur Straße führte.

Wenn Michael und Isabella diese Route gewählt hatten, hätte sie in der Mulde aussteigen können, ohne dass jemand den Wagen von Michael bemerkt hätte. Sie wäre auf dem Weg zu ihrem Haus nur an Karls Bungalow vorbeigekommen.

Anton kehrte um. Auf dem Rückweg erinnerte er sich wieder an den Ersatzschlüssel, der in Isabellas Auto gelegen war. Es fiel ihm eine wirklich treffende Erklärung dafür ein. Am Beginn des asphaltierten Weges reinigte er in einem Schneehaufen seine Schuhe, schritt dann zum Haus des alten Pilachers und läutete an.

Der Senior-Chef öffnete ihm persönlich.

»Grüß Gott, Herr Geigensauer, heute ist Sonntag«, sagte er freundlich. »Ist es wichtig?«

»Ich denke schon«, erwiderte Anton.

»Dann treten Sie bitte ein!«

»Danke.«

Geigensauer schlüpfte aus seinen Schuhen.

»Die können Sie anlassen.«

»Lieber nicht. Sie sind ein wenig schlammig. Ich werde zuerst mit Ihnen sprechen und dann mit den anderen Familienmitgliedern.«

»Da haben Sie Glück. Es sind alle versammelt. Am Sonntag essen wir immer gemeinsam. Das ist alte Familientradition.«

Er führte Anton ins Wohnzimmer. Der Tisch war gedeckt und Karl und Wolfgang saßen in der Sitzecke. Der eine las Zeitung und der andere surfte am Handy.

»Kommissar Geigensauer, welche Überraschung«, meinte Karl und legte die ›Krone‹ beiseite. »Bitte, nehmen Sie doch Platz!«

Anton lehnte ab, blieb stehen und hatte keine Lust, ihn aufzuklären, dass er nicht diesen Titel führte. Wolfgang sagte nur »Hallo« und steckte das Handy ein.

»Elisabeth«, rief der alte Pilacher Richtung Küche, »Herr Geigensauer ist hier mit wichtigen Nachrichten.«

Die Frau kochte und die Männer lasen Zeitung. Christus kam nur bis Eboli. Die Gleichberechtigung nur bis Oberwart? Augenblicke später kam Elisabeth zu ihnen. Diesmal war ihr kastanienbraunes Haar gelockt und offen und das Gesicht geschminkt. Sie war als Einzige der Anwesenden in Schwarz gekleidet. Wolfgang, der Künstler, hat Geschmack, bewunderte ihn Anton. Er hatte dessen Frau nicht so anziehend in Erinnerung.

»Hoffentlich vergesse ich nicht auf das Huhn. Es ist im Rohr«, meinte sie, die umgebundene Schürze abnehmend. »Darf ich Ihnen etwas zu trinken anbieten?«

»Danke. Momentan nicht.«

Sie blieb stehen und lehnte sich an die Kommode. Der alte Pilacher setzte sich zwischen Sohn und Schwiegersohn. »Bitte, wir sind ganz Ohr.«

Geigensauer erzählte Ihnen alles über die missglückte Entführung. Er kam sich vor wie Hercule Poirot, wenn er die Verdächtigen zu Ende eines Falles zusammenkommen ließ, um den Mörder zu entlarven. Nur leider hatte er erst seit Kurzem eine Vermutung bezüglich des Täters. Keiner der Familie unterbrach ihn und Anton fiel bei niemandem eine bemerkenswerte

Reaktion auf. Mit »Wir wissen gar nicht, ob Isabella überhaupt entführt wurde, wir haben nur die Tatsache, dass sie abgängig ist« beendete er seinen Bericht.

Von seinen Überlegungen, wie Michael von der Passhöhe der Geschriebensteinstraße weggekommen war, erzählt er ihnen vorerst nichts.

»Gut, dass Johannes nicht mehr erfuhr, dass Isi am Geschriebenstein ein Stelldichein mit Ladener hatte«, meldete sich Elisabeth als Erste zu Wort. »Er hätte durchgedreht. Sie ist eine echte Nymphomanin. Zuerst macht sie sich an dich heran.« Sie schaute auf ihren Vater. »Später war Karl an der Reihe, dann Johannes, zuletzt der Fitnessklubbesitzer. Der Nächste wirst du sein, Wolfgang.«

»Für ein Aktbild hat sie sich schon angemeldet«, sagte dieser.

»Du hast zugesagt?«, fragte Elisabeth verwundert und verärgert zugleich.

»War nur ein Witz«, lachte ihr Gatte.

»Hoffentlich bekommen der ungarische Frächter und seine Helfershelfer die gerechte Strafe«, forderte der alte Pilacher. »Gergö wird einen neuen Arbeitsplatz brauchen. Diese Mafia hat verhindert, dass wir billig in Ungarn Fuß fassen.«

»Das ist doch nur ein Schwindel dieser Ganoven«, zweifelte Karl. »Diese Geschichte haben sie sich ausgedacht, um mit möglichst wenig Strafe davonzukommen. Wer sonst sollte Isabella verschleppen und die fünfzigtausend Euro erpressen? Vielleicht ist sie bei der Entführung verstorben, erstickt, ihren Verletzungen erlegen? Schließlich war ihr Blut im Kofferraum. Herr Geigensauer, Sie halten diese Hirngespinste für wahr?«

»Ja, möglicherweise stimmen nicht alle Details, aber im Wesentlichen wird es so abgelaufen sein. Einerseits passt es mit den Schilderungen aus dem anonymen Schreiben von Ladener zusammen und andererseits sprechen die Positionen der Autos auf der Passhöhe dafür. Außerdem bin ich davon überzeugt, dass Emma nicht lügt.«

»Sie ist die Freundin von Gergö. Ich bitte Sie, was wird sie sagen«, ärgerte sich Karl. »Das sieht ein kleines Kind, dass die ungarische Mafia Geld von Johannes erpresst hat. Sein Fehler war, sich zu wehren, sonst würde er am Leben sein. Sie werden sehen, in ein paar Tagen taucht die Leiche meiner Schwägerin auf.«

»Hoffentlich nicht. Ladener haben sie auch umgebracht?«, fragte Elisabeth.

»Vielleicht waren es die Kidnapper, weil er sie beobachtet hatte«, sagte Karl. »Möglich wäre, dass dieser Mord mit Isabellas Entführung in keiner Verbindung steht. Ein eifersüchtiger Liebhaber, den wir nicht kennen, könnte der Killer von Ladener sein. Man sollte in alle Richtungen ermitteln.«

Karl hatte vollkommen recht mit seinen letzten Worten, doch Geigensauer behielt es für sich.

»Zwei verschiedene Mörder halte ich für extrem unwahrscheinlich«, sagte der alte Pilacher, stand auf, streckte sich und schritt im Zimmer auf und ab.

»Wir wissen seit gestern, dass die beiden mit der gleichen Eisenstange erschlagen worden sind. Es gibt nur einen Täter«, warf Geigensauer ein.

»Dann waren es die Verbrecher aus Ungarn?«, überlegte Elisabeth.

»In ein paar Stunden werden wir mehr wissen«, sagte Anton. »Die ungarischen Kollegen verhaften und verhören momentan die Verdächtigen.«

»Mein Gott, jetzt hätte ich bald das Huhn vergessen.«

Elisabeth eilte in die Küche und kam wieder zurück.

»Das ist sich ausgegangen. Das Essen wäre fertig. Wollen Sie mit uns speisen?«

»Nein, danke. Meine Familie wartet zu Hause auf mich«, erwiderte Anton und in der Art von Inspektor Columbo sagte er: »Da hätte ich noch eine kleine Frage. Hat jemand von Ihnen Montagabend nach 19 Uhr Isabella am Gelände oder in der Umgebung der Spedition gesehen?«

Das Erstaunen über die Frage war allen ins Gesicht geschrieben.

Elisabeth und Wolfgang schüttelten den Kopf, und der alte Pilacher fragte: »Wie kommen Sie auf die Idee, dass sie hier war, wenn ihr Wagen auf der Passhöhe des Geschriebenstein stand?«

»Als wir Isabellas Auto fanden, lag am Beifahrersitz ein Autoschlüssel für das Fahrzeug. Wie sich jetzt herausgestellt hat, die Ersatzfernbedienung. Denn die andere hatten die Ganoven an sich genommen und in den Straßengraben geworfen. In ihrem Arbeitszimmer am Schreibtisch liegen der Typenschein und der Versicherungsvertrag. Der Zweitschlüssel war sicher ursprünglich dort. Ich nehme an, dass sie ihn geholt hat, um das Auto heimzufahren. Dabei könnte sie jemand gesehen haben.«

»Ich nicht«, stellte der alte Pilacher fest.

»Ich auch nicht«, sagte Karl. »Wie soll sie von der Passhöhe hierher gekommen sein?«

»Autostopp oder Ladener hat sie mitgenommen«, schlug Elisabeth vor.

»Wie ist er ohne Fernbedienung und Handy weggefahren? Schließlich wurde er zu Hause ermordet«, beteiligte sich Wolfgang am Gespräch.

»Er hatte einen Zweitschlüssel in seinem Wagen und schlug die Heckscheibe ein, um zu ihm zu gelangen. Das wissen wir«, erklärte Anton.

»Isabella hätte auch ihre Ersatzfernbedienung mitführen können«, überlegte Wolfgang.

»Dann wäre sie sicher heimgefahren«, erwiderte der alte Pilacher.

»Warum haben Michael und Isabella der Polizei nicht sofort die Entführung gemeldet?«, fragte Elisabeth in die Runde.

»Isabella wollte sicher nicht, dass Johannes etwas erfährt«, meinte Karl.

»Wie gesagt«, wiederholte Geigensauer, »sie war hier und hat sich ihren Schlüssel geholt.«

»Wie kam sie wieder auf die Passhöhe?«, fragte Wolfgang.

»Du hättest Polizist werden sollen«, erwiderte Karl ironisch lächelnd. »Du denkst an alles. Entweder mit Ladener oder sie hat ein Taxi genommen.«

»Mit Michael Ladener sicher nicht«, sagte Geigensauer. »Das ist zeitlich wegen seines Anrufs aus St. Magdalena nicht möglich.«

»Dann hat sie ein Taxi bestellt und niemand hat etwas davon bemerkt?«, zweifelte Elisabeth.

»Auf jeden Fall ist sie oben mit dem Schlüssel angekommen, sonst wäre er nicht auf der Passhöhe«, hielt der alte Pilacher fest.

»Dort wurde sie überfallen, zusammengeschlagen und in den Kofferraum gesteckt«, überlegte Wolfgang.

»Von wem?«, fragte Elisabeth. »Niemand hatte eine Ahnung, dass sie zurückkehrt.«

»Zufall?«, warf Karl fragend ein.

»Selbst wenn es so war, warum steckt er sie in den Kofferraum und nimmt sie später heraus?«, fragte sich Wolfgang.

»Er hat sie irgendwo in einen Wald geführt, verscharrt und dann das Auto wieder abgestellt«, schlug Karl vor. »Was nimmt die Polizei an?«, wandte er sich an Anton.

»Es wäre auch denkbar, dass nicht Isabella den Schlüssel hinaufbrachte, sondern jemand anderer«, erwiderte Geigensauer.

»Der ihr half«, ergänzte Wolfgang.

»Oder ihr die Fernbedienung wegnahm?«, sagte Anton.

»Wie kam dann ihr Blut in den Kofferraum?«, entgegnete Karl.

»Wir ermitteln weiter. Falls Ihnen aufgrund der neuen Erkenntnisse irgendetwas auffällt, melden Sie sich bitte bei mir. Ich werde Sie nicht länger von der Mahlzeit abhalten. Guten Appetit und einen schönen Sonntag«, verabschiedete sich Geigensauer.

Nachdem sie gegessen hatten, traten Timischl und sein Freund vor das Kellerstöckl in den Weingarten. Der Wind hatte den Nebel verblasen und vor der weißen Hausmauer wärmte die Dezembersonne angenehm. Das verschneite Pinkatal erstrahlte im gleißenden Sonnenlicht und der Blick reichte bis weit in die ungarische Tiefebene hinein. Sein Freund gab ihm einen Feldstecher und meinte: »Es ist wieder einiges los am Weinberg, es wird gebaut und renoviert.«

Timischl schaute zunächst mit dem Gucker in die Ortschaft Eisenberg hinunter und schwenkte dann das Pinkatal entlang von Deutsch-Schützen und Bildein nach Eberau und Gaas. Über Ungarn kehrte er zu den Weingärten und Kellern des Weinberges zurück, die in einem weiten Bogen vor ihm lagen. Einige hundert Meter entfernt glänzte ein renovierter Weinkeller. Die hellgelben Mauern und das rote Ziegeldach waren weithin zu sehen. Ein Pick-up fuhr in Timischls Blickfeld und blieb auf der Rückseite des frisch hergerichteten Kellers zwischen dem Gebäude und den ins Tal abfallenden Weingärten stehen. Es war etwas zu weit weg, um eine Person genau zu erkennen, doch er vermutete, dass Karl Pilacher aus dem Wagen ausstieg.

»Stell bitte die Vergrößerung stärker ein!«, bat er seinen Freund und reichte ihm den Feldstecher.

»Gerne, doch dann wird es schwierig, das Detail zu finden, das man sehen will.«

Er drehte an einer der Einstellschrauben und gab Timischl das Fernglas zurück. Tatsächlich benötigte er einige Zeit, bis er den Pick-up wieder in seinem Bildausschnitt erkennen konnte. Der Fahrer war zunächst nicht mehr zu sehen, doch dann kam er aus dem Keller.

Es war Karl. Er hob zwei große Einkaufstaschen von der Ladefläche und trug sie in das Gebäude hinein.

»Was siehst du?«, war sein Freund neugierig.

»Wer wohnt in dem frisch renovierten gelben Keller mit dem roten Dach?«, fragte Timischl, anstatt eine Antwort zu geben.

»Karl, ein Sohn vom alten Pilacher, von der Spedition. Er baut schon zwei Jahre lang um. Das ist sein Hobby. Sein Bruder ist die Woche ermordet worden, nachdem man seine Gattin entführt hatte. Der ganze Bezirk hat nur dieses eine Gesprächsthema. Ich nehme an, du bist mit der Aufklärung des Verbrechens beschäftigt.«

Timischl nickte, ohne den Feldstecher abzusetzen. Karl kam wieder zu seinem Wagen, trat zum Beifahrersitz und nahm ein buntes Päckchen heraus. Timischl erkannte es, denn seine Frau verwendete die gleichen. Pilacher kehrte damit ins Haus zurück, kam bald wieder und fuhr weg. Timischl gab das Fernglas dem Freund retour.

»Beste Qualität. Mit ihm kannst du beim Nachbarn in der Zeitung mitlesen. Eine Zeit lang hatte ich vor, einen Keller zu kaufen und herzurichten, doch damals war nichts Passendes am Markt und jetzt bin ich zum Hausbauen zu alt und zum renovieren-Lassen zu wenig reich.«

»Du kannst jederzeit vorbeikommen. Du bist immer ein gern gesehener Gast«, erwiderte sein Freund.

»Danke für das Angebot. Ich werde jetzt aufbrechen, denn

ich habe um 14 Uhr einen Termin mit meinem Kollegen, Anton Geigensauer.«

»Viel Erfolg bei der Suche nach dem Mörder!«

Timischl verabschiedete sich und fuhr mit seinem Wagen bis zum Kellerstöckl von Karl. Er hielt sein Auto gegenüber an und schritt zur Eingangstür. Sie war verschlossen. Er umrundete das Gebäude. Auch die Tür, die vom Weingarten in den Keller führte, war abgesperrt, das Fenster daneben verriegelt. Er holte von seinem Wagen eine Tasche mit Spezialwerkzeug und tat, was ihm überhaupt nicht erlaubt war. In wenigen Sekunden hatte er die Tür geöffnet. Nicht umsonst hatte er vor vielen Jahren bei einem Schlüsseldienst gearbeitet.

Er trat ein. In dem kleinen Raum gab es einen Tisch mit Eckbank und zwei Sesseln. Eine Kommode mit Weingläsern und in einer Ecke einen Fernseher. Die Tür, die in das nächste Zimmer führte, war ebenfalls abgeschlossen, ließ sich jedoch mit einem Dietrich öffnen. Timischl betrat den Raum. Hier stand an der linken Wand eine kleine Einbauküche, an der rechten ein großer Kühlschrank mit durchsichtiger Tür zum Kühlen von Weinflaschen und gegenüber dem Eingang lehnte ein Kasten mit einer Doppeltür.

Neugierig, welche Weine vorhanden waren, öffnete er den Eiskasten und entnahm ihm eine Bouteille, deren Etikette er betrachtete. Dabei kam eine der anderen Flaschen, die nicht fachgerecht gelagert war, ins Rollen, fiel zu Boden, zerbrach und ihr Inhalt vergoss sich. Mist, dachte Timischl. Nichts wie weg. Das war kaum ungeschehen zu machen. Er wollte den Raum verlassen, da hörte er einen dumpfen Rumpler, als wäre ein schwerer Gegenstand zu Boden gefallen. Das Geräusch kam nicht von oben, nicht von draußen, es schien aus dem Kasten mit der Doppeltür zu kommen. Er öffnete ihn. Er war leer. Der Lärm wiederholte sich.

Er schob den Schrank zur Seite. Dahinter war eine Tür, die sich mit dem Dietrich ebenso problemlos öffnen ließ. Es folgte eine zweite Tür mit einem Sicherheitsschloss. Da hörte er jemanden »Hallo« rufen. »Ich komme gleich«, schrie er als Antwort und verstärkte seine Anstrengungen.

Gegen 14 Uhr traf Drubovic bei Anton ein. Dieser war mit Josef im Hof und sie fuhren zusammen mit einem Bob durch den Obstgarten. Der Schnee war in der Sonne pappig und der Schneemann hatte einen seiner Arme verloren. Josef blieb allein im Garten und die beiden Männer begaben sich in die Küche, wo Jane an einem schwierigen Sudoku in einer Rätselzeitschrift brütete.

»Wann kommt Timischl?«, fragte Jörg.

»Er müsste jeden Augenblick hier sein«, meinte Anton. »Willst du einen Kaffee?«

»Gerne, bitte.«

Drubovic stellte den mit Alufolie zugedeckten Teller, den er mitgebracht hatte, auf den Tisch, entfernte die Folie und sagte: »Die Nussschnitten habe ich gestern selber gebacken.«

»An Jörg nimm dir ein Beispiel!«, meinte Jane. »Ich bin die Woche nicht zum Backen gekommen. Wir hätten nur Kekse anzubieten.«

»Er wird mir zeigen, wie man sie bäckt«, erwiderte Anton.

»Es ist ein Geheimrezept meiner Großmutter. Die Nüsse sind aus dem eigenen Garten und die Eier von Nachbars Hühnern. Bitte, bedient euch!«

»Ausgezeichnet«, sagte Jane nach dem ersten Bissen.

»Perfekt«, stimmte Anton zu.

»Wie steht es mit euren Ermittlungen?«, fragte Jörg, nachdem sie sich gesetzt hatten. »Bring mich auf den neuesten Stand, bis Timischl kommt!«

Geigensauer erzählte Drubovic, was zuletzt geschehen war, und dieser hörte aufmerksam zu. »Jetzt müsste er langsam hier sein«, meinte Anton am Ende seines Berichtes mit einem Blick auf die Uhr, die auf halb drei zeigte.

»Bei einem Glas Wein vom Eisenberg übersieht man schon einmal die Zeit«, sagte Drubovic lachend.

»Ich gehe ein bisschen zu Josef an die frische Luft«, meinte Jane, stand auf und streckte sich. »Sonst schlafe ich hier ein.« Sie ging in den Hof hinaus.

»Was hast du dir bisher überlegt?«, fragte Drubovic.

»Ich bin fest überzeugt, dass die Geschichte mit der missglückten Entführung wahr ist. Sie passt perfekt dazu, wie die Autos auf der Passhöhe gestanden sind, und stimmt mit Ladeners anonymem Schreiben überein«, antwortete Anton. »Außerdem glaube ich, dass Michael Isabella auf dem Feldweg, der zu Karls Haus führt, abgesetzt hat. Ich denke, dass sie den Zweitschlüssel von ihrem Schreibtisch geholt hat. Zur Frage, was dann geschah, habe ich nur Spekulationen zu bieten. Keiner von der Familie will sie gesehen haben. Es wäre aber naheliegend, jemanden von ihnen zu bitten, sie hinaufzuführen. Die Reifenpanne ist ein perfekter Grund. Sie könnte natürlich auch mit einem Taxi hinaufgefahren sein.«

»Frag bei den Taxiunternehmen nach!«, unterbrach Jörg. »Du hast bisher nur die Familie befragt. Morgen könntest du die Angestellten nochmals verhören.«

»Falls Isabella ein Taxi genommen hat«, sagte Anton, »müsste das jemandem bei der Spedition aufgefallen sein. Wenn das Fahrrad nicht im Keller stünde, hätte ich fast gesagt, sie ist damit hinaufgeradelt.«

»Es ist eine anstrengende Fahrt und bei den damaligen Wetterverhältnissen«, warf Drubovic ein. »Außerdem, wie kam das Bike wieder in den Keller?«

»Sie hat es in ihrem Wagen heimgebracht.«

»Wie kam dann das Auto auf den Geschriebenstein?«

»Das war nur so ein Gedanke. Ich habe schon überlegt, ob ihr nicht jemand den Schlüssel weggenommen hat und sie gar nicht mehr auf der Passhöhe war.«

»Wie kam dann das Blut in den Kofferraum?«, fragte Jörg.

»Ich weiß es nicht. Warum legt man überhaupt die Fernbedienung in den Wagen?«

»Es hinterlässt den Eindruck, sie hätte wegfahren können, ist aber daran gehindert worden«, überlegte Drubovic.

»Kommt Timischl denn gar nicht mehr?«, sagte Anton verärgert, griff zu seinem Handy und rief ihn an. »Ausgeschaltet. Nicht zu fassen.«

»Er wird schon kommen«, beruhigte Jörg. »Wie schaut es mit den Beweggründen für die Verbrechen aus?«

»Für den Mord an Ladener hätten wir nur das Motiv, dass ihn die Entführer beseitigten, weil er sie beobachtet hatte. Johannes wurde von dem ermordet, der ihm den Erpresserbrief schickte. Das Geld ist die Triebfeder. Beide Gewalttaten wurden vom selben Täter begangen, der vermutlich auch für Isabellas Verschwinden verantwortlich ist.«

Drubovic überlegte und antwortete nicht, so fuhr Anton fort: »Karl hat mich im letzten Gespräch heute Vormittag auf eine Idee gebracht. Es könnte jemand sein, der auf Michael und Johannes eifersüchtig war.«

»An wen denkst du?«, fragte Drubovic.

»An Karl zum Beispiel«, antwortete Geigensauer. »Ich habe ihn schon länger auf der Liste der Verdächtigen. Er war in Isabella verknallt und sie ließ ihn abblitzen.«

»Er bringt Michael und seinen Bruder um?«, zweifelte Jörg.

»Möglich ist es und er hat für die Tatzeiten kein Alibi. Ich würde gern sein Haus durchsuchen. Vielleicht würde man dort

Hinweise zu Isabellas Verschwinden finden und manch andere Überraschung.«

»Eine Hausdurchsuchung benötigt handfeste Argumente.«

»Für den Staatsanwalt ist es leider zu wenig. «

»Dann lass die Finger davon«, warnte Drubovic. »Erzähl mir, was du bei Karl zu finden hoffst!«

Er war wieder gekommen. Was er an Nahrungsmitteln angeschleppt hatte, reichte für vierzehn Tage. Auch die Damenbinden hatte er nicht vergessen. Das Kratzen am Boden hatte so wenig bewirkt, dass sie sich nicht einmal die Mühe machte, das Ergebnis vor ihm zu verstecken. Wieder teilte er ihr mit, dass er vorhatte, sie auf Dauer einzusperren. Dann verschwand er. Sicher hatte er vor, mit ihr zu schlafen. Das war die einzige Chance, hier herauszukommen, und die würde sie nützen. Die nächsten zwei Wochen, hatte er versprochen, würde er nicht wiederkommen. Es sollte Gras über die ganze Angelegenheit wachsen. Sie hörte das Zerbrechen von Glas. War er doch zurückgekommen oder arbeitete jemand anderer im Gebäude? Es war einen Versuch wert. Sie schnappte eine Kiste mit Mineralwasser und warf sie mit voller Wucht gegen das Gitter und horchte. Kein Geräusch war zu vernehmen. Sie schleuderte eine zweite. Diesmal hörte sie ein dumpfes Brummen, als würde ein schwerer Gegenstand geschoben. Sie rief wiederholt, so laut sie nur konnte: »Hallo!« Da vernahm sie leise: »Ich komme gleich.« Es war nicht seine Stimme. Ein Fremder kam, um sie zu befreien. Freude und Erleichterung, die sie erfüllten, waren riesig. Etwas schlug dumpf an die Tür. Dann wurde sie aufgesperrt und geöffnet. Der Körper eines Mannes sank in den Raum hinein zu Boden. Dahinter stand Karl mit einer Eisenstange in der Hand und sagte höhnisch lachend: »Jetzt bekommst du Besuch, meine Liebe. Das ist Inspektor Timischl.«

Er legte das Eisen zur Seite und rollte den Körper mit den Füßen in Richtung Gitter. Seine Augen schauten nervös umher und die dicke Unterlippe hatte er so weit nach vorne und oben geschoben, dass sie die Oberlippe fast verdeckte. Für eine Weile hatte es ihr die Rede verschlagen. Er bückte sich und leerte die Taschen von Timischl. Autoschlüssel und Handy nahm er an sich.

»Du bist völlig verrückt«, sagte sie. »Total verrückt.«

»Dann wirst du dein restliches Leben mit einem Irren verbringen«, lachte Karl. Er ging einen Sprung hinaus. Da sah Isabella, dass aus dem Kopf von Timischl Blut floss, doch er lebte, denn er atmete und bewegte die eine Hand ein wenig. Pilacher kehrte zurück, eine Pistole in der Rechten. Er öffnete die Gittertür. Sie wollte sich auf ihn stürzen, aber er zielte sofort auf sie und rief: »Ich habe nichts zu verlieren. Leg dich an der Wand auf den Boden.«

Diesmal hatte sie nur Angst, riesengroße Angst. Sie wich zurück und legte sich nieder. Karl griff Timischl unter die Arme und zog ihn zu Isabella hinein. Dann nahm er Handschellen aus seiner Hosentasche und befestigte eine Hand von Timischl am Gitter.

»Ich hab jetzt keine Zeit. Um den Inspektor kümmere ich mich später. Ich werde mir überlegen, wie ich ihn entsorge. Bis dahin hast du Gesellschaft, falls er nicht an meinem Schlag stirbt. Ich habe perfekt gezielt, doch im letzten Augenblick hat er mich bemerkt und ist etwas ausgewichen.«

Er schloss die Gittertür, verließ den Raum und sperrte die beiden ein. Kaum war er weg, lief Isabella zu Timischl, um sich um ihn zu kümmern. Ihre Hände zitterten vor Aufregung, als sie ihre Jacke unter seinen Kopf schob und überlegte, wie sie die Wunde verbinden würde.

»Warum ich Karl für verdächtig halte?«, sagte Anton zu Drubovic. »Ich gehe davon aus, dass er schon lange geplant hatte, seinen Bruder und Ladener aus dem Weg zu räumen, um sich erneut an Isabella heranzumachen oder sich an ihr zu rächen. Er sah, wie gewalttätig Johannes reagierte, als dieser erfuhr, dass ihn seine Frau betrog. Er beschloss, das auszunützen. Er sorgte dafür, dass sein Bruder brühwarm informiert wurde, dass seine Gattin sich trotz Versöhnung und des geschenkten, neuen Autos erneut mit Michael Ladener verabredet hatte. Er wartete beim Haus von Ladener, bis Johannes dort auftauchte und mit diesem stritt. Dann erschlug er Michael in der Hoffnung, dass der Verdacht auf seinen Bruder fallen würde, was auch geschah. Sollte dieser des Mordes angeklagt und verurteilt werden, hätte er diesen Konkurrenten ebenfalls beseitigt. Zwei Fliegen mit einem Schlag. Doch dieser Plan ging nur zur Hälfte auf, weil Johannes durch die Polizeikontrolle ein Alibi hatte. Die missglückte Entführung Isabellas durch die ungarischen Ganoven half ihm jedoch doppelt. Einerseits konnte er leicht eine Erpressung vortäuschen, uns bei der Kapelle beschäftigen, seinen Bruder in die Falle locken, ihn töten und fünfzigtausend Euro kassieren. Diese Summe vermute ich in seinem Bungalow. Andererseits brachte ihn niemand in Zusammenhang mit dem Verschwinden Isabellas.«

»Jetzt verstehe ich, was du bei ihm suchst«, stimmt Drubovic zu.

»Ich sah«, fuhr Anton fort, »wie er mit einem der beiden Geldsäcke zu seinem Haus schritt. Als er bemerkte, dass ich ihn beobachtete, griff er in seinen Hosensack, zog den Autoschlüssel hervor, und sagte, dass er gedacht hätte, ihn im Vorzimmer vergessen zu haben. Dann kehrte er um und tat so, als ob er das Geld zur Bank bringen würde. Ich habe bei den Hausbanken der Spedition Informationen einholen lassen. Zu diesem Zeitpunkt waren die fünfzigtausend Euro schon einbezahlt. Er hat den anderen Geldbetrag im Sack getragen. Er ist nur weggefahren, um vorzutäuschen, dass er das Geld zur Bank bringt. Die Euros sind sicher in seinem Haus.«

»Karl könnte der Täter sein«, meinte Drubovic nachdenklich. »Vielleicht bekommen wir doch die Erlaubnis für eine Hausdurchsuchung. Was geschah deiner Meinung nach mit Isabella?«

»Keine Ahnung, was er ihr angetan hat, und ob sie noch lebt, aber die Entführungsgeschichte lenkte perfekt von seinen Gewalttaten ab. Er könnte ursprünglich vorgehabt haben, auch ihr Verschwinden dem eifersüchtigen Bruder in die Schuhe zu schieben. Das war jetzt gar nicht mehr notwendig.«

»Warum hat er ihre Leiche in ihrem Wagen transportiert?«, hatte Jörg Bedenken. »Dort hat man ihr Blut gefunden. Wenn er sie bei der Spedition getötet hat, wie hat er sie dann auf die Passhöhe gebracht. In seinem eigenen Auto?«

»Ich kann es nicht sagen«, meinte Anton. »Ein kleines Detail kommt mir von Anfang an seltsam vor. Auf dem Schreibtisch von Isabella lagen die Zulassung und der Versicherungsvertrag des neuen Autos. Jedoch fehlte der Ersatzschlüssel. Diesen hat jemand in ihren Wagen gelegt. Der andere Schlüssel war ihr bei der missglückten Entführung abgenommen und in den Straßengraben geworfen worden.«

Geigensauer ergriff wieder sein Handy und rief Timischl an.

»Ausgeschaltet. Er wird doch in keinen Unfall verwickelt sein«, sagte Anton besorgt.

»Meistens sind es harmlose Gründe«, meinte Jörg. »Es wird sich in Kürze aufklären.«

Isabella hatte, um die Blutung der Platzwunde auf Timischls Kopf zu stillen, mithilfe einer Damenbinde und ihrer Strumpfhose einen Druckverband angelegt. Mit nassen Taschentüchern reinigte und kühlte sie sein Gesicht. Aufgeregt beobachtete sie Atmung und Puls ihres Patienten. Nachdem eine halbe Stunde vergangen war, schlug Timischl die Augen auf und hob die rechte Hand Richtung Kopf. Dabei stieß er einen Schmerzensschrei aus und sagte: »Da ist einiges kaputt gegangen, ich kann den Arm kaum heben.«

»Das wird schon wieder«, meinte Isabella freundlich, die sich freute, dass Timischl bei Bewusstsein war. »Sie sollten etwas trinken.«

Er nickte und sie hielt ihm ein Glas Mineralwasser an die Lippen. »Ist Karl noch hier?«, fragte er besorgt.

»Nein, er hat mir gesagt, dass er erst in zwei Wochen wieder kommen würde, wenn Gras über die Sache gewachsen sei. Warum er früher zurückgekehrt ist, weiß ich nicht.«

Sie wollte Timischl nicht mit der Tatsache beunruhigen, dass Karl versprochen hatte, wiederzukommen, um ihn zu beseitigen.

»Sie haben ihn erkannt, bevor er zuschlug?«, fragte sie.

»Ja. Ein kleines Geräusch verriet ihn, aber es gelang mir nicht mehr, vollständig auszuweichen.«

»Warum sind Sie in den Weinkeller eingedrungen?«

»Ich vermutete, dass Sie hier gefangen gehalten werden.«

»Wie kamen Sie darauf?«

»Ich war bei einem Freund am Eisenberg zu Besuch. Er gab mir seinen Feldstecher, damit ich eine detailreichere Aussicht ins Pinkatal und nach Ungarn hätte. Dabei sah ich zufällig, wie Karl Damenbinden in sein Kellerstöckl trug. Es war keine große Leistung, das mit Ihrem Verschwinden zu kombinieren.«

Erschöpft schloss er wieder die Augen.

»Sie brauchen nicht reden«, sagte Isabella.

Timischl wollte den linken Arm benützen, doch der war mit der Handschelle am Gitter befestigt. Er schlug die Augen auf, schaute hin und meinte: »Schöne Scheiße. Schauen Sie in meinen Taschen nach Handy und Autoschlüssel!«

»Die hat Karl mitgenommen.«

»Wenn er zurückkommt, wird er mich wie ein Schwein abschlachten und verscharren. Wir müssen hier raus, und zwar möglichst schnell.«

»Das werden wir nicht schaffen, doch man wird Sie vermissen und die Polizei wird uns entdecken.«

»Sie hat man bis jetzt auch nicht gefunden.«

Timischl schaute sich um. »Wir werden beim Finden nachhelfen.«

Drubovic und Geigensauer hatten nach der Besprechung der Mordfälle über einige Ereignisse im Ort geplaudert. Anton griff wieder zum Mobiltelefon und rief Timischl an.

»Das Handy ist immer noch ausgeschaltet. Da stimmt etwas nicht.«

»Jetzt mache ich mir langsam Sorgen«, sagte Jörg.

Geigensauers Telefon läutete. In freudiger Erwartung, dass Timischl zurückrufen würde, war Anton enttäuscht, eine unbekannte Nummer zu sehen. Er nahm das Gespräch an.

»Hallo!«

»Hier Karl Pilacher. Störe ich Sie?«

Anton schaltete auf laut, damit Drubovic mithörte.

»Nein, was gibt es?«

»Ich glaube, mir ist etwas Wichtiges aufgefallen.«

»Bitte, erzählen Sie nur!«

»Sonntagnachmittag spaziere ich oft durch die Hallen und die Werkstatt. Wenn niemand anwesend ist, fällt es leichter, alles zu kontrollieren. Es gibt einen kleinen Raum, in dem Gergö immer schläft, falls mitten in der Nacht ein Lastwagen zu überprüfen ist. Man soll nicht in fremdem Eigentum wühlen, doch ich habe mir die Spirituosen in seinem Regal angesehen und dabei eine Schachtel entdeckt. In dieser habe ich einige Fotos von Isabella gefunden. Sie liegt im Sommer oft oben ohne beim Pool. Er hat diese Bilder durch die Hecke, die das Grundstück umgibt, geschossen. Mehr als eigenartig, finden Sie nicht? Ich habe ihn angerufen und unter dem Vorwand zur Spedition gebeten, dass ein Lastwagen mit Motorölproblemen eingetroffen wäre. Sprechen Sie mit ihm. Vielleicht hat er mit Isabellas Verschwinden zu tun.«

»Ok, ich komme vorbei. Bis gleich«, sagte Anton zu.

»Fahr nur, ich kümmere mich unterdessen um Timischl«, meinte Drubovic. »Wie heißt der Freund, bei dem er zu Mittag eingeladen war?«

»Ich glaube, Kozak«, erwiderte Geigensauer und machte sich sofort auf den Weg.

Jane und Josef waren dabei, ein Iglu zu bauen, als Anton aus dem Haus eilte.

»Wo ist Timischl geblieben?«, fragte sie. »Hatte er nicht vor, zu kommen?«

»Ja, er hatte es versprochen. Ich bin besorgt, dass ihm etwas zugestoßen ist. Drubovic kümmert sich darum. Ich fahre noch einmal zur Spedition.«

»Bist du bis abends zurück, um die drei Mausgeschichten zu erzählen?«, erkundigte sich Josef.

»Ich denke, das wird sich ausgehen«, war Anton zuversichtlich.

Der kurze Wintertag neigte sich dem Ende zu, als Geigensauer bei der Spedition eintraf. Er fuhr sofort zum Bungalow und stellte seinen Wagen vor dem Toyota Pick-up ab. Anton war noch nicht ausgestiegen, da kam Karl aus seinem Haus. Er hatte am Fenster stehend auf ihn gewartet.

Er wirkte betont gelassen, doch das Lid des linken Auges flatterte nervös.

»Gergö wird in ein paar Minuten eintreffen«, empfing er Anton. »Begeben wir uns zur Werkstatt!«

Er schritt voraus und meinte: »Der Mechaniker scheint in Isabella verliebt zu sein. Vielleicht hat er Ladener und meinen Bruder getötet, um keine Rivalen zu haben.«

»Ist er nicht Emmas Freund?«, entgegnete Geigensauer.

»Möglich, dass sie nur zur Tarnung dient. In der Nacht, in der Johannes ermordet wurde, war er auf jeden Fall hier. Er führte bei einem Lastwagen ein Service durch.«

»Sie nehmen mir die halbe Arbeit ab«, sagte Anton lachend. Karl schaute ihn überrascht an und meinte dann: »Die ganze Zeit überlegt unsere Familie, wie wir mithelfen können, Isabellas Verschwinden und den Mord an meinem Bruder aufzuklären.«

Sie erreichten die Werkstätte, unmittelbar danach traf Gergö ein. »Nicht einmal am Sonntagnachmittag hat man seine Ruhe«, meinte er zu Geigensauer. »Wo ist das Fahrzeug?«, wandte er sich an Karl.

»Das hat Verspätung, doch gut, dass Sie da sind. Der Inspektor hat ein paar Fragen an Sie. Gehen wir in Ihr Zimmer, hier ist es kalt«, erwiderte Karl.

Lügen kann er, stellte Anton fest, und zwar perfekt. Er folgte den beiden durch die Werkstatt nach hinten.

»Bitte, was wollen Sie von mir wissen?«, fragte Gergö keck.

Bevor Geigensauer antwortete, sagte Karl: »Nur nicht frech werden. An Isabellas Entführung waren Sie zwar nur am Rande beteiligt, doch ich schlage vor, Sie suchen sich einen neuen Arbeitsplatz. Bis dahin dürfen Sie hier weiterarbeiten.«

»Oh, der Inspektor hat geplaudert. Herr Pilacher, ich hatte keine Ahnung davon, dass mein Freund ein Kidnapping plante.«

»Das stimmt, doch Sie hätten uns von der missglückten Entführung erzählen müssen. So viel Loyalität zur Firma wird von uns erwartet.«

»Ich habe verstanden«, antwortete der Mechaniker verbittert.

Während Karl und Gergö sprachen, war Anton zum Regal getreten. Dort lag in einem Fach eine Schuhschachtel hinter zwei Wodkaflaschen.

»Gehört das Ihnen?«, fragte er den Ungarn.

»Ja, sicher«, erwiderte dieser und griff nach der Box, doch Geigensauer verhinderte den Besitzerwechsel, öffnete den Karton und nahm ein Foto heraus, auf dem Isabella in ihrer vollen, nackten Schönheit auf einer Sonnenliege zu sehen war.

»Wozu haben Sie diese Bilder geschossen?«, wollte er wissen.

»Das geht Sie gar nichts an«, antwortete Gergö frech, aber seine vorgebeugte Körperhaltung und die ständig mit einem Autoschlüssel spielenden Hände zeigten deutlich seine Nervosität.

»Es ist nicht erlaubt, Personen ohne ihre Zustimmung zu fotografieren«, erwiderte Anton.

»Und es ist nicht gestattet, in meinen privaten Habseligkeiten zu wühlen«, meinte Gergö mit belegter Stimme.

»Es handelt sich um zwei Morde und eine vermisste Person, da kann nicht auf jede Privatsphäre Rücksicht genommen werden. Was haben Sie mit diesen Bildern vorgehabt?«

Gergö schwieg.

»Sie sind in Isabella verknallt und haben ihren Mann und ihren Liebhaber aus Eifersucht getötet«, fuhr Anton fort, den Mechaniker unter Druck zu setzen, um Karl in Sicherheit zu wiegen. »Was haben Sie ihr angetan?«

»Sie sind völlig verrückt«, schrie Gergö. »Ich habe mit diesen Verbrechen nichts zu tun. Ich will einen Anwalt.«

»Sie haben meinen Bruder umgebracht«, sagte Karl böse. »Geben Sie es zu!«

»Sie halten sich bitte heraus!«, forderte Anton und Gergö fragte er: »Was bezweckten Sie mit den Fotos?«

»Ich hatte vor, sie mit einem bissigen Kommentar ins Internet zu stellen. Der eingebildeten, dummen Gans wollte ich eins auswischen. Dauernd hat sie auf Emma herumgehackt.«

»Das sollen wir glauben?«, schrie Karl empört.

»Was ich für wahr halte, entscheide immer noch ich«, wies Anton ihn zurecht. »Wo waren Sie am Montag in der Nacht?«, erkundigte er sich bei Gergö.

»Brauche ich jetzt ein Alibi?«

»Das wäre wichtig.«

»Ich war zu Hause in Ungarn.«

»Gibt es dafür Zeugen?«

»Leider nein.«

»Sie bleiben hier, bis Ihre Fingerabdrücke und Ihre DNA abgenommen worden sind.«

Geigensauer verständigte seine Kollegen.

»Ich muss unter vier Augen mit Ihnen sprechen«, sagte Karl zu Anton. Sie verließen die Werkstatt und schritten zu seinem Haus zurück. In ausreichender Entfernung erzählte er: »Bevor Johannes nach Woppendorf gefahren ist, das Lösegeld zu übergeben, hat er mir etwas angedeutet, das ich in den Aufregungen um seine Ermordung völlig vergessen habe. Mein Bruder meinte, es gäbe ein Problem mit Gergö, das er nicht unbedingt an die große Glocke hängen wird. Der Mechaniker wäre in Schleppereien verwickelt. In den Lastwägen, die hin und wieder hier in der Nacht kurz gewartet oder umgeladen werden, befänden sich Asylanten. Er hätte mit einer versteckten Wildtierkamera Aufnahmen geschossen und Gergö mit den Fotos konfrontiert. Dieser warnte ihn davor, gegen die Schleppermafia vorzugehen. Die wären nicht zimperlich. Vielleicht hat er oder die Schlepper meinen Bruder nach Woppendorf gelockt.«

»Wissen Sie, wo Johannes diese Bilder aufbewahrt hat?«

»Kommen Sie mit!«, schlug Karl vor und schritt zum Haus seines Bruders. Er schloss die Tür auf und führte Geigensauer in das Arbeitszimmer, das dieser schon am Tag zuvor besucht hatte. Auf dem Schreibtisch lag eine Wildtierkamera. Anton blieb gelassen, obwohl er erfreut feststellte, dass auch Karl Fehler beging.

»Ich vermute, er hat die Bilder mit diesem Gerät geschossen«, sagte dieser. »Wir könnten uns die Fotos ansehen!«

»Warum nicht«, stimmte Anton zu und entnahm der Kamera die Speicherkarte.

»Haben Sie zu Hause einen PC?«, fragte er Karl.

»Ja, natürlich.«

»Dann gehen wir zu Ihnen und schauen uns dort die Bilder an.«

»Ok«, willigte Karl ein. Geigensauer beobachtete genau, ob dieser ihn ungern in sein Haus lassen würde. Doch er verhielt sich völlig normal, oder er ließ sich nichts anmerken. Die beiden schritten zu dem Bungalow hinüber und betraten das Arbeitszimmer. Auf dem Schreibtisch stand ein Laptop. Während Karl diesen hochfuhr und die Speicherkarte einlas, schaute sich Anton im Zimmer um. Oberhalb einer kleinen Sitzgarnitur war ein großes Bild von einem gelbverputzten Kellerstöckl mit rotem Ziegeldach zu sehen. An der anderen Wand hing eine Luftaufnahme der Weingärten des Eisenbergs.

»Bitte, da sind die Aufnahmen«, sagte Karl und drehte das Notebook in Geigensauers Richtung. Auf den ersten Fotos war nur die leere Werkstatt zu erkennen. Dann war plötzlich ein großer Lastwagen in der Halle. Gergö und vermutlich der Fahrer standen davor. Die folgenden Bilder zeigten die Fahrerkabine nach vorne gekippt und den Mechaniker über den Antrieb gebeugt. Zwei Schwarzafrikaner mit Kapuzenjacken waren auf den anschließenden Fotos vor dem Truck zu erkennen. Der Laderaum war offen. Es folgten Aufnahmen, auf denen man die Asylanten mit Gergö und dem Fahrer stehen sah. Später kamen Bilder, auf denen keine Personen abgebildet waren, und zuletzt war wieder nur die leere Werkstatt zu sehen.

»Gergö ist ein Verbrecher«, meinte Karl. »Er hat Johannes und Ladener getötet. Was hat er Isabella angetan?«

»Ich werde ihn verhaften lassen«, sagte Anton. »Er ist gefährlich. Vielleicht sind die Kollegen bereits bei ihm, um die Fingerabdrücke abzunehmen.«

»Er wird alles leugnen«, meinte Karl. »Er ist raffiniert. Mit der Geschichte von der missglückten Entführung hat er sich aus der Verantwortung gestohlen.«

»Die Aufnahmen sprechen eine eindeutige Sprache«, beruhigte Anton. »Da wird keine Ausrede helfen. Drucken Sie diese bitte aus!«

»Gerne.«

Zwei, drei Minuten später hatte Anton die Fotos in der Hand.

»Ich eile. Die Kollegen könnten eingetroffen sein.«

Geigensauer lief zur Werkstatt zurück und Karl folgte ihm. Ein Streifenwagen mit zwei Beamten traf ein. Zu viert betraten sie Gergös Zimmer. Dieser hatte auf seinem Bett gelegen und ferngesehen. Er sprang förmlich auf, als der Besuch eintrat.

»Vier Mann für ein paar Fingerabdrücke«, meinte er belustigt.

»Wie lange läuft der Menschenhandel schon?«, kam Anton sofort zur Sache.

»Wovon sprechen Sie?«, stellte sich Gergö unwissend.

»Sie helfen mit, Asylanten illegal nach Österreich zu bringen.«

»Ich bin kein Schlepper. Wie kommen Sie auf diese Idee?«, schüttelte der Mechaniker empört seinen Kopf.

»Wir haben Beweise«, erwiderte Geigensauer und reichte ihm die Bilder. »Wie lange laufen diese Aktionen schon? Was bekommen Sie dafür?«

Gergös Gesicht war erbleicht und seine Mundwinkel zuckten, doch er blieb stumm.

»Haben Sie Johannes Pilacher umgebracht, weil er den Menschenhandel bemerkte und Sie zur Rede stellte?«

»Ich habe niemanden getötet. Der Chef hat nie mit mir darüber geredet. Ohne Anwalt sage ich nichts mehr«, wählte er den Satz aller Krimiserien.

»Nehmen Sie ihn fest«, befahl Anton seinen Kollegen. »Wir werden Untersuchungshaft beantragen.«

Gergö ließ sich widerstandslos abführen.

»Er ist der Mörder von Johannes und Michael«, sagte Karl überzeugt. »Er beseitigte seine Rivalen und verhinderte, dass er der Schlepperei überführt wird. Weil Isabella seine Liebe ablehnte, hat er sie getötet.«

»Wir werden sehen«, meinte Geigensauer. »Ich wünsche Ihnen einen schönen Sonntagabend.«

»Ebenfalls«, erwiderte Karl überfreundlich. »Sie haben es sich verdient.«

»Da haben Sie recht«, antwortete Anton. »Ich werde wenigstens den Abend genießen. Auf Wiedersehen.«

Er hoffte, dass er gutgläubig genug gewirkt hatte.

Isabella hatte ihr Bett zur Vergitterung geschoben und Timischl geholfen, sich darauf bequem einzurichten. Die Verletzung am Kopf war nicht so schwer, doch beim Schlüsselbein oder der Schulter hatte er Schmerzen, wenn er sich bewegte. Sie hatte auf seinen Vorschlag hin die Abflüsse des Waschbeckens und der Dusche verstopft und die Wasserhähne voll aufgedreht. Bald floss das Wasser aus den Becken auf den Boden. Sie hatten die Hoffnung, dass es aus dem Raum fließen und irgendwann auch aus dem Haus rinnen würde. So wollten sie auf ihr Schicksal aufmerksam machen. Doch es dauerte lange, bis der Estrich mit Wasser bedeckt war und dieses die Tür erreichte. Isabella hatte sich am Fußende des Bettes gesetzt.

Nachdem die beiden einige Zeit zugesehen hatten, wie der Wasserspiegel langsam stieg, fragte sie: »Stimmt es, dass Karl Michael und Johannes getötet hat?«

»Hat er Ihnen das erzählt?«

»Ja, und dass ich nie wieder diesen Raum verlassen werde.«

»Sie sind ermordet worden.«

»Von Karl?«

»Meine Schulter spricht dafür.«

»Wie weit waren die Ermittlungen? War er unter den Verdächtigen?«

»Nicht mehr als andere.«

»Dann hoffen wir, dass man Sie sucht.«

»Man bemüht sich sicher. Die Frage, wie schnell wir gefunden werden, hängt davon ab, wo Karl mein Auto versteckt hat.«

»Nicht auszudenken, falls er wieder kommt, bevor wir entdeckt werden.«

»Erzählen Sie mir lieber, was Ihnen alles zugestoßen ist, seit Sie Montagabend von Ihrer Schwester weggefahren sind.«

»Nach dem Training im Fitnessklub in Rechnitz traf ich kurz Michael, Mag. Ladener, den Besitzer, und wir verabredeten uns für 19 Uhr 15 auf der Passhöhe der Geschriebensteinstraße. Er war mein Geliebter, obwohl ich mit Johannes Pilacher verheiratet war.«

Den letzten Satz trug sie vor, als ob sie ein Kind wäre, dass seiner Mutter eine schlechte Tat gesteht.

»Das hier ist keine Beichte«, sagte Timischl. »Erzählen Sie die Fakten. Ich werde Sie weder verurteilen noch von Ihren Sünden lossprechen.«

»Stimmt. Ich bereue es nicht. Wir hatten eine Menge Spaß, bis mein Mann das Verhältnis entdeckte. Er wurde sehr eifersüchtig und schlug mir mit der Faust ins Gesicht. Reste sind zu sehen.«

Sie deutete auf ihr rechtes Auge.

»Wir versöhnten uns und er schenkte mir sogar einen neuen Wagen. Ein letztes Mal hatte ich vor, mich mit Michael zu treffen. Eine Art Abschiedsvorstellung. Wir trafen uns auf der Passhöhe, parkten nebeneinander und er stieg zu mir ins Auto. Gegenüber von uns stand ein weißer Kastenwagen. Er forderte die Scheidung von meinem Gatten. Ich lehnte ab und er wurde böse und grob. Die Liebe war wie fortgeblasen. Mitten in dieser Diskussion kam ein Auto an und parkte direkt vor uns. Zwei Männer zerrten eine gefesselte Person, deren Kopf in einem Sack steckte, heraus und verfrachteten sie in den Lastwagen. Ich hatte Angst. Als sich einer von den Entführern meinem Wagen näherte, versuchte ich die Türen zu schließen. Ich kannte mich mit dem neuen Fahrzeug nicht aus und schaltete aus Versehen die Warnblinkanlage ein. Der Verbrecher zückte sofort seine Pistole, bedrohte uns und nahm uns Handys und Autoschlüssel ab. Dann rasten die Ganoven mit ihrem Opfer davon.«

»Haben Sie die Kennzeichen der Autos erkannt?«, fragte Timischl.

»Nein, es schneite heftig und war nass und die Nummerntafeln waren mit Schneematsch bedeckt. Haben Sie aufgeklärt, wer entführt wurde?«

»Sie werden überrascht sein«, erwiderte Timischl. »Man plante, Sie zu kidnappen.«

»Mich?«

»Ja. Ein ungarischer Frächter beabsichtigte die Spedition Pilacher mit Ihrer Entführung zu erpressen, damit die Firma der Versteigerung einer Immobilie fernbliebe.«

»Die Fortsetzung der Drohbriefe?«

Timischl nickte.

»Das heißt, die Verbrecher haben die falsche Person verschleppt?«

»Sie haben Emma entführt.«

»Emma?«, wiederholte sie fragend und meinte nach kurzer Überlegung. »Sie fuhr mit meinem alten Auto. Sie hat die gleiche, blonde Frisur.«

Timischl nickte zustimmend. »Die Ganoven lauerten ihr in dem Waldstück auf, durch das Sie immer von Ihrer Schwester zur Bundesstraße fahren, hielten ihren Wagen an und überwältigten sie.«

»Woher wussten die Verbrecher von meiner Abkürzung?«

»Emma hat es Gergö erzählt und dieser einem ungarischen Freund.«

»Dieser Mechaniker ist ein Schlingel. Die beiden waren daran beteiligt.«

»Nein, nicht direkt. Die Ganoven sperrten Emma in der ehemaligen Möbelfabrik ein und nannten sie Frau Pilacher. Sie hat vehement dagegen protestiert. Gergö wurde geholt, der Irrtum erkannt und Emma befreit. Sie haben aus Angst vor den Verbrechern der Polizei nichts erzählt.«

»Die beiden werde ich mit Vergnügen feuern«, meinte sie in ihre gewohnte Art verfallend, um dann hinzuzufügen. »Oder auch nicht. In meiner jetzigen Situation sind solche Vorsätze lächerlich.«

»Wie sind Sie und Ladener von der Passhöhe weggekommen?«, forderte Timischl Isabella auf, weiter zu berichten.

»Ich hatte vor, zur Straße zu laufen und ein vorbeifahrendes Auto aufzuhalten, aber um diese Zeit fahren selten Autos über den Pass. Michael erinnerte sich, dass er den Zweitschlüssel seines Wagens ohne Batterie im Kofferraum versteckt und eine Ersatzbatterie ins Handschuhfach gelegt hatte. Da er oft unterwegs war, hatte er die zweite Fernbedienung immer dabei. Er war schon einmal wegen eines defekten Schlüssels festgesessen. Er schlug die Heckscheibe mit einem großen Stein ein. Die Sirene der Diebstahlsicherung heulte. Er kletterte in das Auto, holte den Autoschlüssel unter der Matte des Kofferraumes hervor, setzte die Batterien ein und öffnete die Türen. Die Sirene verstummte. Er plante, die Entführung in Rechnitz der Polizei zu melden. Ich hielt ihn davon ab. Auf keinen Fall durfte Johannes vom neuerlichen Treffen erfahren. Michael versprach, das Auge des Gesetzes erst zu verständigen, wenn mein Wagen wieder zu Hause war. Zunächst benötigte ich daher einen Grund, warum ich das Auto dort stehen gelassen hatte. Wir entschieden uns für eine Reifenpanne. Er stach mit einem Rettungsmesser ein Loch in einen der Reifen. Mit dem Allradantrieb seines Porsche Cayenne waren wir auf der schneebedeckten Fahrbahn schneller unterwegs als die Kidnapper und holten diese knapp vor Rechnitz ein. Wir verfolgten die Verbrecher, bis sie bei der alten Möbelfabrik abbogen. Dann brachte er mich heim. Es gibt einen Feldweg, der von der Bundesstraße in weitem Bogen zum Bungalow von Karl führte. Diesen Weg nehme ich normalerweise, wenn ich wegfahre oder heimkomme. Es braucht nicht der gesamte Betrieb zu sehen, was ich unternehme. Dort ließ mich Michael dreihundert Meter entfernt vom Gelände der Spedition aussteigen, damit niemand seinen Wagen erkannte. Er versicherte mir nochmals, die Polizei erst zu verständigen, wenn ich ihn benachrichtigt hätte, dass mein Auto wieder zu Hause wäre.«

Sie machte eine kurze Pause und fragte: »Hat Michael das Kidnapping gemeldet?«

»Zuerst Montagabend in einem anonymen Anruf. Um Sie aus der Sache herauszuhalten, berichtete er nur von den Beobachtungen bei der ehemaligen Möbelfabrik. Danach steckte er ein Schreiben in den Briefkasten, in dem er die Ereignisse auf der Passhöhe beschrieb, ohne Sie zu erwähnen.«

»Sehr nett von ihm«, meinte sie nachdenklich und ihre Stimme klang traurig.

»Was geschah weiter?«, holte Timischl sie aus ihren Gedanken zurück und sie fuhr fort: »Als ich an Karls Bungalow vorbeischritt, trat er heraus und grüßte. Im Nachhinein bin ich mir sicher, dass er auf mich gewartet hatte. Sein Wagen stand mitten am Feldweg. Ich hätte nicht vorbeifahren können. Er lauerte mir auf, doch damals bemerkte ich das nicht. Er fragte sofort, wo das neue Auto geblieben wäre. Ich erzählte ihm von einer Reifenpanne, dem Pech, dass ich mein Handy nicht dabei hatte, und von einer netten Frau, die mich mitgenommen hätte. Ich bat ihn, mich hinaufzufahren und die Sache mit dem Reifenpannenset in Ordnung zu bringen. Er sagte zu. Eine kleine Ausrede genügte, um zu meinem Haus zu eilen und den Ersatzschlüssel zu holen. Er lag auf dem Schreibtisch beim Typenschein. Als ich zurückkam, lud er mich zur Stärkung von der Aufregung zu einem Drink ein. Da er bereit war, mir zu helfen, nahm ich die Einladung an. Das Letzte, an das ich mich erinnere, ist, dass er mir ein Getränk mixte. Später erzählte er, dass er eine große Menge K.O.-Tropfen hineingegeben hatte. Ich erwachte erst wieder hier aus meiner Betäubung. Zunächst wusste ich lange nicht, ob nicht auch er entführt worden war. Er kam immer vollständig vermummt zu mir, sodass ich ihn nicht erkannte. Erst gestern hat er sich enttarnt. Warum er mir diese Wunde zugefügt hat, weiß ich nicht.«

Sie zeigte Timischl den Schnitt auf ihrem Daumen.

»Er hat das Blut im Kofferraum Ihres Autos verteilt, damit es nach einem Gewaltverbrechen aussah. Wie hätte Karl sich verhalten, wenn Sie mit dem Wagen gekommen wären?«

»Wie gesagt, sein Auto stand so, dass es den Weg blockierte. Ich hätte stehen bleiben und bei ihm anläuten müssen, damit er wegfährt. Gelegenheit genug, mich auf einen Drink einzuladen.«

»Was wäre mit Ihrem Wagen geschehen?«

»Er hatte geplant, das Auto in einem Waldweg an der Geschriebensteinstraße abzustellen, sein Fahrrad mitzunehmen und mit diesem zurückzufahren. Das konnte er sich jetzt ersparen. Der Zufall hatte ihm geholfen.«

»Hat er Ihnen über die Morde Genaueres erzählt?«

»Oh doch, er hatte Freude daran, mir alle Details zu berichten. Sie wissen gar nicht, wie verrückt er ist. Er verstellt sich meisterhaft. Mir wurde erst hier klar, dass er völlig übergeschnappt ist. Seit zwei Jahren renoviert er diesen Weinkeller, um ein Gefängnis zu schaffen. Er hatte es nicht verkraftet, dass ich ihm einen Korb gab. Alle Männer, die mich liebten, plante er zu beseitigen. Er überlegte die ganze Zeit, wie der perfekte Mord an seinem Bruder zu begehen wäre. Doch es fiel ihm lange nichts ein. Dann erschien mit Michael ein weiterer Rivale. Als mir Johannes mit der Faust ins Auge schlug, hatte Karl endlich einen Grund, mein Verschwinden erklären zu können. Er plante, meine Entführung so zu arrangieren, dass die Polizei annehmen würde, Johannes hätte mich aus Eifersucht getötet und irgendwo verscharrt. Nichts kam ihm gelegener als die Nachricht seines Golf-Freundes, des Geschäftsführers des Fitnessstudios in Rechnitz, dass ich mit Ladener wieder ein Treffen ausgemacht hatte. Brühwarm erzählte er alles seinem Bruder und lenkte dessen Eifersucht auf Michael. Er informierte ihn, wo dieser wohnte, in der Hoffnung, Johannes würde hinfahren und ihn zur Rede stellen. Er sperrte mich hier ein, fuhr nach Güttenbach und beobachtete, ob sein Bruder im Anschluss an die Weihnachtsfeier zu Ladener käme. Er wartete nicht lange, sah den Streit zwischen den beiden und tötete Michael, nachdem mein Mann wieder weggefahren war.«

»Wie kam Karl in Ladeners Haus?«, fragte Timischl.

»Er stellte sich als Bruder von Johannes vor und entschuldigte sich für dessen Verhalten. Michael bat ihn herein und dieser erschlug ihn von hinten. Karl hatte die Hoffnung, dass man seinen Bruder des Mordes überführen würde.«

Isabella legte wieder eine Pause ein und betrachtete den Wasserstand am Boden.

»Es steigt nicht mehr.«

»Sehr gut. Dann fließt genau so viel aus dem Raum wie aus dem Wasserhahn«, war Timischl zufrieden. »Hoffentlich strömt es bald aus dem Haus.«

»Karl hatte Glück«, setzte Isabella fort, »weil man zunächst annahm, dass ich von den Ungarn entführt worden war, und daher niemand mein Verschwinden mit ihm in Zusammenhang brachte. Er hatte aber auch Pech, denn er wurde in Güttenbach gesehen und Johannes hatte ein Alibi. Karl schmiedete also einen neuen Plan, meinen Mann zu töten. Er verfasste zwei Erpresserschreiben, eines für die Polizei und eines für meinen Gatten. Die Ermittler lockte er in eine Kapelle.«

»Wir saßen dort eine Nacht lang umsonst«, unterbrach Timischl.

»Er schickte Johannes mit fünfzigtausend Euro Lösegeld nach Woppendorf an die Pinka, erschlug ihn und nahm das Geld an sich. Sie hätten sehen sollen, wie er sich freute, dass er mit dem Mord verdient hatte. Er ist verrückt.«

»Er spinnt«, stimmte Timischl zu, »aber er ist höchst intelligent. Eine wahrhaft tödliche Kombination.«

Geigensauer fuhr weg, aber nicht weit. Er blieb an der Stelle stehen, wo der Feldweg von der Bundesstraße in großem Bogen zur Spedition führte. Von dort aus hatte er einen brauchbaren Blick auf den Bungalow von Karl. In drei Zimmern brannte Licht und sein Pick-up war in ihrem Schein zu sehen. Anton rief Drubovic an. Von Timischl fehlte trotz aller Bemühungen jede Spur. Das beunruhigte ihn. Er musste handeln und verständigte daher Kollegen von der Polizei. Er war überzeugt, dass Karl bald wegfahren würde, doch es geschah nichts. Der Wagen rührte sich nicht vom Fleck und die Fenster blieben erleuchtet.

Anton war sich sicher, dass Karl die Morde begangen hatte. Dafür sprachen drei Fakten. Das geraubte Geld war vermutlich in seinem Haus. Er hatte die Wildtierkamera heute auf den Schreibtisch von Johannes gelegt. Gestern war dort noch keine Kamera, und er versuchte, die Schuld für die Verbrechen massiv auf Gergö zu schieben. Es fehlten jedoch zwingende Beweise, um ihn zu überführen. Seit Anton das Foto von Pilachers Weinkeller in dessen Zimmer gesehen hatte, nahm er sich vor, diesem Gebäude einen Besuch abzustatten. Daher hatte er seinen Beobachtungsposten bei der Spedition verlassen und bald hatte er von Burg aus kommend den Gipfel des Eisenberges erreicht. Er hatte sich von der Flugaufnahme des Weinberges gemerkt, wo Karls Kellerstöckl stand, und hatte es rasch gefunden. Das Haus und die Gebäude in der Nachbarschaft wirkten verlassen. Auf der frisch gepflasterten Zufahrt bemerkte Anton Erdbrocken, die ein Fahrzeug bei der Einfahrt in die Garage zurück gelassen hatte. Die Spur führte über die Straße und in die Wiese neben dem anderen Straßenrand. Deutlich war zu sehen, dass dort ein Auto geparkt hatte. Die Größe der Reifen stammte eindeutig nicht von einem Pick-up. Dazu benötigte man keinen Maßstreifen. Geigensauer warf einen Blick auf die Garage. Wessen Wagen wohl darin stand? Das Kipptor war verschlossen. An der Rückseite gab es hoch oben ein kleines Fenster mit Milchglasscheiben.

Er nahm einen größeren Stein vom Straßenrand und warf ihn gegen die Scheibe, sodass das Glas zersplitterte. Er kletterte auf den Holzstoß, der darunter an die Hausmauer geschlichtet war, und leuchtete mit der Handytaschenlampe in den Raum. Was er sah, ließ ihn vor Schreck erstarren. Es war Timischls Wagen. Er nahm sein Handy und ersuchte um Verstärkung. Dann schlich er um das Haus herum. Es war keine Zeit zu verlieren. Vor den Fenstern waren die Holzläden geschlossen. Er holte aus seinem Auto den größten Schraubenzieher und den Hammer und zerbrach die Hölzer eines Ladens, bis er Zugang zur Scheibe hatte. Diese zerschlug er, öffnete das Fenster und kletterte in den Raum. Hier stand an der linken Wand eine Einbauküche, an der rechten ein großer Kühlschrank mit durchsichtiger Tür zum Kühlen von Weinen. Davor lag eine zerbrochene Flasche am Boden. Gegenüber dem Eingang lehnte ein Kasten mit einer Doppeltür, unter dem Wasser in die Mitte des Raumes floss, wo sich eine seichte Lache gebildet hatte. Er schob das Möbelstück zur Seite. Dahinter erschien eine Tür. Er schlug mit dem Hammer gegen das Türblatt und legte dann sein Ohr an das Türschloss. Er vernahm leise jemand »Hallo« rufen.

»Anton Geigensauer ist hier«, rief er laut.

»Isabella und Timischl«, kam es zurück.

»Wir befreien euch in Kürze«, antwortete er.

Ein Stein fiel ihm vom Herzen. Die beiden waren am Leben. Er hörte jemanden die Tür hinter sich aufsperren und drehte sich um. Karl stand in der Öffnung, eine Pistole auf ihn richtend.

»Ich denke, die Gefangenen bekommen Besuch«, meinte er lachend. »Los! Legen Sie sich auf den Bauch!«

»Seien Sie vernünftig!«, versuchte Anton, Ruhe auszustrahlen, »Geben Sie mir die Waffe und sperren Sie die Tür auf!«

»Runter oder ich schieße!«, schrie Karl und sein verzerrtes Gesicht bekam einen aggressiven Ausdruck.

»Da ist es nass«, sagte Anton und deutete auf die Lache. Karl schaute hinunter. In dem Moment stürmten zwei Polizisten in den Raum. Bevor Karl wusste, wie ihm geschah, überwältigten ihn die beiden, drückten ihn zu Boden und legten ihm Handschellen an. Der Schuss, den er noch abgegeben hatte, steckte in der Zimmerdecke.

»Das war knapp«, meinte einer der beiden Beamten keuchend. »Wir sind ihm sofort nachgefahren, nachdem er die Spedition verließ.«

»Danke«, sagte Anton, der froh war, dass er sie beauftragt hatte, statt ihm Karls Aktivitäten zu überwachen. Das Folgetonhorn eines näher kommenden Einsatzwagens war zu hören. Die Verstärkung traf ein. Karl sprach kein Wort. Die Beamten richteten ihn auf und wollten ihn abführen.

»Bestimmt hat er die Schlüssel bei sich«, meinte Geigensauer und zeigte auf die Tür, aus deren unterem Spalt Wasser floss. »Wir müssen uns beeilen. Timischl und Isabella Pilacher befinden sich im Raum dahinter.«

Die Beamten durchsuchten Karl. Er lachte nur verächtlich, als sie einen Schlüsselbund aus seiner Hosentasche zogen. Anton öffnete die Tür und ein Schwall aufgestauten Wassers kam ihm entgegen. Noch war der Zugang zu Timischl nicht frei. Eine weitere Türe aus Stahl versperrte den Weg, doch auch diese wurde rasch geöffnet.

»Anton, es war höchste Zeit«, rief Timischl freudig, als er seinen Freund und Kollegen sah.

»Wie geht es dir?«, fragte Geigensauer.

»Dank der Befreiung gleich viel besser.«

Anton blickte auf den notdürftigen Verband am Kopf seines Kollegen und erkundigte sich: »Hat Karl dich niedergeschlagen?«

»Das kann man wohl sagen.«

Timischl griff sich mit der nicht angebundenen Hand auf den Schädel.

»Es ist, glaube ich, nicht so tragisch. Karls Schlag traf, Gott sei Dank, hauptsächlich meine Schulter.«

Anton öffnete die Handschellen und fragte Isabella: »Sie sind in Ordnung?«

»Körperlich schon«, nickte sie.

Geigensauer umarmte seinen Kollegen herzlich.

»Vorsicht«, rief dieser mit vor Schmerz verzehrtem Gesicht. »Aufpassen!«

»Tut mir leid«, entschuldigte sich Anton.

Rasch berichtete Timischl, was ihm zugestoßen war. Kaum hatte er seine Schilderung beendet, traf die Rettung ein und vorsichtshalber wurde er zur Untersuchung ins Krankenhaus mitgenommen. Anton rief Drubovic an und informierte ihn kurz über das Vorgefallene. Dann übernahm er die Aufgabe, Isabella nach Hause zu bringen. Als sie den Eisenberg hinunterfuhren, fragte er: »Soll vom Kriseninterventionsteam jemand bei Ihnen vorbeischauen?«

»Nein, ich komme zurecht, Herr Kommissar.«

»Sie können die Hilfe auch später in Anspruch nehmen.«

»Ich werde daran denken, falls es nötig wird.«

»Nachdem ich Sie abgesetzt habe, werde ich dem Senior-Chef einen Besuch abstatten und alles berichten. Keine leichte Aufgabe.«

»Ich werde das erledigen«, sagte Isabella. »Mich kennt er

besser. Ich werde heute nicht in meinem Haus schlafen. Ich will nicht allein sein.«

»Das ist eine gute Idee.«

»Beim alten Pilacher wohnen auch seine Tochter und ihr Mann. Da werde ich mich sicher fühlen, selbst wenn uns keine große Zuneigung verbindet.«

Nachdem sie einige Minuten geschwiegen hatten, waren sie nicht mehr weit von der Spedition entfernt.

»Sie sind ein mutiger Mann. Karl hätte Sie töten können. Danke für Ihren Einsatz«, sagte Isabella bewundernd. Anton schaute zu ihr und sie lächelte ihn an. Vor dem Haus des alten Pilachers blieb Geigensauer stehen.

»Wir könnten einmal gemeinsam essen gehen«, meinte sie und legte ihre Hand auf die seine, die das Lenkrad hielt.

»Ich bin verheiratet«, antwortete Anton.

»Kein Hindernisgrund«, lächelte sie ihn an.

»Doch, glücklich verheiratet.«

Sie zog ihre Hand wieder zurück und sagte: »Dann vergessen Sie meinen Vorschlag. Danke für alles.«

Sie stieg aus, schritt mit elegantem Gang zum Eingangstor, drehte sich um, winkte zum Abschied mit der Hand, ein verführerisches Lächeln um die Lippen und verschwand im Haus. Anton schaute auf seine Uhr. Josef wartete sicher schon auf die drei Mausgeschichten.

Drubovic und Jane saßen in der Wohnküche, als Geigensauer eintrat.

»Bin ich froh, dass dieser Fall abgeschlossen ist«, empfing ihn Jane freudig. »Die Sorge, dass dir etwas zustößt, ist nicht leicht zu ertragen.«

»Ich wurde noch nie in einer Holzfällerhütte von einem Mörder gefangen gehalten«, sagte Anton.

»Wie geht es Timischl?«, fragte Jörg.

»Entwarnung. Platzwunde, Prellungen, Blutergüsse, nichts gebrochen. Leichte Gehirnerschütterung. In ein, zwei Tagen wird er das Spital wieder verlassen.«

»War das Geld wirklich in Karls Bungalow?«, wollte Jörg wissen.

»Ja, die Kollegen haben es rasch gefunden. Die Bilder mit der Wildtierkamera hat auch er geschossen. Die beiden Gauner, die der Spediteur Horvath bezahlte, um Isabella zu entführen, wurden am Nachmittag an der ungarisch-rumänischen Grenze verhaftet. Er selbst sitzt in Untersuchungshaft und leugnet beharrlich.«

»War die Befreiung von Timischl und Isabella gefährlich?«, blieb Jane beunruhigt.

»Nicht wirklich«, log Anton. Er sah jedoch, dass ihm seine Frau nicht glaubte.

»Fass den Fall für mich kurz zusammen!«, bat Jane. »Ich habe nicht alles mitbekommen.«

»Eigentlich sind es zwei Kriminalfälle«, begann Geigensauer. »Es lag viel kriminelle Energie am Montagabend über dem Südburgenland. Der ungarische Frächter Horvath wollte unbedingt verhindern, dass die Firma Pilacher an einer Versteigerung in Ungarn teilnimmt. Er beauftragte Verbrecher, Isabella für kurze Zeit zu entführen. Sie sollte für zwei Tage in der ehemaligen Möbelfabrik bei Rechnitz festgehalten werden. Damit beabsichtigte er, Johannes zu erpressen, von der Versteigerung fernzubleiben. Gergö, der Mechaniker der Spedition Pilacher, hatte einem Freund erzählt, auf welchem Weg Isabella jeden Montag von ihrer Schwester heimfährt. Dieser gab diese Information an den Frächter Horvath weiter und dieser an die beiden Entführer. Das Erpresserschreiben lag schon im Briefkasten der Firma Pilacher, als Emma, die Reinigungskraft, anstelle von Isabella gekidnappt wurde. Die Ganoven hatten sie mit Isabella verwechselt, weil sie mit deren Auto fuhr und ebenfalls blond und schlank war. Isabella hatte ihr altes Fahrzeug an Emma verkauft, weil ihr Mann, Johannes Pilacher, ihr ein neues Auto geschenkt hatte. Der Wagen war aber noch nicht umgemeldet, sodass Emma mit dem Kennzeichen von Isabella unterwegs war. Die Entführer hielten sie in einem Waldstück auf, indem sie mit einem Baumstamm den Weg versperrten. Sie fesselten Emma, stülpten ihr einen Sack über den Kopf und brachten sie in ihrem Wagen zur Passhöhe der Geschriebenstein-Bundesstraße. Dort wechselten sie das Fahrzeug und verfrachteten Emma in einen weißen Kastenwagen. Genau zu diesem Zeitpunkt trafen einander Isabella und ihr Liebhaber Ladener auf dem Parkplatz und beobachteten die Entführer. Ein heftiger Schneeschauer ging über dem Gebiet nieder. Aus Versehen betätigte Isabella die Warnblinkanlage, anstatt die Autotüren zu versperren. Die Verbrecher wurden auf das Liebespaar aufmerksam und nahmen Isabella und Ladener die Handys und die Autoschlüssel ab. Auf der Fahrt nach Rechnitz warfen sie die Handys von Isabella, Ladener und Emma und die beiden Autoschlüssel in den Straßengraben. Emma sperrten sie in der alten Fabrik im Keller ein. Da diese vehement darauf bestand, nicht Isabella zu sein, wurde Gergö von seinem Freund geholt und die Verwechslung aufgedeckt. Die Entführer drohten Gergö und Emma mit dem Tod, falls sie der Polizei etwas erzählen würden. Gergö brachte Emma zu ihrem Auto zurück und sie fuhr heim nach Oberwart. Ihr Handy konnten sie in der Finsternis nicht finden.«

»Die arme Emma«, meinte Jane.

»Sie hat einen ziemlichen Schock erlitten«, sagte Anton.

»Kein Wunder«, stimmte Drubovic zu.

»Zum Glück führte Ladener einen Reserveschlüssel und eine

Batterie dafür in seinem Auto mit«, fuhr Geigensauer fort. »Er schlug die Heckscheibe ein und gelangte so zum Schlüssel. Isabella wollte auf keinen Fall, dass jemand von dem Treffen erfährt. Also benötigte sie eine Ausrede, warum sie ihren Wagen auf dem Parkplatz stehen gelassen hatte. Ladener stach einen Reifen ihres Fahrzeuges auf, damit sie dies als Grund angeben könnte. Dann verfolgten die beiden den weißen Kastenwagen der Entführer bis zu der ehemaligen Fabrik. Michael versprach Isabella, die Polizei erst zu verständigen, wenn sie ihren Wagen wieder nach Hause gebracht hatte. Er ließ sie auf einem Feldweg, der von der Bundesstraße zu Karls Haus führte, aussteigen. In Güttenbach angekommen, beschloss er, doch gleich etwas für das Opfer der Entführung zu unternehmen. Er suchte im Internet eine öffentliche Telefonzelle in einer Gegend, wo ihn niemand kannte, und fuhr nach St. Magdalena. Dort informierte er anonym die Polizei. Wieder zu Hause verfasste er auf seinem PC ein anonymes Schreiben mit allen Informationen über die Entführung. Er warf es in einen Postkasten, denn er war sich sicher, dass Isabella ihren Wagen bis zum nächsten Tag nach Hause gebracht haben wird. Wenig später erhielt er Besuch von Johannes Pilacher, der ihn wegen des Verhältnisses mit Isabella bedrohte und beschimpfte. Den Streit beobachtete die Nachbarin. Noch später kam Karl Pilacher unter dem Vorwand, Michael vor Johannes zu warnen, und erschlug ihn mit einer Eisenstange. Seine Flucht sah der Mann der Nachbarin.«

»Es gibt kein perfektes Verbrechen«, meinte Jane.

»Gott sei Dank«, fügte Drubovic hinzu.

»Jetzt kommen wir zu Karl«, setzte Anton fort. »Er war davon besessen, Isabella zu besitzen. Der ganze Umbau an seinem Weinkeller hatte nur den einen Zweck, ein Gefängnis für sie zu schaffen. Montagabend sah er endlich eine Möglichkeit, seine Rivalen Johannes und Michael zu beseitigen. Johannes war bei einer Weihnachtsfeier in Stegersbach. Karl hoffte, dass sein Bruder, über das neuerliche Treffen von Isabella und Ladener informiert, rasend vor Eifersucht Ladener aufsuchen würde. Er wusste, dass Isabella immer auf einem Feldweg vorbei an seinem Haus heimfuhr. Er stellte seinen Wagen so ab, dass sie nicht vorbeifahren könnte. Isabella kam zu Fuß, weil sie angeblich eine Reifenpanne hatte und jemand sie mitgenommen hätte. Ihr Auto stünde auf der Passhöhe der Geschriebenstein-Bundesstraße. Er versprach zu helfen. Nachdem sie einen Sprung in ihrem Haus gewesen war, lud er sie auf ein Getränk ein, das er mit K.O.-Tropfen versehen hatte. Betäubt brachte er sie in das Gefängnis in seinem Weinkeller. Er fügte ihr eine Wunde zu, schnitt ihr ein paar Haare ab und nahm ihr den Autoschlüssel weg. Handy hatte sie keines bei sich. Dann fuhr er zu ihrem Auto und stellte verwundert fest, dass nicht abgesperrt war. Er verteilte Blut und Haare im Kofferraum und legte den Schlüssel auf den Fahrersitz. Nun raste er nach Güttenbach und beobachtete das Haus von Ladener. Er hatte richtig vermutet. Johannes kam und der laute Streit zwischen ihm und Michael wurde in der Nachbarschaft gehört. Er ließ ein wenig Zeit verstreichen, läutete dann bei Ladener an und erschlug ihn, gleich nachdem er eingelassen worden war. Er hoffte, mit einem Mord beide Rivalen beseitigt zu haben. Die Polizei sollte Johannes für den Mord an Michael und das Verschwinden von Isabella verantwortlich machen. Karl hatte Pech. Johannes hatte durch die Alkoholkontrolle ein Alibi und er selbst war am Tatort gesehen worden. Er hatte jedoch auch Glück. Das Erpresserschreiben der ungarischen Verbrecher ließ keine Zweifel darüber aufkommen, dass Isabella von ihnen entführt worden war. Ich erinnere mich gut daran, wie überrascht Karl war, als er von Isabellas Entführung hörte. Der zweite Versuch, seinen Bruder zu töten, gelang leider. Er täuschte ein Erpresserschreiben der ungarischen Kidnapper vor. Lockte Timischl und mich zur Kapelle und Johannes an die Pinka, wo er ihn ermordete, und die fünfzigtausend Euro an sich nahm. Er hatte die Hoffnung, dass die Polizei annehmen würde, dass die ungarischen Verbrecher die Morde an Michael und Johannes begangen hätten, doch dann kam die missglückte Entführung ans Tageslicht. Karl musste neue Täter suchen und er begann Fehler zu begehen. Er erschlug Johannes mit der gleichen Stange, mit der er Michael getötet hatte, und ließ sie am Tatort liegen. Als er die fünfzigtausend Euro, die er Johannes abgenommen hatte, in sein Haus tragen wollte, sah er sich von mir beobachtet, drehte um und gab vor, das Geld zur Bank zu bringen. Eine Anfrage bei der Sparkasse ergab, dass er den Betrag schon früher einbezahlt hatte. Schließlich legte er die Wildkamera auf den Schreibtisch seines Bruders. Er ahnte nicht, dass ich das Zimmer am Tag zuvor besucht hatte und keine Kamera vorhanden war. Dann versuchte er, Gergö doppelt zu belasten. Die oben-ohne-Bilder von Isabella sollten ihn als eifersüchtigen Liebhaber enttarnen, der Ladener ermordet hatte. Die Bilder der Wildkamera sollten beweisen, dass ihn Johannes der Schlepperei überführt hatte und Gergö ihn deshalb getötet hatte. Zu diesem Zeitpunkt war ich jedoch bereits sicher, dass Karl der Täter war. Ich wusste nur nicht, was er mit Isabella angestellt hatte.«

»Danke für den Bericht«, meinte Drubovic, nachdem alle eine Zeit lang geschwiegen hatten.

»Josef wartet auf dich«, sagte Jane.

Anton stand auf und ging in das Zimmer seines Sohnes. Dieser lag schon im Bett und nur die kleine Lampe am Nachtkästchen brannte.

»Habt ihr den Fall gelöst?«, fragte er den eintretenden Geigensauer.

»Ja, es ist erledigt.«

»Gibt es noch Mausgeschichten?«

»Sicher, ich habe es versprochen. Drei Stück.«

Entspannt lag Anton neben Jane im Bett. Drubovic war heimgefahren und Josef eingeschlafen.

»Denkst du bei jedem Einsatz daran, dass Josef und ich dich dringend brauchen?«, fragte Jane.

»Ich bemühe mich«, versicherte Anton.